A garota dos olhos esmeralda

ANA BEATRIZ BRANDÃO

A garota dos olhos esmeralda

1ª edição
Rio de Janeiro-RJ / Campinas-SP, 2021

VERUS
EDITORA

Editora
Raïssa Castro

Coordenadora editorial
Ana Paula Gomes

Copidesque
Lígia Alves

Revisão
Tássia Carvalho

Diagramação
Leandro Tavares

Design de capa
Lorena A. Z. Munoz

ISBN: 978-65-5924-030-2

Copyright © Verus, 2021
Todos os direitos reservados.

Direitos reservados em língua portuguesa, no Brasil, por Verus Editora.
Nenhuma parte desta obra pode ser reproduzida ou transmitida por qualquer forma
e/ou quaisquer meios (eletrônico ou mecânico, incluindo fotocópia e gravação) ou arquivada
em qualquer sistema ou banco de dados sem permissão escrita da editora.

Verus Editora Ltda.
Rua Benedicto Aristides Ribeiro, 41, Jd. Santa Genebra II, Campinas/SP, 13084-753
Fone/Fax: (19) 3249-0001 | www.veruseditora.com.br

CIP-BRASIL. CATALOGAÇÃO NA FONTE **SINDICATO NACIONAL DOS EDITORES DE LIVROS, RJ**	
B817g	
Brandão, Ana Beatriz A garota dos olhos esmeralda / Ana Beatriz Brandão. - 1. ed. - Campinas [SP] : Verus, 2021.	
ISBN 978-65-5924-030-2	
1. Ficção brasileira. I. Título.	
21-72066	CDD: 869.3 CDU:82-3(81)

Camila Donis Hartmann - Bibliotecária - CRB-7/6472

Revisado conforme o novo acordo ortográfico.

Seja um leitor preferencial Record.
Cadastre-se no site www.record.com.br e receba
informações sobre nossos lançamentos e nossas promoções.

Atendimento e venda direta ao leitor:
sac@record.com.br

É bom lembrar que, contra o preconceito, a intolerância, a mentira, a tristeza, já existe vacina: é o afeto. É o amor.

— PAULO GUSTAVO

Sumário

Verde-esmeralda	9
Adeus	15
Outra metade	22
Nossos fantasmas	31
Uma mudança em breve vai acontecer...?	40
Pés para dentro	43
Ele	47
Perda de tempo	54
Aquela luz	59
Era só ela	69
Vou lembrar	74
No fundo dos seus olhos	90
Era uma vez o paraíso	95
Uma filha melhor	100
O túmulo	110
Perdida	117
Eu sei	129
Confiança	135
Flores de plástico	140
Trocando as pernas	148
E todas as estrelas	152
O início do fim	160
Palavras	169
Sozinha	179
18 de julho	185
Primeiro passo	190

As correntes em mim	196
No mesmo pacote	206
Epílogo	212
Bolo de mel com canela da Bia	217
Agradecimentos	219

Verde-esmeralda

"TREVO (TU)" — ANAVITÓRIA

Verde. Como um mar de águas cristalinas, daqueles que a gente só vê nas fotos de praias paradisíacas. Com águas tão convidativas que somos incapazes de resistir ao desejo de mergulhar, e nem pensamos no perigo que pode haver em toda aquela imensidão.

Verde-esmeralda.

Essa era a cor dos olhos dela.

Eu me sentia hipnotizada por eles. Como poderia não estar? Tão lindos e cheios de *vida*. Um toque de cor no meio de todo aquele branco e cinza que nos rodeava.

— Lena? — alguém chamou, colocando a mão em meu ombro. — Lena, está escutando?

Pisquei algumas vezes, fazendo o que podia para sair daquele transe tão magnético quanto um buraco negro e voltando a atenção para a pessoa ao meu lado.

— Você está encarando *demais* — alertou meu colega de classe, Henrique, com um sorriso malicioso, segurando um enorme copo de café. — Vai acabar assustando a garota.

Franzi o cenho, tentando fingir que não sabia do que ele falava, e segurei o olhar só mais um instante na dona dos olhos verdes, sentada a alguns metros de mim, com um livro gigante nas mãos, lendo com tanta atenção que não parecia sequer ter consciência do mundo que a rodeava. Nunca perceberia que eu a observava, tão entretida que eu duvidava um pouco de que sua mente ainda permanecia ali, e não presa às páginas daquele livro.

Tinha o cabelo castanho-escuro preso num rabo de cavalo que não dava conta dos fios, deixando algumas mechas caírem por cima da nuca e do pescoço. A franja, bagunçada e desgrenhada, com toda a certeza precisando de um pente, estava jogada para os lados, dividida no meio da testa, deixando o rosto bem exposto.

— Eu só estava tentando ver o nome do livro que ela está lendo — menti descaradamente, forçando um sorriso.

— Jura? E qual é? — ele retrucou, com um jeito travesso.

Abri a boca para responder, tendo certeza de que saberia a resposta. Mas, quando a única coisa que me veio à cabeça foi uma imagem embaçada de tudo o que não fosse *ela*, eu soube que não tinha ideia do que dizer.

— Tá, e qual é a cor do livro, então?

— La... ranja? — respondi, sem muita convicção, sentindo o estômago embrulhar. Ele ia mesmo conseguir me deixar constrangida, né?

— Se com "la... ranja" você quer dizer "azul", então sim. É "la... ranja".

Revirei os olhos, murmurando alguns xingamentos, o que o fez dar um enorme sorriso. Eu o conhecia, e era óbvio que ainda não tinha terminado. Henrique tinha uma pontinha de crueldade e gosto para o constrangimento alheio que eu conhecia muito bem.

— E qual é a cor dos olhos dela? — perguntou, finalmente, ainda mais feliz.

— Esme... não tenho ideia!

Boa, Helena! Muito boa mesmo! É exatamente assim que alguém se mostra indiferente a uma pessoa, pensei, suspirando, enquanto ele caía na gargalhada, chamando a atenção de todos ao redor, menos a dela. *"Esme... não tenho ideia"? Por que você nunca para pra pensar antes de abrir essa sua boca grande, hein?!*

— O que você viu nessa garota? — perguntou. — Ela é tão comum!

— Você já prestou atenção naqueles olhos? — murmurei. — Dá pra ver as estrelas dentro deles.

— Dá pra ver o quê?! Por Deus, Helena! Seu comentário tá com cara de privação de sono, isso sim!

Balancei a cabeça, ainda olhando para ela. Ele não entenderia. Não conhecia minha família, minha história, meu irmão.

Daniel.

Era ele que eu via naqueles olhos. Não pela cor, mas pelo olhar. Eu reconheceria aquele jeito de encarar as coisas a quilômetros. Conhecia aquilo como a palma da minha mão.

A curiosidade, o interesse, o encantamento, até o jeito como piscava os olhos levemente arregalados, muito concentrada no que via... caramba, eu sentia falta dele. Tanta falta...

Ela olhou para mim de repente, como se tivesse sentido que eu a encarava. Disfarcei quase como um reflexo. Por um instante apenas, é claro, já que voltei a olhar logo em seguida, verificando se ela não havia desconfiado do meu interesse, e é óbvio que eu estava certa.

A garota tinha me pegado no flagra. Dava para ver em sua expressão constrangida. As bochechas haviam corado um pouco, e ela abaixara a cabeça ainda mais, quase se escondendo atrás do livro. Até mesmo os ombros tinham se encolhido um pouco.

Suspirei, frustrada, agora analisando minhas unhas roídas. Droga. Eu realmente não sabia ser discreta. Será que tinha como aquilo terminar de um jeito ainda mais desastroso? Claro! Era só olhar para o Henrique, que quase não fazia esforço para segurar a risada.

— A culpa é sua! — murmurei. — Você falou alto demais e ela deve ter escutado.

— Ah, sim! A culpa é minha — retrucou. — Não que você não a estivesse secando há minutos, parecendo uma psicopata. Uma hora ela ia perceber!

Eu queria poder discordar, jogando o peso de todo aquele constrangimento em cima dos ombros dele, mas sabia que Henrique estava certo. Na arte da observação, eu tinha tanto talento quanto um abacate.

— Helena? — chamou uma mulher, colocando a cabeça para fora da porta que havia acabado de se abrir atrás de Henrique. — Helena Oliveira Lobos?

Me levantei apressadamente, feliz por alguém aparecer para me tirar do buraco profundo de vergonha extrema. Henrique riu mais uma vez, sabendo ler direitinho meus gestos e minha expressão, e fiz o possível para ignorá-lo.

— É a sua vez.

Agradeci, seguindo-a para dentro da sala, já dobrando uma das mangas do jaleco.

Eu cursava o quarto ano da faculdade de medicina e não via a hora de começar a especialização em neurologia, mas ainda faltava pouco mais de um ano para poder iniciar a residência. Enquanto esse sonho não se realizava, doutora Regina, mãe da Melissa, tinha me apresentado à diretora do hospital, uma das melhores neurocirurgiãs do país, e conseguido uma oportunidade de trabalho voluntário como uma espécie de "assistente" de diretoria duas vezes por semana. O trabalho se resumia basicamente a pegar café e, de vez em quando, implantar algumas ações sociais dentro do hospital. A ideia da vez era tirar um tempinho nos turnos longos dos médicos para "obrigá-los" a fazer uma bateria de exames de rotina.

Nada mais justo que as pessoas que cuidam da saúde dos outros darem um pouco de atenção à própria. Os profissionais passavam tanto tempo naquele hospital preocupados com os pacientes que esqueciam de si mesmos, então dei a ideia de nos organizarmos em turnos para ajudar a realizar aqueles exames. E, é claro, era uma boa chance de fazer os nossos próprios. Depois que a esclerose lateral amiotrófica tirou de mim o meu pai e o meu irmão, nada mais justo que ficar um pouco mais atenta com a saúde. No meu caso, era a hora de coletar um pouco de sangue para ver como iam as coisas.

Não levou muito tempo, só o suficiente para que o idiota do Henrique levantasse a bunda daquela cadeira e se sentasse ao lado da tal garota dos olhos esmeralda. Ela continuava com o livro nas mãos, escondida atrás dele, enquanto Henrique puxava papo, gesticulando exageradamente e ostentando o sorriso charmoso que sempre lançava para qualquer menina que não fosse eu.

— Que... cretino! — murmurei, indignada, não acreditando no que via.

Não fazia muito tempo que eu o conhecia, já que ele tinha se transferido para a minha faculdade havia menos de um ano, mesmo assim pensei que fôssemos amigos, afinal fui eu que o avisei de que estavam precisando de um auxiliar na administração — graças a isso ele agora tinha um emprego que o ajudava a pagar a faculdade. E agora lá estava ele, dando em cima da garota pela qual *sabia* que eu tinha me interessado. Ingrato.

Senti o rosto queimar. Isso era para eu perceber o quanto podia ser ingênua, confiando em qualquer um que eu visse pela frente sem nem conhecer direito a pessoa.

Nem todos eram como Daniel, e eu precisava me convencer disso, por mais difícil que fosse.

Desde que ele morrera, há quase seis anos, tinha se tornado quase um hábito procurar qualquer coisa que me fizesse lembrar dele, tanto nas pessoas quanto nas coisas. Não era difícil: All Stars, olhos azuis como o céu, música, pintura e, é claro, cachecóis vermelhos. Várias coisas comuns no dia a dia, mas que, juntas, simbolizavam quase tudo o que meu irmão era para quem o conhecia bem.

Quantas músicas eu tinha escutado e imaginado ele tocando em seu violão surrado? Quantas pinturas fiquei encarando por longos minutos em silêncio, me perguntando o que ele acharia delas? Meu Deus, quantas vezes sentei na cama, no escuro do meu quarto, encarando um canto vazio, enquanto tentava lembrar como era sua voz quando cantava nossa música, "Por enquanto"?

Eu não me lembrava mais. Havia esquecido como era a voz dele, o sorriso, o jeito como dançava com nossa cozinheira quase todas as manhãs, rodando com ela pela cozinha como se estivessem em um desenho... Mas dos olhos não tinha como me esquecer. Eu os via três meses por ano, desde que partira, no rostinho iluminado de seu filho com Melissa. Aquelas bolas azuis gentis, alegres e *extremamente* expressivas.

Dei as costas para os dois, seguindo a direção contrária no corredor, apressando o passo enquanto me perguntava se já deveria trocar minhas coisas de armário para não ter nem que passar perto daquele filho da mãe do Henrique, quando o escutei chamar meu nome, logo atrás de mim.

Não parei de andar, ignorando os olhares de todos que haviam se voltado para nós. Ele falava tão alto, e era tão dramático, que ficou impossível não chamar a atenção. Se não estivesse na minha sala, eu poderia jurar que Henrique havia se formado, na verdade, em artes cênicas.

— Ei, aonde você pensa que está indo? — perguntou, me pegando pela manga do casaco, quase me fazendo parar à força. — Fugiu da agulha, foi? Tem medo de sangue?

— Haha, muito engraçado — murmurei, impaciente. — Por que não volta pra onde estava e continua sua conversa?

Ele deu um sorriso cheio de malícia. Passou a mão no cabelo curto e negro, tentando parecer charmoso, se movendo como se fosse a paródia de algum supermodelo da internet. Levantou e abaixou uma sobrancelha várias vezes, tentando me fazer rir, e questionou:

— Está com ciúme, Heleninha?

Me mantive quieta, não sabendo se ficava irritada ou se saía dali depressa, não querendo lidar com aquelas brincadeirinhas sem graça, já que ele claramente havia feito uma grande merda.

— Qual é? Não precisa ficar emburrada. Eu tenho uma coisa pra você — continuou, quando viu que eu não daria nem um sorriso, estendendo para mim o que parecia ser um post-it verde-limão.

Peguei aquele papel de um jeito um pouco mais grosseiro do que pretendia, tentando identificar o que estava escrito no centro dele. Era apenas um conjunto aleatório de números grafados com caneta azul, com um traço no meio. Não levei muito tempo para perceber que era um número de telefone. Havia também uma flor mal desenhada logo ao lado, e um nome entre parênteses embaixo: Bia.

— Que legal, ela te deu o telefone.

— Não... Ela *te deu* o telefone.

Meu queixo caiu, enquanto eu passava o olhar quase comicamente entre Henrique e aquele objeto verde em meus dedos. Podia sentir a frase: "... Isso é pra mim?" escalando minha garganta e se arrastando pela boca querendo sair.

Olhei para trás, por cima dos ombros, na direção da menina dos olhos esmeralda, sentada na mesma cadeira, com o mesmo livro nas mãos, e meu coração chegou a descompassar um pouco ao notar que ela me observava. Estávamos a uma distância considerável, mas ainda assim eu podia ver um lindo e discreto sorriso em seus lábios.

Enquanto isso, eu continuava com o queixo caído, olhando para ela como uma idiota. Por que para mim? Por que eu? Por Deus, o que eu diria para ela?

Bem, não importa. Agora a garota dos olhos cor de sorte tinha um nome, e eu não precisaria mais passar longos minutos apenas tentando imaginá-lo.

Ela deu uma leve risada enquanto me olhava, com certeza achando graça por perceber que eu não conseguia reagir e nem mesmo mudar minha expressão, antes de voltar a ler seu livro.

— O que você disse pra ela? — perguntei, finalmente voltando minha atenção a Henrique mais uma vez.

— Nada. Fui até lá descobrir o nome dela, e a primeira coisa que me perguntou foi se eu era seu amigo — ele respondeu, com um sorriso, dando um leve soquinho no meu ombro.

Não pude deixar de sorrir também, baixando a cabeça para analisar os números mais uma vez, o que só serviu para aumentar meu sorriso. Mordi o lábio inferior, tentando conter um pouco a excitação, que teimava em transparecer por todo o meu rosto corado. Mas é claro que foi impossível.

Aquele pedacinho de papel verde havia acabado de mudar o meu dia por completo, e eu não poderia ficar mais feliz. Pensar na ideia de que a menina havia reparado na minha existência já fazia meu coração acelerar. A garota dos olhos esmeralda havia acabado de tomar posse do meu coração.

Ver os números escritos numa letra trêmula me fez sentir borboletas em festa no estômago. Não esperava que ela fosse olhar para mim, mas agora era real. Ela sabia o meu nome e quem eu era, e havia acabado de decidir me dar uma chance.

Adeus

"TOO SAD TO CRY" — SASHA SLOAN

Mais uma vez eu chegava em casa. Já tinha virado um tipo de ritual. Jogar as chaves em cima da mesa, tirar os sapatos, tirar o casaco, acender as luzes, trancar a porta e... suspirar. De vez em quando, dependendo do dia, tinha até direito a olhos marejados, ou a um aperto no coração. Mas esses haviam ficado menos frequentes desde que tinha saído da casa da minha mãe, há dois anos.

Eu tinha dezesseis anos quando meu irmão, Daniel, morreu por um erro médico causado na hora do atendimento inicial no acidente de carro que ele havia sofrido. Seu já frágil sistema respiratório, comprometido pela esclerose lateral amiotrófica, teve um agravamento, o que o levou ao coma e à morte aos vinte e três anos. A ELA havia me tirado meu pai menos de um ano antes, e perder Daniel assim foi como se tivessem destroçado meu mundo de uma hora para outra. Eles eram a minha luz. Meu porto seguro. Principalmente meu irmão. Éramos tão próximos que eu às vezes me perguntava se não éramos gêmeos, apesar dos cinco anos que nos separavam. Eu só... tinha chegado atrasada. O que não seria nem um pouco surpreendente.

Depois disso, minha mãe e eu ficamos isoladas em nossa casa enorme. Eu e ela. Ela e eu. Nosso relacionamento nunca foi fácil, e era meu pai e Daniel que apagavam as faíscas que surgiam entre as duas. Depois que eles se foram, não sobrou ninguém para fazer esse trabalho e ficou insuportável viver naquele lugar. Melissa, minha cunhada, namorada do meu irmão (e Deus ajude qualquer um que a chame de "ex", mesmo depois da morte dele), até tentava ajudar de vez em quando, mas eu não colocaria esse peso nos ombros dela. Ainda mais depois de descobrir que ela carregava dentro de si a única parte viva de Daniel que havia restado. Meu sobrinho, que recebeu o nome do pai.

Fazia cinco anos que ele havia chegado a este mundo, uma lembrança cheia de alegria da passagem do meu irmão por esta Terra. Por muito tempo ele foi uma das únicas coisas que conseguiam me fazer sorrir. Ainda mais no longo período turbulento que se passou enquanto eu ainda morava com Dona Marcia.

Nunca tive problemas em me assumir para ela, ou para minha família. Com meu irmão me apoiando, contei para os meus pais aos quatorze anos que gostava de garotas. Não foi nada fácil. Meu pai era pastor de uma igreja evangélica antes de a esclerose lateral amiotrófica assumir o controle do seu corpo. Minha mãe também fazia parte da igreja, e era muito mais conservadora que ele, chegando até a ser intolerante em algumas questões que meu pai compreendia, e claro que não fez a menor questão de tentar me entender. Ela me via como "um castigo de Deus". Eu havia trazido a doença para minha casa. A maldição. Eu e minhas "escolhas ruins".

Eu quase teria acreditado nessas palavras se não fosse pelo meu irmão. Mesmo assim, não era fácil. Ainda mais quando a rejeição vinha da pessoa que havia me colocado no mundo. E as coisas pioraram quando, depois da morte de Daniel e do meu pai, eu e ela éramos as únicas pessoas que restaram dentro daquela casa.

Ela nunca chegou a dizer em voz alta, mas eu tinha certeza que preferia que eu tivesse morrido em vez de Daniel. Ele era o talentoso. Estava se formando na faculdade de música, fazia trabalho voluntário em um hospital, era alto, bonito, engraçado e tinha um coração maior que o de qualquer um que eu conhecesse. Já eu... era a "adolescente rebelde e anormal", aos olhos da minha mãe.

De qualquer forma, tentei fazer as coisas funcionarem. Tentei ser melhor. Tentei ser *ele*. Mas é claro que não bastou para ela. Dona Marcia era durona. Fechada. Fria. Eu não a culpava. Depois de perder as pessoas que você mais ama no mundo, e depois de anos cuidando de um marido com uma doença tão devastadora, é claro que você cria uma casca ao redor dos seus sentimentos para tentar se proteger de tudo que possa causar dor. Por isso, quando completei vinte anos cheguei à conclusão de que seria melhor seguir meu próprio caminho.

Aluguei um apartamentinho em São Paulo, perto da faculdade, e decidi tentar me refazer. Me recriar. Mas acho que eu era nova demais para isso. Ou talvez fosse cedo demais para mim. Minha cunhada deixou o país com o filho pouco depois do nascimento dele; foi atrás do sonho de se formar em balé na Juilliard, em Nova York. Sonho do qual havia desistido para passar os últimos meses do meu irmão ao lado dele. Eu não tinha dúvida nenhuma de que conseguiria. Ela se formou, e fazia pouco tempo que havia voltado ao Brasil.

E, nesse meio-tempo... eu fiquei. Não havia ninguém na minha família que me aceitasse, meus amigos do ensino médio foram desaparecendo aos poucos depois que me formei, e, com o passar dos meses, tudo que restou foi focar cem por cento nos estudos.

Eu visitava minha mãe de vez em quando, e cada vez mais as visitas se espaçavam. Se dependesse dela, acho que a única coisa que nos ligaria seriam seus depósitos caindo na minha conta no fim de cada mês. Nossa relação havia se tornado uma mera questão financeira. Talvez como uma forma de tentar cortar esse laço e nos aproximar de verdade, arrumei um emprego num bar para ganhar meu próprio dinheiro. Era mais um bico do que um trabalho fixo. Uma ou duas vezes por semana eu cantava, no gênero banquinho e violão, em troca de uma merreca no fim da noite.

Mesmo ganhando pouco, eu gostava. A música me aproximava de Daniel, de certa forma. E talvez assim Marcia sentisse orgulho de mim. Isso traria uma lembrança do meu irmão que a faria criar certa afeição por mim, certo? Errado. Ele cantava na igreja. Em eventos beneficentes. Para a faculdade, da qual ela era reitora. E eu... eu cantava num bar, para pessoas que mal olhavam para mim e que, no fim da noite, provavelmente estavam com a cabeça tão cheia de álcool que nem percebiam a música de fundo. Que dirá ao vivo. Pelo menos era assim que ela considerava. Uma vergonha. Mais uma. A única coisa que ela aprovava na minha vida era o curso de medicina. Se alguém perguntasse de mim, talvez essa fosse a única coisa que mencionasse sobre a minha vida. E, no fim, ainda era por causa do meu irmão.

"Ela estuda medicina. Vai ser neurologista. Quer tentar descobrir a cura da ELA, a doença que levou meu filho e meu marido." Depois, o assunto acabaria fluindo para a vida de um dos dois.

Isso nos traz à última parte do meu ritual diário. Checar a caixa postal. De vez em quando havia alguma mensagem. Na maior parte do tempo era alguma cobrança, ou alguém que tinha ligado para o número errado. Mas às vezes era uma mensagem dela. Curta e grossa, como sempre. Direto ao objetivo. Ela preferia falar com o vazio da mensagem não atendida a ter que lidar com minhas respostas. Mas ainda fazia um esforço, por educação. Perguntava como eu estava, sem muita vontade de saber a resposta, e me dizia uma ou duas coisas aleatórias.

Havia uma semana, eu tinha adicionado mais um hábito à minha rotina.

No espelho perto da entrada da porta, pendurado na parede logo acima do móvel no qual eu costumava deixar minhas chaves, havia um post-it verde-limão grudado. Eu já tinha encarado aquilo por tanto tempo que não precisava nem olhar mais para saber o número escrito ali. Será que algum dia eu iria ligar? Quem sabe quando eu reunisse coragem, quando tivesse estabilidade emocional, e quem sabe quando tivesse uma mãe. Agora eu não me sentia pronta para esse tipo de coisa. Como iria receber alguém na bagunça que era minha vida? Meu apartamento? Por vezes eu mal tinha coragem de colocar a roupa no cesto para lavar.

Deixei o olhar passar do post-it para meu reflexo no espelho, com as mãos apoiadas no móvel das chaves. Meu cabelo loiro, longo e cacheado estava um pouco bagunçado demais, e eu tinha olheiras embaixo dos olhos azuis. Olhos do meu irmão. Será que eu parecia tão cansada durante o dia quanto parecia agora? Ombros caídos, sobrancelhas por fazer, lábios secos, e uma mancha de ketchup na camiseta. Eu já fora melhor. Há muito tempo.

Continuei guiando o olhar para baixo, para o móvel no qual estava apoiada, e deixei uma das mãos deslizar até uma das gavetas. Mais um passo do meu ritual diário. Logo a abri, esperando um segundo antes de finalmente olhar dentro dela, encontrando algumas caixas pequenas, mas poderosas. Cores vermelhas, azuis, brancas... eram os remédios que eu havia passado a tomar quando o peso de tudo se tornou grande demais para suportar.

Tinha procurado uma psicóloga, buscando ajuda para suportar a dor terrível que me atingiu quando meu irmão partiu. Para não me deixar sucumbir no abismo imenso e escuro que se abriu embaixo dos meus pés. Mas em pouco tempo a terapia deixou de ser suficiente. Precisei de mais ajuda. Precisei de uma mão mais forte para me puxar e tentar acender a chama da vontade de viver que se apagara dentro de mim. Para me ajudar a controlar a ansiedade e as crises de pânico diárias, e também para me ajudar a dormir. Ahhh, dormir. Havia quanto tempo eu não dormia bem? Na teoria, eu deveria pegar um remédio de cada, mas... ultimamente eu havia passado a ignorar aquela parte da gaveta. De vez em quando pegava as caixas na mão, mas... não chegava a tomar nenhuma pílula.

Se eu dormisse, tinha pesadelos dos quais não conseguia acordar. Fazia um tempo que eu tinha reparado. E esse foi o primeiro empurrão para que eu me deixasse esquecer as pílulas dia sim, dia não. Dia sim, dia sim, dia não. Dia sim, dia sim, dia sim... até não tomar mais.

Suspirei mais uma vez, dando um passo para trás e entrando de vez em meu apartamento, tão apertado quanto uma caixa de fósforo. Pequeno e bagunçado. Mas eu gostava. Era aconchegante. Havia escolhido sozinha, mesmo que minha família tivesse dinheiro suficiente para pagar por algo bem maior. Nunca fui do tipo que se imagina numa mansão. E, se um dia algo acontecesse, queria morar num lugar do qual eu pudesse tomar conta. No caso, um apartamento de quarto e sala era tudo de que eu conseguia cuidar no momento. Já tinha tentado ter plantas. Duas, na verdade. E ambas morreram. Então, a prioridade era não colocar fogo no apartamento enquanto tentava fritar um ovo. Se conseguisse isso, já estava de bom tamanho.

Quase como um zumbi, caminhei até o quarto, me deixando cair desajeitadamente no colchão a fim de encarar o teto. Nem me dei ao trabalho de acender mais alguma luz. O reflexo das luzes dos carros passando do lado de fora, desenhando linhas dançantes no gesso branco acima da minha cabeça, era o bastante para distrair minha mente.

Fazia quanto tempo que eu não dormia mais do que três ou quatro horas? Durante o dia conseguia focar nos estudos, mas à noite, sozinha, a mente vagava descontrolada por todos os momentos da minha nova realidade. Quando era vencida pelo cansaço e conseguia dormir, mergulhava em outro tipo de mundo, um mundo sombrio que eu odiava visitar.

Minha única distração nos últimos meses era o barulho do casal que morava no apartamento de cima. Era quase irresistível acompanhar a rotina deles. Brigavam na maior parte do tempo. Gritos abafados pelo chão entre nós. Batiam portas e andavam de um lado para o outro com os pés tão pesados quanto um deslizamento de pedras. E, no resto do tempo, havia música. Ele tocava violão de madrugada, e, se eu abrisse a janela, podia sentir o cheiro de cigarro que vinha do quarto do casal. De vez em quando o cara cantava, e, apesar de não ser muito bom, eu quase podia fechar os olhos e imaginar que era o meu irmão cantando. Era a coisa que Daniel mais fazia quando estava em casa. Violão nas mãos e a voz alta e orgulhosa. Era quase... familiar.

O que eu não faria para ouvi-lo cantando novamente.

Estava quase fechando os olhos, deixando o sono me levar antes mesmo que tivesse a chance de tirar a calça jeans, quando senti o celular vibrar no bolso. Olhei no relógio na mesa de cabeceira ao lado da cama. Uma da manhã.

Não fiz muitas perguntas sobre quem poderia ser. Quando a maioria dos colegas que você tem faz parte da vida noturna da cidade, não é incomum receber uma ligação a essa hora. De uma coisa eu tinha certeza: eles dormiam tanto quanto eu.

— Alô...? — falei, assim que aceitei a chamada e coloquei o celular contra o lado do rosto, tentando disfarçar a voz de sono.

De primeira, não tive resposta, e precisei afastar o celular mais uma vez para olhar a tela a fim de confirmar quem estava ligando. Marcia. Minha mãe?

— Alô? Mãe...? — perguntei, trazendo o aparelho para perto mais uma vez. Confusa com a ligação dela tão tarde da noite.

Por que me ligaria a uma hora dessas? Ela não era nem um pouco do tipo que fica acordada o suficiente para ver o relógio passando das dez horas da noite.

Mais uma vez tive o silêncio como resposta por alguns segundos, e estava prestes a desligar e mandar uma mensagem dizendo que não conseguia ouvi-la quando ouvi um soluço baixinho do outro lado da linha. E, logo depois, um som mais característico de choro ficou mais claro. Choro de mulher. Era ela.

— Mãe? O que foi?? O que aconteceu? — perguntei, em tom de urgência, sentindo um aperto de preocupação no coração, não tendo ideia do que esperar. Ela vivia sozinha naquela casa enorme, cheia de lembranças. Mas não era seu costume me ligar para chorar nossas perdas.

— Ele... — murmurou ela, do outro lado da linha. — *Ele... ele morreu, Helena. Ele se foi...* — disse então, em meio às lágrimas.

Num piscar de olhos, foi como se eu fosse puxada para uma das minhas piores lembranças. A cama... o teto do quarto... o sono me levando depois de uma tarde preguiçosa em casa... Daniel numa cama de hospital há quilômetros de mim...

— Quem, mãe? Quem se foi? — perguntei, sentindo as lágrimas começarem a encher meus olhos com aquelas lembranças, e uma dor latejante subindo na garganta enquanto engolia o choro.

— *O meu filho...* — respondeu ela, com a voz tão baixa quanto um sussurro.

E foi quando um grito de desespero começou a subir pela minha garganta, como ocorrera no dia em que ele se foi. Mas o que saiu pela minha boca não foi minha voz. Foi o som do despertador.

Dei um salto na cama, me sentando no colchão enquanto me deparava com a luz do nascer do sol iluminando o quarto. Meu coração batia a mil, e era como se alguém tivesse sugado todo o ar dos meus pulmões. Meus olhos estavam cheios de lágrimas e os dedos pareciam ter passado a noite dentro do freezer.

Eu ainda vestia a mesma roupa da noite anterior, mas não segurava o celular. Nem sequer parecia ter tocado no relógio para ver a hora.

— Merda... — murmurei, esticando o braço para desligar o despertador, que quase me ensurdecia, enquanto meu cérebro tentava se convencer de que havia sido um pesadelo. Mais um.

Era sempre assim. Eu sempre sonhava com isso. Com o dia em que minha mãe me ligou do hospital para dar a notícia. Eu estava sozinha em casa, deitada na cama como uma idiota enquanto meu irmão precisava de mim. E eu não estava lá para ajudá-lo, ou para dizer adeus.

No início foi desesperador. Acordar de manhã e descobrir que o pior momento da minha vida havia se repetido em meus sonhos só para me atormentar mais uma vez. Mas depois passei a voltar a mim cada vez mais rápido de manhã. O aperto no peito continuava, as lágrimas se mantinham firmes e fortes nas beiradas dos olhos, mas eu logo me convencia de que aquilo não era real. Não hoje. Não ontem. Fazia cinco anos.

E foi com esse aperto e essas lágrimas que levantei da cama, quase cambaleando pelas poucas horas de sono, para ir tomar um banho frio e, mais uma vez, começar o meu longo e incessante dia, como eram todos os outros.

Outra metade

"TO BE LOVED" — ASKJELL FT. AURORA

O reflexo das garrafas e as luzes coloridas do teto brilhavam por todo ambiente como se fossem borrões dançando ao som da música alta. O ritmo mexia com meu olhar, meu corpo, minha mente. Era como se meus pés flutuassem na pista de dança. A cabeça nas nuvens. Os pensamentos distantes.

Não sei o quanto já havia bebido. Nem quanto tempo fazia que havia chegado. Só sabia que, de um piscar de olhos, fui de quinta para sexta-feira como se não estivesse no controle da minha vida. Era um piloto automático constante que me ajudava a seguir em frente sem tropeçar. Eu me sentia tão cansada... Mas ainda estava ali. Naquele bar que ficava perto da faculdade.

Henrique tinha me convencido a ir até lá depois do estágio. Disse que tinha algo no grupo da sala sobre todo mundo querer se reunir lá para festejar a noite toda e se conhecer melhor. Aparentemente alguns calouros e veteranos também apareceriam, o que seria uma boa oportunidade para fazer novas amizades. Já fazia algum tempo que tínhamos chegado e eu não tinha visto ninguém da medicina. A única coisa que vi foi Henrique colocando garrafas, latas e mais garrafas em minhas mãos.

— Lena, vem cá! — consegui ouvir sua voz, a alguns metros de mim, tentando superar a altura da música.

Voltei minha atenção para ele, levando alguns segundos para encontrá-lo no meio de todas as pessoas que se apertavam na pistinha de dança. Assim que o vi, reparei que estava acompanhado.

Droga. Droga. Droga, droga, droga. Estava de brincadeira? Filho da p*!

Ela estava bem mais arrumada do que no outro dia. A franja penteada, o cabelo solto e caindo nos ombros, e eu podia ver um delineado de gatinho em seus olhos. Aqueles olhos verde-esmeralda que, mesmo naquele lugar, com as luzes coloridas querendo esconder seu tom e brilho, eu reconheceria a quilômetros de distância. Era ela. A garota do post-it verde-limão.

Me aproximei devagar, tentando não deixar transparecer o choque e o ritmo frenético das batidas do meu coração. Observava aquela garota de longe fazia tanto tempo, e ainda assim não tinha ideia do que diria se me aproximasse dela. E o que eu ia dizer? "Desculpe por não ligar antes, eu estava ocupada lavando o cabelo"? Eu tinha guardado o telefone dela por uma eternidade. Agora parecia que eu a havia rejeitado.

— Oi... O que foi? — perguntei, com um sorrisinho discreto e educado, passando os olhos de um para o outro, fingindo que não sabia que ele tinha me chamado para tentar nos apresentar. Idiotaaaa!

— Eu só queria te apresentar a Bia! A garota que estava lendo aquele livro... O livro de que você gosta! — Henrique falou, obviamente arranjando a pior desculpa do mundo. Eu nem lembrava a cor da capa da droga do livro, caramba.

— Ah. Ah! Sim! Claro! É! — Assenti com a cabeça, tentando parecer convincente. — O livro! Sim. Oi! Sou a Helena — adicionei, estendendo a mão para cumprimentá-la.

E ela, como a garota educada que devia ser, fingindo que não tinha me dado o número do telefone com seu nome escrito embaixo, pegou minha mão e a balançou levemente com um sorriso amigável. Um sorriso lindo. O sorriso. Que sorriso! Ela tinha os dois dentes da frente levemente maiores que os outros, mas era quase um charme irresistível.

— Abigail, mas pode me chamar de Bia. — disse, com o mesmo sorriso. — É legal saber que mais alguém gosta da Jane Austen. Ela me faz esquecer do mundo. Eu afundo nos livros dela e até perco a hora de vez em quando.

Jane Austen. Mas que... caramba. Eu nunca tinha lido nada dela, e duvidava que soubesse o nome de mais de dois romances dessa autora, mesmo que fosse um clássico. E agora eu tinha que fingir que aquele era o meu livro preferido. Muito obrigada, Henrique. Agradecida.

— Ela é maravilhosa mesmo. E as capas dos livros dela são muito legais. Principalmente o azul que você estava lendo aquele dia. — Eu sabia bem que estava sendo um pouco vaga demais. Mas o que eu podia fazer? Até Henrique me questionar, eu achava que a capa do livro era laranja!

— Ah sim, ele é maravilhoso... — Ela me olhou com um sorriso diferente, quase engraçado, e por um instante me perguntei se não tinha me pegado na mentira com aquela última fala. "Principalmente o azul." Sério, Helena? O livro não tem nome, não? — Espero não ter constrangido você dando o meu telefone pro Henrique. Eu falei pra ele que seria um prazer conhecer outra fã de livros naquele hospital, então fui meio impulsiva... — se explicou.

Olhei para meu amigo, parado ao lado dela, enquanto a garota dizia aquelas palavras. E foi quase o suficiente para me fazer querer dar-lhe um belo pisão no pé. Ele bem que podia ter me avisado que Abigail tinha passado o telefone para falar de livros. Mas não. O idiota agiu como se ela estivesse tentando me convidar para sair, o que era exatamente o que eu queria. E agora eu não sabia o que responder.

— Imagina! Ela queria seu telefone já tinha um tempo. — Foi Henrique que respondeu, antes que eu tivesse a chance de pensar em algo, e meu queixo caiu involuntariamente por um segundo, antes que eu desse um beliscão em suas costas em um ângulo em que Bia não poderia reparar. Ele pulou no lugar.

— Ahahahaha! Haha! — ri bem forçadamente, como se tentasse fazer parecer que a revelação de Henrique era uma brincadeira, e Abigail sorriu ainda mais entretida, levantando uma das sobrancelhas enquanto olhava para mim e para meu amigo, que esfregava o lugar do beliscão e murmurava algo. Provavelmente xingamentos para mim. — Ele é um palhaço — expliquei a ela, tentando parecer bem certa de mim mesma, e não uma babaca constrangida.

— É. Bem engraçado — disse a garota, com o mesmo sorriso, nada convencida. Só não sabia se achava engraçada a minha tentativa de disfarçar ou o meu crush idiota nela.

Dei outra risadinha totalmente forçada, coçando a cabeça, não tendo mais ideia do que dizer. Deixei o silêncio pairar entre nós por mais alguns segundos enquanto tentava encontrar uma forma de preencher a conversa.

— Então... Jane Austen... — comecei, me interrompendo no meio da frase quando vi que não tinha ideia do que dizer. Jane Austen o quê?

— É... Jane Austen — ela repetiu, visivelmente segurando o riso, antes de apontar para a garrafa que eu segurava. — Quer mais uma?

— O quê? — perguntei, antes de seguir a direção em que ela apontava, ainda com a cabeça cheia de xingamentos contra mim mesma e Henrique. — Ah! Sim. Sim, quero. — respondi, finalmente, caindo em mim.

Pelo menos ela não tinha saído correndo assustada, certo? Já era um bom sinal. Tudo o que eu queria era estar um pouquinho mais bêbada para ao menos ter uma desculpa para o meu comportamento.

— Então vamos. Eu pago. — Ela fez um leve movimento com a cabeça para que eu a seguisse em direção ao balcão. Por reflexo, olhei para Henrique.

Ela estava chamando nós dois ou só... eu? A brincadeirinha idiota dele tinha funcionado? Tudo o que ele fez foi me olhar de um jeitinho malicioso e me empurrar um pouco pela cintura para que eu seguisse a garota, e foi o que fiz. Hesitante, mas fiz.

Murmurei "ok" baixinho para ela antes de começar a segui-la em direção ao bar, ainda segurando minha garrafa quase vazia, lançando olhares discretos em direção a Henrique por cima dos ombros como se pedisse ajuda. Como uma criança que tinha acabado de tirar as rodinhas da bicicleta. No meu caso, as rodinhas tinham mais de um e oitenta de altura e cabelo castanho-escuro, e me olhavam com um sorriso enquanto faziam dois joinhas com as mãos como se tentasse me encorajar a continuar pedalando.

Balancei a cabeça, também sorrindo um pouco, enquanto prestava atenção no caminho à frente mais uma vez a fim de seguir Abigail, que por sorte encontrou duas cadeiras altas livres uma ao lado da outra perto do bar. Ela se sentou em uma antes de chamar o barman e pedir duas cervejas iguais à da garrafa que eu segurava.

— Então... você vem sempre aqui? — perguntei, enquanto subia na cadeira sem muita dificuldade com minhas pernas compridas. Compridas demais para o meu gosto, até. Ou para o gosto dos jeans das maiorias das lojas.

— Isso é uma cantada clichê ou você quer mesmo saber? — Ela levantou a sobrancelha mais uma vez com o mesmo sorriso entretido de antes.

"*Não pode ser os dois?*", perguntei em minha cabeça. Mas não era como se eu tivesse coragem de ser tão clara. Ainda mais depois de perceber o quanto a minha pergunta havia sido realmente clichê. Tanta coisa para falar, Helena, e você manda uma dessas?

— Uhhhh... Eu... — comecei, não tendo ideia de como responder, mais uma vez. Felizmente ela foi mais rápida do que eu.

— Relaxa, eu tô brincando — disse, ainda rindo um pouco. — E a resposta é não. Nunca tinha vindo aqui, na verdade. Foi o Henrique que me convidou. Fazia um tempo que eu não saía com o pessoal da faculdade. E muito menos num bar. Então... decidi aceitar.

Dessa vez ela me pegou de surpresa (como se já não tivesse pegado inúmeras vezes antes na nossa conversa). Henrique tinha convidado? Jesus. Seria possível ele dar mais bandeira do que isso? O que ela ia dizer depois? Que ele tinha contado a ela sobre meu interesse? Sobre as semanas que passei a encarando de longe feito uma stalker maluca?

— Que bom que você veio, então. Espero que esteja se divertindo. A bebida não é muito barata, e a esta hora a maioria já está bêbada, mas... é um lugar legal. — Tentei parecer natural, dando uma olhada em volta enquanto falava do lugar.

— É mesmo. E é bem mais colorido do que um hospital. Isso já é um grande ponto positivo — comentou, antes de agradecer o barman quando ele trouxe nossas bebidas.

— Residência, né? Quanto tempo você passa por dia no hospital? — eu quis saber, já que sempre a via por lá, mas sabia que ainda não tinha se formado. Ela sempre estava ao lado dos médicos anotando coisas, prestando atenção a cada detalhe, quase se esquecendo do mundo ao redor enquanto estava de plantão, o que me dava a chance de olhá-la por mais tempo... meu Deus, eu pareço obcecada falando assim.

— Horas. Parei de contar no segundo mês de residência. Depois de um tempo a gente acaba esquecendo que existe vida fora daquelas paredes. Às vezes me sinto hóspede na minha casa. Até meus pais estranham quando chego cedo. — Ela sorriu ao contar, enquanto abria sua garrafa.

— Não escolhemos uma profissão que deixe muito tempo livre, isso eu posso dizer — brinquei. — Mas vale a pena.

— Com certeza... — concordou, e pude ver seus olhos esmeralda expressivos se perdendo em pensamentos durante uns segundos por algum motivo antes de me perguntar. — Qual especialização você escolheu?

— Neuro. E você? — perguntei, e pela primeira vez durante toda a nossa conversa eu não precisava me sentir uma idiota a cada palavra. Quando o assunto era a faculdade e a medicina, eu tinha muito mais certeza sobre as coisas do que quando falava sobre mim.

— Crânio, gostei. — Deu um gole em sua cerveja antes de continuar. — Pediatria. Eu queria obstetrícia inicialmente, mas... Sei lá. A primeira coisa que eu penso quando me imagino num parto é o bebê escorregando da minha mão. Não, obrigada. Prefiro eles secos pra ficarem um pouco mais antiderrapantes.

Isso me fez rir. Crianças antiderrapantes. Isso seria bem útil, mas acho que acabaria exterminando metade do trabalho dos pediatras se excluíssemos todas as vezes que as crianças caem ou deixam alguma coisa cair e se machucam com isso. E ela pareceu sorrir orgulhosa quando viu a risada que eu dei.

— Ok, é. Faz sentido — falei, enquanto ainda ria um pouco, balançando a cabeça. — Ainda assim, isso não vai te livrar dos bebês, você sabe.

— É, eu sei. Mas estou acostumada. Trabalhei de babá por muito tempo pros meus vizinhos quando estava no colégio. — Levantou os ombros.

— Sorte sua. Quando meu sobrinho nasceu, eu evitava pegar ele no colo com medo de quebrar. Eles são umas coisinhas frágeis. — Sorri ao lembrar de Daniel quando ainda era um bebê, com seus grandes olhos azuis e o cabelo preto cacheado.

— Como se um cérebro não fosse uma coisinha frágil. Pra quem vai mexer com a cabeça de estranhos, acho que uma criança não é tão assustadora assim. — Ela piscou para mim.

De certa forma, ela estava certa. Mas o funcionamento do cérebro me fascinava demais. Eu não via outra área dentro da medicina que me interessasse tanto. Ainda mais depois da doença que devastou minha família. Queria entender como aquelas engrenagens funcionavam, e o porquê de o organismo todo entrar em colapso quando uma única coisinha estava fora do lugar. Eram tantos detalhes, tanto conhecimento, tanta responsabilidade para um só órgão... não havia como não sentir paixão quando eu pensava nisso.

— Você tem razão. Acho que é mais uma questão de gosto, nesse caso — falei, por fim.

— Sempre é — ela murmurou, tomando mais um gole de sua cerveja, enquanto eu finalmente abria a minha garrafa.

— Nem sempre — discordei, deixando a tampa da garrafa no balcão de madeira.

— Ainda estamos falando da mesma coisa? — O humor retornara ao seu rosto. Nós duas tínhamos ficado um pouco mais sérias nas últimas respostas.

— Talvez? — respondi, sem muita certeza, rindo mais uma vez. — Mas me conta... Você veio sozinha? — Tentei evitar que caíssemos no silêncio mais uma vez.

— Na verdade... sim. — Ela mordeu o lábio inferior por um segundo. — É uma brincadeirinha que costumo fazer. Saio sozinha pra voltar acompanhada.

— E dessa vez eu não tinha ideia se estava brincando ou se falava sério. Então só segui a onda.

— E qual é o plano pra hoje? — perguntei, dando um gole na cerveja para evitar manter o contato visual, já que tinha uma vozinha gritando dentro de mim que a minha pergunta soava demais como alguém muito interessado.

— Não sei. Me diz você. — E eis o mesmo sorrisinho que eu passava a conhecer, o que quase me fez cuspir a cerveja. Pode ter certeza de que isso não seria nada sexy.

Mais uma vez, eu não sabia se ela estava tirando uma com a minha cara ou se falava sério. Como se estivesse no primário, comecei a ligar os pontos e fazer cem perguntas na minha cabeça. Ok, ela me pagou uma bebida. Ela veio sozinha. Ela me deu o telefone. Parecia interessada. Mas interessada em quê? Ela me deu o telefone para conversar sobre o livro, não? E foi o Henrique que chamou. E se ela tivesse vindo por causa dele? E se estivesse só brincando e eu estivesse pensando demais? Certo, eu estava surtando.

— Relaxa, Jane Austen. Eu aceito um não como resposta — ouvi, quando fiquei tempo demais em silêncio. E acho que agora estava bem claro. Eu acho. Acho. Estava??

— Mas... eu... o quê? Eu não... Eu não disse nada... Eu... Uhhh... — gaguejei, me arrependendo assim que abri a boca. Jurava que sabia flertar bem melhor do que isso, mas com aquela garota era como se eu tivesse acabado de esquecer tudo o que sabia.

Enquanto isso, Abigail parecia se divertir bastante com minha tentativa, sorrindo mais a cada segundo enquanto me encarava, o que só me deixava ainda mais constrangida. Ela deu risada quando acabei desistindo de falar, e não pude deixar de sorrir também, baixando os olhos, constrangida. Pelo menos ela estava se divertindo.

— Você é bem direta, né? — perguntei, ainda sorrindo, sem coragem de olhar para ela.

— Eu?? Não era você que ficava me encarando lá no hospital? — disparou, ainda rindo, e o fato de ela levar aquilo com tão bom humor estava me fazendo relaxar. Pelo menos um pouco. — Você pelo menos já leu alguma coisa da Jane? — perguntou então, e dessa vez eu tive que balançar a cabeça, finalmente assumindo a verdade. — Foi o que eu pensei. Não sei se faz bem o seu estilo.

— Ahhhh, e o que faz o meu estilo? — Cruzei os braços, olhando para ela mais uma vez, vendo bem como a garota era boa em conduzir um assunto.

— *Revolução dos bichos* — ela respondeu, depois de pensar por alguns segundos.

— Outro que eu nunca li — admiti, o que a fez levantar os olhos.

— Turma da Mônica, então? — arriscou, e dessa vez eu assenti.

— Esses eu li! — falei, bem orgulhosa de mim mesma, o que a fez rir mais uma vez.

— E faz quanto tempo que você leu? Fala sério, eles são ótimos pra começar, mas acho que você tá grandinha o suficiente pra começar com coisas um pouco maiores — disse, enquanto ria comigo. — Ok, eu te convido pra minha casa um dia desses e deixo você escolher alguma coisa da minha estante. Que tal?

Eu me perguntei se era uma forma de retomar o assunto anterior sobre voltar acompanhada, mas ela parecia muito mais "bem-intencionada" dessa vez, então assenti. Não que eu não fosse assentir no outro caso também, mas... era mais fácil aceitar desse jeito.

— Combinado, então — concluiu. — Por enquanto deixo você terminar a sua cerveja e voltar pro seu amigo.

— Por quê? Aquela coisa de voltar acompanhada era brincadeira? — perguntei, tirando coragem provavelmente do álcool que eu tinha consumido para conseguir fazer aquela pergunta.

— Se você tivesse lido *Revolução dos bichos*, não seria. Nesse caso, é. — Ela levantou os ombros como se dissesse "sinto muito", mas visivelmente brincando.

— Bom, se você tiver o livro aí, eu leio agora — falei, com um risinho, e dessa vez foi ela quem terminou com a boca aberta. Agora estávamos quites.

— Que espertinha! — exclamou depois de alguns segundos, se deixando rir mais uma vez. Uma risada contagiosa que me puxava junto toda vez.

Eu podia brincar e fazer piadas sobre o assunto, mas no fundo estava sentindo um nervosismo que não sentia havia muito tempo. Talvez as piadas fossem uma forma de parecer relaxada, mas eu estava longe disso. E acho que ela sabia bem, porque a primeira coisa que disse em seguida, depois de morder o lábio por um segundo enquanto me encarava, foi:

— Tudo bem, vamos marcar um dia. Assim você tem tempo de ler o livro e eu tenho a desculpa de que pelo menos te levei pra jantar antes de qualquer coisa. Que tal? — Deu um sorriso um pouco mais discreto dessa vez enquanto esperava por uma resposta, levemente inclinada em minha direção enquanto apoiava um dos braços no balcão do bar.

O que eu tinha a perder? O quê? Eu ia ficar encarando aquela garota para sempre a uma distância segura? Ela estava ali, bem na minha frente, me convidando para sair. De certa forma eu preferia daquele jeito. Preferia conhecê-la, vê-la mais de uma vez e conversar sem ter que gritar metade do tempo por causa da música alta. Por isso, comecei a assentir com a cabeça antes mesmo de chegar a um real veredito em minha mente, como se meu corpo tivesse vontade própria.

— Certo. Só me fala o dia e a hora, e eu estarei lá — falei, depois de alguns segundos assentindo como uma boboca.

— Que tal... domingo? Almoço. Não vai poder me dizer que tem trabalho pra fazer — sugeriu, sorrindo um pouco mais.

— Parece bom. Uma hora? — sugeri, e ela não pensou duas vezes antes de aceitar.

— Perfeito. Então nos vemos daqui a dois dias. Espero que você leia rápido. — Ela me deu uma piscadinha e começou a se levantar da cadeira alta.

Aquilo me pegou um pouco de surpresa. Mal tínhamos conversado por vinte minutos e ela já estava indo embora? Eu tinha dito algo de errado? Minha cerveja ainda estava pela metade, tão gelada quanto no momento em que havia sido servida, suando em minha mão pelo calor dentro do bar.

— Preciso ir, loirinha — começou, ajeitando a bolsa nos ombros, segurando a alça em frente ao peito. — Eu só vim pra dar uma passada.

— Uma passada, literalmente — falei, ainda surpresa, já que ela havia acabado de chegar.

— Literalmente. Foi uma semana longa. Eu precisava de uma cerveja, e precisava tirar a limpo o motivo de você ainda não ter me ligado — ela lançou, e pude notar o bom humor nessa última parte, o que me fez sorrir mais uma vez.

— Essa foi a única coisa que você não perguntou, na verdade — respondi, bem-humorada também, porque era a verdade.

— Tenho que deixar um pouco de assunto pro nosso encontro — explicou, o que me fez rir um pouco. "Encontro." De repente comecei a gostar bem mais daquela palavra.

Antes que eu respondesse, ela se aproximou para me dar um beijo na bochecha, dando um passo atrás logo depois, o que me deixou um pouco baqueada. Não esperava aquilo, e, mesmo que fosse um gesto simples, nunca é simples o suficiente quando se trata de alguém em quem você tem interesse.

— Te vejo domingo — ela disse, achando engraçada a minha reação lenta ao seu gesto.

Com um sorriso derretido, murmurei um baixo "até lá" antes de acompanhá-la com o olhar enquanto se afastava, passando por entre as pessoas com a cabeça baixa e passos rápidos, como se realmente estivesse com pressa.

Mas não fiz perguntas. Talvez tivesse um compromisso em casa. Talvez não gostasse de bares. Quem sabe? O que importava era que agora eu tinha um "encontro" e um beijo na bochecha.

Que cadelinha, Helena...

Nossos fantasmas

"DANCING WITH YOUR GHOST" — SASHA SLOAN

Domingo tinha se tornado o segundo dia mais esperado da semana. O primeiro era sábado. Eram seis da tarde e eu tinha contado os minutos para aquele encontro. E estava em frente à casa dela.

Não "dela", mas da que nos últimos anos tinha se tornado a mulher mais importante da minha vida. Até agora. Melissa. Minha cunhada, agora quase uma irmã. Eu vinha quase toda semana visitar meu sobrinho, que tinha herdado o nome do pai. Daniel. Meu irmão. Quando eu não vinha, fazia questão de ligar. Havia passado os primeiros anos da vida dele longe, já que moraram em Nova York enquanto ela estudava na Juilliard. Mas agora os dois estavam aqui, e desde a volta deles para o Brasil eu não queria perder mais nem um instante ao lado dele.

Ainda mais porque, depois da relação com minha mãe ter ido quase por água abaixo, eu sentia que Mel era a única pessoa com quem eu podia conversar. Ela... me entendia. Entendia minha dor, mesmo depois de anos. E estava sempre ali para comemorar as vitórias comigo. Minhas, dela e do pequeno Daniel.

Dei um sorriso quando Melissa abriu a porta, o cabelo cacheado preso em um rabo de cavalo, uma camiseta amarela que combinava tão bem com ela, e uma legging. Ela continuava alta, magra, com a compleição de uma bailarina, e aquela postura bem reconhecível em cada um de seus movimentos. E ainda assim estava diferente de quando a conheci.

Se havia uma pessoa no mundo com o nariz mais em pé do que qualquer prédio em São Paulo, era Melissa. Ela tinha dado dor de cabeça para meu irmão quando se conheceram. Mas Daniel era insistente. Ele se apaixonou de cara por ela, quando a conheceu em uma festa de virada de ano na Paulista. Depois que os dois começaram a se aproximar, ele mostrou que Melissa poderia tentar encarar o mundo de um jeito mais leve. Ela sempre fora muito fechada, cheia de preconceitos, mas Daniel havia dado o primeiro empurrão para que ela saísse da casca. Agora ali estava ela: ainda teimosa como uma mula, superorgulhosa, mas com um coração enorme e cheio de amor.

Dei um abraço apertado nela assim que pisei dentro de sua casa. Minha cunhada morava com a mãe, que a ajudava a cuidar do filho pequeno. Mel tinha dezenove anos quando engravidou, pouco antes de meu irmão morrer. Foi uma gravidez difícil. Não física, mas emocionalmente. E, mesmo tendo vários problemas com a mãe, as duas se aproximaram muito durante aqueles meses. Ela trabalhava, ensaiava e ainda assim tentava se manter presente para o filho. Mas não era tanto quanto gostaria. Por isso precisava de ajuda.

— Cinco minutos atrasada, como sempre — ela disse enquanto me abraçava, me fazendo sorrir ainda mais.

— Nem todo mundo dirige como se fosse um piloto de corrida feito você, Mel.

— Você diz isso porque ainda não tem filhos. Se tivesse, entenderia a correria de todo dia de manhã pra levar uma criança pra escola. Aí, dirigiria um pouco mais rápido. — Ela me deu uma leve beliscada na cintura, o me fez encolher um pouco.

— Ok, ok. Na próxima vou imaginar o Dani no banco de trás atrasado pra escola — resmunguei de brincadeira. Logo depois, como se tivesse ouvido seu nome, um pequeno ser de cabelos pretos cacheados surgiu na sala, correndo em minha direção.

Ele tinha a pele negra da mãe, os cachos de ambos os pais, mas os olhos... os olhos eram do meu irmão. Azuis. Também era um presente, em parte, dos dois avós. Mas era impossível não pensar em Daniel quando olhava para aqueles olhos. Eram do mesmo tom de azul do céu limpo do meio-dia. Ah, e o sorriso. Aquele sorrisinho brilhante de criança. Eu o amava tanto...

— Titia! — exclamou, enquanto corria em minha direção, e me abaixei para recebê-lo nos braços, apertando seu corpinho contra mim para tentar matar um pouco a saudade.

— Oi, meu amor... que saudade... — Cobri sua bochecha de beijos. Ele era provavelmente a única pessoa que recebia tantos gestos calorosos de mim. Mas o que eu podia fazer? Não tinha como resistir àquele pedacinho de gente.

— Sempre uma bela recepção — Melissa murmurou atrás de mim enquanto ria um pouco, e pude ouvi-la fechando e trancando a porta. — O mocinho terminou de guardar os brinquedos? — Ela passou a mão pelos cachos do filho.

32

— Ainda não... mas vim dar oi pra titia — ele explicou com sua voz adorável de criança esmagada, já que eu o apertava bastante no meu abraço.

— Pode guardar os brinquedos mais tarde. Agora você vai ficar aqui comigo — anunciei enquanto o amassava um pouco mais, esmagando uma das bochechas contra meu peito, o que o fez rir.

— Hahaha. Nada disso, *titia*. A hora de guardar os brinquedos é a hora de guardar os brinquedos. Depois ele volta e fica com você — Mel decretou, com as mãos na cintura, toda certa de si mesma. A mesma Melissa de sempre. Como eu havia dito: extremamente teimosa.

O pequeno Dani olhou para mim com uma carinha que parecia a do Gato de Botas do filme *Shrek*, como se eu pudesse fazer alguma coisa, e me limitei a erguer os ombros. Se ele tinha que guardar, iria guardar. Não era eu que me colocaria na frente daquela moça irritadiça. Depois de murmurar um infeliz "já volto, titia", o garotinho correu na mesma direção da qual tinha vindo, e eu me coloquei de pé para esticar as costas.

— Você devia ver a bagunça que ele fez naquele quarto. Iria pedir pra ele guardar tudo também — ela comentou, abrindo um sorriso discreto enquanto se colocava à minha frente. — Então... Pizza?

E é claro que eu nunca diria não. Ainda mais quando era Melissa quem oferecia. Ela havia tido muitos problemas com a alimentação quando era mais jovem, mas agora estava muito mais aberta. Mesmo assim, ainda tomava muito cuidado com cada coisinha, já que sua carreira dependia da boa forma. Então não era sempre que eu ia praquela casa enorme comer pizza.

O jantar havia sido muito bom. Comemos bastante, rimos, todos juntos à mesa. Eu, Melissa, Daniel, Regina (mãe da Mel) e Vera, a governanta que trabalhava para a família delas desde sempre. Devoramos aquelas pizzas como se fossem a última comida do mundo. Depois, com um banho rápido e um pijama limpinho, Daniel pediu que eu ficasse ao seu lado até ele cair no sono. E foi o que eu fiz, sem reclamar nem um pouquinho.

— Dormiu? — perguntou Melissa, enquanto eu descia as escadas para alcançar a sala, vendo-a se sentar no sofá com uma garrafa de vinho nos braços e duas taças nas mãos.

Ela costumava tomar um drinque quando eu a visitava. Era a única hora em que se permitia fazer isso. Sempre depois que Daniel dormia.

— Dormiu. Foi até rápido. Da última vez ele não queria parar de conversar — falei, me aproximando do sofá para sentar ao lado dela, com uma das pernas dobradas e o braço apoiado na cabeça do sofá, completamente virada para minha cunhada. — Mas agora me fala... qual é a da vez? — perguntei, indo direto ao ponto, pois Melissa quase sempre tinha alguma coisa para contar.

— Quebrei uma unha, mais uma vez — brincou, enquanto servia as taças com vinho e pegava uma para si, se deixando apoiar nas costas do sofá, com a cabeça para trás enquanto encarava o teto. Parecia cansada, mas era sempre assim depois que Daniel ia dormir. Era como se soltasse o ar depois de um dia inteiro prendendo a respiração. — Começa você. Me deixa tomar um gole primeiro — pediu, levando a taça aos lábios para dar uma bebericada, enquanto eu me inclinava para pegar a minha.

— Tenho um encontro amanhã — entreguei, e, assim que fechei a boca, foi como se aquelas palavras estivessem presas na minha garganta desde que chegara à casa.

Melissa abriu a boca em choque, voltando o olhar para mim, completamente surpresa. Não era sempre que eu tinha um encontro. Isso nunca acontecia, para falar a verdade. Era raro eu sentir interesse por uma pessoa, ou o contrário. Eu não tinha muito tempo para esse tipo de coisa. Trabalho, estudos, estágio... não era fácil achar tempo para me envolver com alguém. Só que dessa vez foi como se eu tivesse sido atropelada por um trator. Não havia escapatória. Não tinha para onde fugir. E nem queria. Dessa vez eu queria tentar.

— Com quem?! — perguntou ela, ainda de boca aberta, e fiz questão de dar um gole de vinho antes de responder só para fazer um pouco de mistério.

— Uma garota do hospital. Linda. Linda, linda. E superdireta — contei, finalmente, com um sorriso idiota no rosto. — Foi ela que convidou. Ela tomou toda a iniciativa, na verdade. Parece até mentira.

— Sempre parece. Mas caramba... precisou alguém fazer todo o trabalho pra você finalmente decidir sair da concha? — Ela deu risada. — Inacreditável.

— O quê?! Ela não teve que fazer tudo! — me defendi, mas logo fui pega por seu olhar questionador, que duvidava descaradamente das minhas palavras. — Ok. Talvez. Mas eu não quero que seja assim. Foi só no começo — expliquei, não durando nem um segundo e logo me rendendo.

— Acho bom que não seja mesmo. Você sabe que não é assim que as coisas funcionam — ela me censurou, e dessa vez eu tive certeza de que era a mesma voz que ela usava com Daniel quando queria educá-lo.

— Eu sei... eu sei... — murmurei, dando mais um gole no vinho.

Mesmo sabendo que seria bem mais fácil me apoiar em toda a iniciativa de Abigail, eu sabia que não era o certo. Era difícil me abrir para os outros depois de perder duas pessoas tão importantes. Mas já fazia quase seis anos. Em algum momento eu tinha que tentar. Pelo menos era isso o que dizia a minha psicóloga. E Melissa também.

— Ela é legal. Parece boa pessoa. Estou interessada nela faz tempo, e não quero deixar escapar — admiti, um pouco mais baixo, desviando o olhar para um ponto aleatório na sala. — Eu quero tentar — falei, com sinceridade. — Ainda mais porque ela entende como é. Ela também passa bastante tempo no hospital.

— Sim, sim. Duas ratinhas de hospital. Era tudo de que você precisava. — Ela deu um sorriso bem-humorado, com certa ironia na voz.

Melissa defendia a ideia de que, nos momentos de tempo livre, eu precisava me manter o mais longe possível do hospital ou de qualquer coisa que tivesse a ver com os "bicos" que fazia. E ali estava eu, prestes a sair com uma garota que tinha um emprego igual ao meu. Igual ao emprego que teria no futuro, aliás.

— Já é um começo, pelo menos. Eu tô feliz por você — ela disse logo depois, colocando a mão no meu braço e me lançando um olhar sincero.

— Obrigada... — respondi, com os cantos dos lábios levemente curvados para cima, sentindo aquela estranha sensação de borboletas no estômago enquanto pensava no que aconteceria no dia seguinte.

Será que eu não estava comemorando antes da hora? Não estava com expectativas em excesso? Ou esses pensamentos intrusivos só estavam tentando me sabotar? Não seria a primeira vez.

— Helena... — chamou Melissa, a fim de recuperar minha atenção quando comecei a olhar fixamente demais para o espaço no sofá entre nós, balançando a taça de forma distraída em meus dedos. — Você parece cansada — disse, quando ergui o olhar para ela.

— É a hora — menti. Eu sabia o motivo daquilo. Era aquela bendita caixa que eu teimava ignorar na minha gaveta. E continuaria fazendo isso se me salvasse dos piores pesadelos que eu podia ter. — Foi uma semana movimentada, e ontem eu dormi bem tarde.

Ela me encarou com aquele olhar penetrante tão característico, procurando algum traço de mentira nos meus olhos, e tentei me livrar de sua análise tomando mais um gole de vinho. Infelizmente, isso não foi o bastante para evitar a pergunta que eu temia.

— Você tá tomando todos os seus remédios?

Balancei a cabeça, não querendo mentir mais uma vez. Pelo menos não completamente. Alterar a verdade um pouquinho podia ser qualificado como "mentira"? Ou seria apenas uma "meia verdade"? E não seria uma "meia verdade" uma "mentira", no fim das contas?

— Pulei algumas doses. Esqueci — inventei. — Mas não vou esquecer mais, prometo.

Uma promessa. Essa eu sabia que poderia cumprir. Eu nunca esquecia dos remédios. Só não os tomava. Mais uma vez, seria essa mais uma mentira? Prometer algo que vou cumprir, mas mudar as palavras a fim de fazê-las se encaixar num sentido favorável a mim? Perguntas... perguntas demais. Elas também eram cansativas.

— Hum — murmurou Melissa, cerrando os olhos para mim, tentando continuar sua longa análise. E eu soube naquele momento que a melhor forma de tentar me livrar de sua atenção seria jogando baixo. Um leve chute na canela. Não literalmente.

— Mas e você? Nenhum encontro pra amanhã também? — perguntei.

Por um lado eu sabia que era uma pergunta infeliz. Mas eu ainda tentava ser uma boa amiga, encorajando-a a sair de vez em quando. Não podia trancá-la numa caixa de lembranças de Daniel e condená-la a viver sozinha para sempre. Só que eu também sabia que ela queria seguir em frente tanto quanto eu. Ou seja: não queria. Então, eu não estava em posição de julgá-la. Não iria cobrar Melissa por algo que eu também não conseguia fazer.

Ao menos foi o suficiente para que ela parasse de me encarar, deixando a cabeça cair para trás no sofá mais uma vez para mirar o teto da mesma forma cansada de antes.

— Não. Você sabe que não — respondeu, com a voz um pouco mais distante.

— Não, não sei. — Levantei uma sobrancelha. — Não te culparia também se fosse o cas...

— Mas não é. Tá bom? Não é o caso — me interrompeu, um pouco rude à primeira vista, mas logo relaxou um pouco com um suspiro. — Desculpa.

Minha mãe... ela veio com essa conversa de novo mais cedo. Já tive o bastante por hoje — explicou, mordendo o lábio inferior.

Quantas vezes eu não a havia visto chorar? Mesmo no último ano? Falava sozinha, fazia perguntas a si mesma que não podia responder, assim como eu. Como Daniel agiria se estivesse aqui? O que ele diria? O que ele pensaria? No caso dela, ainda era um pouco mais difícil. Ela criava o filho deles como achava que ele gostaria. Pensava nisso a cada escolha. E falava muito no meu irmão para que Danizinho crescesse sabendo a pessoa maravilhosa que era seu pai. Mel sempre mantinha viva a lembrança do Dani dentro daquela casa, dizia que era pelo filho, mas no fundo eu tinha certeza de que fazia isso pelo imenso amor que ainda sentia por meu irmão. Eu remoía minha dor sozinha, não tinha a responsabilidade de criar uma criança nem de me fazer de forte para que ele não se sentisse inseguro. Éramos eu e minha dor, apenas.

— Tudo bem. Me desculpa também. Eu não devia ter perguntado. — Bebi o pouco de vinho que ainda restava na minha taça antes de deixá-la de lado.

— Não se preocupe — murmurou, e dessa vez era ela quem tinha o olhar fixo em algum outro lugar.

Quando é que íamos parar de viver naquele replay eterno de "Fix You" do Coldplay? Seria possível? Bom, eu gostava daquela música, mas sempre chorava quando a ouvia. Mas era assim. As conversas começavam bem e, com o passar dos minutos, das horas, da noite, ficavam mais e mais sombrias. Infelizes. Vozes baixas e murmúrios repletos de silêncio. Um silêncio excessivamente barulhento, cheio de pensamentos que nós duas conhecíamos bem, mesmo estando longe de podermos ler a mente uma da outra.

— Me fala como você tá — pedi, já que tínhamos falado o suficiente sobre mim, e a única coisa que soube dela foi uma pergunta para a qual eu já tinha a resposta.

— Bem — ela começou, e pensei que a tivesse perdido completamente para seus pensamentos por um segundo. No fim ela decidiu dar uma resposta um pouco mais completa. — O Dani me pediu pra ver um vídeo do pai essa semana. Aquele de que ele gosta. E eu não chorei. Nem antes, nem durante e nem depois — contou, com o olhar ainda distante, e sabia que falava de um vídeo do meu irmão cantando. Tínhamos vários daqueles ainda, todos guardados o mais cuidadosamente possível. E aquilo, para ela, era uma grande vitória.

— Mas chorei na noite seguinte — adicionou, com um sorrisinho trágico, e não pude deixar de dar um também.

— É um recorde — falei. — Já me ultrapassou. Devia ficar orgulhosa.

— Né? Eu estou. Super — brincou um pouco, com o mesmo sorrisinho no rosto, também terminando sua taça antes de continuar. — Mas tirando isso... tudo indo. Estamos ensaiando pra próxima temporada, e tenho o papel que eu queria. O Dani está se entrosando melhor com as crianças da escola, e até me pediu pra brincar com um amiguinho essa semana. Isso é mais do que eu poderia pedir.

Por ter crescido fora do Brasil e ter se mudado recentemente para cá, o pequeno Daniel teve que se despedir dos antigos coleguinhas e começar uma vida completamente nova aqui. Ele tinha mais gente da família e mais conforto agora, mas não era muito bom no quesito socialização. Só que, aparentemente, estava se saindo bem. Quanto a Melissa, ela era muito boa no que fazia. Sempre fora extremamente determinada. Eu não duvidava de que conseguiria tudo o que quisesse alcançar. Ela tinha talento demais.

— Bom saber. Vocês dois estão se saindo bem. — Apertei seu ombro com gentileza para encorajá-la.

— Obrigada, Lena... — disse ela, se inclinando para apoiar a cabeça no meu ombro por um momento. — Você também. E amanhã eu quero todos os detalhes — continuou, o que me fez sorrir mais uma vez.

— Tá bom. Mas por enquanto... Preciso ir. Não quero estar com olheiras no meu "encontro" de amanhã — falei, segurando o riso, e ela riu um pouco, me dando um tapinha de leve no braço enquanto se endireitava no sofá.

— Olha só! Ela está se acostumando bem rápido com essa palavrinha. — Minha cunhada me fez rir dessa vez.

— Viu? Eu me acostumo rápido com as coisas boas — retruquei, ainda rindo, me levantando do sofá depois de deixar a taça na mesinha de centro à nossa frente. E ela me acompanhou.

— Tô vendo, tô vendo. — Ela começou a caminhar comigo em direção à porta. — Se precisar de umas dicas de moda, pode me ligar.

— Claro, pode esperar — brinquei mais uma vez, olhando para mim mesma como um reflexo de suas palavras.

Não é que eu me vestisse mal. Eu só... gostava de roupas confortáveis. E Bia não parecia se incomodar nadinha com isso, afinal tinha me visto nos piores dias. Eu sabia bem que não devia ser exatamente atraente chegando no trabalho de manhã com o os cachos desgrenhados e enormes olheiras na cara cheia de sono. E ainda assim iria sair com ela. Se bem que eu não iria usar um conjunto de moletom surrado no domingo. Pelo menos eu tinha alguma noção de estilo. Acho.

— Agora vai descansar. Você precisa tanto quanto eu — falei quando alcançamos a porta, deixando que ela me desse um abraço, que eu respondi contidamente.

— Vou mesmo. E não esquece. Amanhã você vai me ligar pra contar como foi. — Ela ainda me abraçou por mais alguns segundos antes de dar um passo atrás e começar a abrir a porta para mim.

— Tá bommm... É melhor eu correr antes que você repita isso pela décima vez. — Abri um sorriso debochado, dando batinhas em seu ombro depois de ela abrir a porta, começando então a sair da casa. — Boa noite, Mel.

— Boa noite! Manda uma mensagem quando chegar em casa! — pediu, um pouco mais alto enquanto eu me afastava.

— Ok, mãe! — brinquei, ainda sorrindo comigo mesma enquanto caminhava em direção à estação que ficava perto dali, dando apenas uma olhada para trás para ter certeza de que havia fechado a porta com segurança.

Encontrei um lugar para me sentar no metrô e usei o caminho todo para tentar convencer meu cérebro a me permitir ter uma boa noite de sono para que eu estivesse ao menos apresentável no dia seguinte.

Uma mudança em breve vai acontecer...?
"VELHA ROUPA COLORIDA" — ELIS REGINA

Acordei com tudo.
Eu tinha muitas coisas a fazer.
A primeira era ligar o som.
Depois, chuveiro, vinte minutos tentando domar a juba, mais vinte encarando o guarda-roupa sentada na cama para tentar escolher uma roupa. Me vestir. Tomar um café, e derrubá-lo na camiseta. Então, mais um tempo escolhendo outra roupa, porque eu não tinha sido inteligente o suficiente para comer antes de me vestir da primeira vez.
E... se ela quisesse vir até a minha casa? Hum, era bom dar uma arrumada no apartamento. Mas eu deveria tirar a roupa antes disso, não? Na verdade, eu devia ter esperado para tomar banho. De qualquer forma, precisava arrumar as coisas. Lavar a louça, recolher as roupas espalhadas e colocá-las na cesta, arrumar a cama, abrir as janelas para deixar o sol entrar, varrer o chão, tirar o cabelo da escova. É, eu precisava de mais um banho. Dessa vez eu tinha separado a roupa, então pude vestir a mesma. Mas... não era demais? Ou muito pouco?
Merda. A hora. Eu estava atrasada.
Chutei o móvel ao lado da entrada enquanto corria para alcançar a porta, xingando no caminho e dando pulinhos por causa do dedinho latejante dentro do tênis, mas logo caminhei normalmente ao alcançar o elevador. Vigésimo andar. Longe demais. Eu podia descer pela escada. Morava no terceiro andar. Corri pelos degraus, vestindo um casaco. Quando alcancei o lado de fora do prédio, reparei no céu nublado. Eu tinha aberto as janelas, se chovesse ia molhar tudo. Merda! Ah, não tinha mais tempo para subir e fechar.
Verifiquei mais uma vez o endereço na Paulista que Abigail tinha enviado, não levando muito tempo para descobrir que era um Starbucks, bem em frente

ao Masp. Seria fácil de chegar, se o metrô colaborasse. Quase esbarrei nas portas que estavam se fechando ao me esgueirar para dentro do vagão, sem tempo para esperar pelo próximo.

Esperei pela estação certa, fiz a baldeação, colocando os fones no meio do caminho. Linha Verde. Eu ia chegar na hora. Precisava. Não podia causar má impressão logo de primeira. Mas, caramba, era difícil não querer sair do metrô e tentar empurrá-lo para que saísse mais rápido de cada estação. Será que ela chegaria antes de mim? Adiantada? Não, já teria me mandado uma mensagem se estivesse chegando, ou se já tivesse chegado. Nesse caso eu poderia arrumar um lugar para sentar e esperar elegantemente, certo? Do lado de fora? Lá dentro? Devia pedir alguma coisa para esperar?

Ela ia gostar da minha roupa? Analisei meu jeans rasgado mais uma vez. Não era rasgado demais? E aquele casaco que nem sequer combinava com a camiseta? Eu não o tinha vestido do avesso ao sair correndo de casa? Talvez devesse prender o cabelo num rabo de cavalo? Foi o que eu fiz ao sair do metrô, esperando na lentidão da escada rolante enquanto apressava o passo para o lado de fora e caminhava rápido em direção ao Starbucks.

Tentava segurar as expectativas, não querendo parecer desesperada, mas era impossível. Estava nervosa. Nem sabia se encontraríamos assunto. Se daria certo. E se desse, o que aconteceria? Mais um encontro? E depois? Todas aquelas perguntas foram o combustível de que eu precisava para roer a última das minhas unhas enquanto chegava ao destino, desacelerando o ritmo enquanto a música que eu escutava terminava, tirando os fones de ouvido.

Entrei. Procurei em cima. Procurei embaixo. Procurei pelas mesas do lado de fora e do lado de dentro. Quando percebi que ela ainda não havia chegado, me sentei em uma das mesas, terminando por tirar o casaco, já que estava com calor por ter andado tão rápido. Quem sabe eu devesse mesmo ter subido para fechar as janelas? Não tinha começado a chover ainda. Eu devia mandar uma mensagem para avisar que tinha chegado? Enviei. A mensagem não foi visualizada na hora, mas eu não ia encanar com isso. Talvez estivesse no metrô, com internet ruim.

Tamborilei os dedos na mesa, encarando o lado de fora para ver as pessoas indo e vindo através do vidro. Indo, vindo. Caminhando para a direita e para a esquerda. Os carros passando, a chuva chegando, os minutos correndo. A mensagem ainda não havia sido visualizada, mas eu não ligaria para Abigail. Talvez devesse mandar outra? O quê? Faziam só vinte minutos. Só trinta.

Quarenta... Acabei pedindo um frapuccino de baunilha e um roll de caneca. Era o mesmo que o meu irmão sempre pedia, e, depois que ele se foi, adquiri o hábito de pedir o mesmo. Toda vez.

Terminei a bebida... comi o roll... uma hora. Não iria ligar. Só mandaria uma terceira mensagem para confirmar o dia e a hora. Ontem mesmo, à noite, ela tinha dito "amanhã". Eu não podia estar errada. E não estava.

Conforme o tempo passava, eu desacelerava. Coloquei os fones de novo, ouvi música mais uma vez, me recostei à cadeira e olhei para o céu. A chuva caindo, e caindo, e caindo. As pessoas correndo, abrindo os guarda-chuvas. Mais um frapuccino, por que não? Dessa vez bem grande. Para ajudar a passar o tempo.

E foi só quando me dei conta de que já estava quase dormindo na cadeira, com o casaco nos braços mais uma vez, dois copos vazios de frapuccino, um papel de roll de canela amassado e duas horas depois de chegar, que finalmente aceitei que ela não viria.

Eu tinha tomado um bolo. E bem grande. Ela nem sequer tinha respondido às mensagens. Na verdade, elas nem haviam chegado ao celular de Abigail.

Passei da ansiedade à preocupação, e então à aceitação. Na verdade, o que mais eu podia esperar? Uma garota daquelas me chamando para sair assim, tão rápido? Tinha sido fácil demais. Talvez não fosse mesmo como as coisas deveriam acontecer. No fim das contas, saí de casa para gastar uma roupa e dinheiro, mas pelo menos consegui um pouco de ar fresco.

Para voltar para casa, levei o dobro de tempo do que tinha levado para sair. Era horário de pico, e eu não estava correndo. Não tinha hora para chegar. E também não tinha um guarda-chuva.

Quando cheguei ao apartamento, com os ombros e a cabeça ensopados, a visão com a qual me deparei foi mais decepcionante ainda. O piso molhado, coisas caídas no chão por causa do vento e até alguns móveis úmidos. O sofá, o colchão. E mais uma vez o ritual começou: jogar as chaves em cima da mesa, tirar os sapatos, tirar o casaco, acender as luzes, trancar a porta e... suspirar. Dessa vez tive direito aos olhos brilhantes, e a uma única mensagem que chegou assim que terminei de trancar a porta.

Fora enviada por ela, e tinha só três palavras. Três palavras, quatro pontos e um grande tapa na minha cara:

Desculpa... Eu esqueci.

Pés para dentro

~~"ALL BY MYSELF" — CELINE DION~~
~~"I HAVE NOTHING" — WHITNEY HOUSTON~~
~~"TEENAGE DIRTBAG" — WHEATUS~~

Passei algum tempo pensando naquela mensagem, encarando o teto escuro do quarto depois de ter secado todo o apartamento e tomado outro banho. Pedi pizza, tomei sorvete e chorei sentada nos cobertores enquanto cantava Celine Dion... Não, ok. Mentira. "All By Myself", da Celine Dion. Na verdade foi "I Have Nothing", da Whitney Houston. Não. Certo. Nada disso. Foi "Teenage Dirtbag", do Wheatus.

Tá. Não chorei de verdade. O que fiz foi realmente analisar aquela mensagem. Talvez mais do que deveria. Mas... O que eu podia fazer? Não entendia como as coisas tinham seguido aquele caminho. Você não esquece de um encontro. Ainda mais quando está marcado no meio da tarde, quando você não pode nem usar a desculpa de ter dormido demais; e quando foi confirmado na noite anterior.

Havia alguma explicação? Eu tinha dito algo de errado? Ela parecia tão interessada antes... talvez fosse só o calor do momento. No fim, ela deve ter dado uma segunda olhada na minha foto do WhatsApp e mudado de ideia, mesmo que eu tivesse escolhido colocar a melhor delas depois que adicionei seu número. Ou talvez ela tivesse reparado que eu ficava de pé com os pés para dentro? Tinha encontrado algo melhor para fazer?

Suspirei pela milésima vez desde que havia acordado, não tendo mais tanta certeza do quanto tinha dormido. Ou será que não tinha? Estava na mesma posição, com o celular na mão, a mão apoiada na barriga enquanto encarava o teto. Ainda não sabia como responder. Eu ao menos deveria? Não sabia de nada. Era só isso que eu sabia.

E foi o som do alarme que me fez perceber que tinha que acordar para a vida. Então, fui me arrumar para a primeira parada do dia, que era a faculdade. Mais um dia de estudo em horário integral pela frente, e pela maior parte do tempo o que fiz foi só rabiscar a lateral do caderno enquanto ainda pensava numa resposta. A pior parte não era a resposta em si. Era saber que eu a veria quando saísse dali e fosse para o hospital. Então, não responder era como se eu evitasse qualquer tipo de contato. Ainda assim, eu sabia que talvez tivesse que encarar tudo mais tarde. Me forcei a prestar atenção na aula. Quem nunca levou um bolo? Não precisava ser melodramática por isso. Certo?

Quando vi, já me encaminhava para o estágio, andando em direção à entrada do hospital com a mochila nas costas, imaginando a desculpa que poderia dar para sair mais cedo. Henrique poderia cobrir meu turno, andar um pouco mais rápido e fazer o trabalho dos dois. Ele me devia isso depois de me jogar naquela furada.

Eu tinha avistado meu amigo, e estava prestes a chamá-lo quando ouvi meu nome. E, pela voz feminina, mesmo que não a conhecesse tão bem, eu já imaginava quem podia ser. Merda. O que ela queria?

— Helena! Espera! — chamou Abigail, atrás de mim. E se eu fingisse que estava com fones e continuasse andando?

Bem, eu não conseguia fazer esse tipo de coisa, então meus pés desaceleraram quase que por conta própria para que eu parasse de andar, e me virei para ela enquanto segurava uma alça da mochila, não sabendo bem que tipo de expressão deveria fazer. Acabei optando pela cara de desentendida, como se nada tivesse acontecido. Seria bem mais fácil e rápido lidar com isso assim em vez de usar a cara fechada e o mau humor.

— Ei. Oi — ela disse enquanto se aproximava, passando os dedos pela franja para penteá-la por causa do vento. Estava um pouco ofegante, como se tivesse corrido alguns metros antes de me alcançar.

— Oi. — Franzi um pouco o nariz, não conseguindo me forçar a sorrir dessa vez.

— Olha... eu sei que você não deve estar muito feliz. Eu vim me desculpar de novo — falou, abraçando um livro contra o peito com os dois braços cruzados ao redor de si. Como eu não dei uma resposta rápida, apenas baixando os olhos para os cadarços desamarrados do tênis, ela continuou: — Você deve estar achando que sou uma idiota, mas não fiz por mal. Mesmo. Eu só esqueci. Não sou... muito boa pra lembrar de algumas coisas.

— Você sabe que isso não te ajuda nem um pouco, né? — Levantei uma sobrancelha quando ela disse "lembrar de algumas coisas", como se falasse de um item na lista do supermercado.

— Eu sei. Eu sei... É que... Olha, eu tenho os meus motivos. Mas preciso que você acredite em mim quando eu digo que não queria te magoar. Eu realmente queria ir te encontrar — respondeu, olhando para mim com aqueles grandes olhos esmeralda como um cachorrinho deixado na chuva. Mas eu não estava muito convencida ainda. — Merda, tudo bem. — Suspirou. — Eu tomo uns remédios. Estou começando com um novo agora e às vezes ele me deixa na mão com a memória — explicou, finalmente, se embolando nas próprias palavras como se eu estivesse fazendo um interrogatório, mesmo que eu não tivesse aberto a boca mais de uma vez desde que ela havia se aproximado.

Deixei que meus olhos a percorressem dos pés à cabeça, como se procurassem por alguma explicação para que ela tivesse que tomar remédios. E, mesmo parecendo ter percebido que eu a media, Abigail não fez nenhum comentário, apenas se mexeu de forma desconfortável no lugar. *Remédios... Que remédios? E pra quê? Essa era a pergunta.*

— Eu devia ter colocado um alarme, ou olhado as mensagens de novo. Sei disso. Eu dei mancada. Isso não é desculpa. Mas é uma explicação pelo menos. Não fiz de propósito. Juro que não. Se você quiser, eu te dou o dinheiro da passagem. Você foi de metrô, né? Comeu alguma coisa? Eu posso pagar também — ela disse, já começando a procurar a carteira nos bolsos.

Estava se explicando tanto, mesmo que eu não tivesse dito nada, que dava até um pouco de pena. Abigail parecia realmente... nervosa. Tinha dado tantas respostas para nenhuma pergunta que me senti meio desnorteada, levando alguns segundos para interromper seu gesto.

— Não. Espera. Não precisa. Tudo bem. Foi um passeio legal, de qualquer forma. — Encostei em seu braço de leve para impedi-la de pegar a carteira. Mas eu ainda não sabia como reagir à sua explicação. Não que eu não acreditasse. Só... não esperava aquilo. Se fosse mesmo um bolo, eu saberia melhor como responder. Naquele caso eu não sabia. — Você... você tá bem? — Esse foi o meu jeito idiota de perguntar se ela estava doente.

Ela olhou para mim mais uma vez quando a interrompi, deixando a mão no ar em frente ao bolso por um segundo antes de deixá-la cair mais uma vez, e quase pude ver um leve sorriso se formando em seus lábios quando fiz a última pergunta. Aquele sorriso que damos quando uma criança faz uma pergunta inocente ou bobinha. Não de deboche. Era de um jeito mais... terno.

— Sim. Eu tô bem... no limite do possível — respondeu, não se prolongando muito, deixando claro que não queria se aprofundar mais naquele assunto.

Eu também tomava remédios. Ou não tomava mais, no caso. Sabia como uma adaptação podia ser. Conhecia de perto aquela história porque a havia vivido na pele. Tendo o mesmo "problema" que ela ou não, ainda podia entendê-la. Mas isso não me ajudava a saber como reagir.

— Ok... Certo. Não se preocupe. Foi bom esticar as pernas — falei, por fim, obviamente deixando de fora as janelas abertas e a enchente que se formou no meu apartamento recém-limpo, ou o tempo que fiquei plantada esperando naquele banquinho desconfortável. Ela não precisava dos detalhes.

Pude ver que ela me olhava com aqueles grandes olhos verde-esmeralda, como se procurasse uma mentira nas minhas palavras, ou algum sinal de ironia em meu rosto. Mas... não havia nenhuma. No fim, foi até legal ver a chuva e beber alguma coisa. Só aquelas outras partes que não foram tão interessantes.

— Mesmo assim, isso não apaga o que eu fiz. E sei que te convidar pra outro café vai te fazer ficar com um pé atrás, com medo de eu te dar outro bolo, mas... eu posso colocar um alarme agora mesmo. Um evento no calendário. Até dois, sério. — Ela pegou o celular, assim como tinha feito com a carteira antes, procurando nos bolsos enquanto falava. Eu a interrompi mais uma vez.

— Não. Olha, tudo bem. Mesmo — falei, não querendo que ela se sentisse obrigada a me compensar. E sentia como se fosse o caso agora. Ela estava sem graça, eu estava sem graça, e as duas estavam desconfortáveis. Não era uma boa hora para marcar qualquer tipo de encontro. — A gente marca outro dia. Agora eu... tenho que ir. Minha chefe tem uma reunião, e eu preciso... — comecei, fazendo um gesto para apontar para o hospital por cima do ombro.

— Não esquenta. Eu entendo — ela me interrompeu, balançando a cabeça de leve e abraçando o livro contra si mais uma vez. E quando disse aquilo, não parecia se referir à reunião da minha chefe, e sim à minha discreta recusa.

— A gente se fala, então — disse, num tom um pouco mais distante, como se me desse permissão para ir.

— Tá... é. A gente se fala — concordei, dando alguns passos para trás, hesitante, sem tirar os olhos dela. — Até — murmurei, antes de me virar e seguir caminho até a entrada do hospital, coçando um pouco a cabeça enquanto me perguntava se tinha feito a escolha certa.

Abigail disse que tinha sido o remédio, e não era esse o motivo de eu a estar "rejeitando". É só que... talvez não fosse para ser. Talvez fosse um sinal do destino para me mostrar que eu deveria me concentrar nos estudos como vinha fazendo nos últimos anos, para me formar e seguir meu caminho. E ela estava certa. Eu não sabia se poderia ir para outro encontro completamente confiante de que não levaria mais um bolo.

De qualquer forma, agora eu precisava fritar o cérebro com outra coisa. Não com o trabalho. Não. Era algo mais importante. Eu tinha um encontro com alguém mais importante essa noite, e esse eu sabia que estaria me esperando. Como sempre naquele dia do mês. Mesmo que estivesse chovendo canivete.

46

Ele

"ONDE DEUS POSSA ME OUVIR" — VANDER LEE

— *Oi, Helena — disse* a única pessoa que devia saber o meu nome naquele lugar. Fazer o quê? Eu sempre estava ali. Sempre o via. Sempre comprava com ele.

Não era a pessoa com a qual eu tinha o encontro, não. Esse era Wando. O senhor da barraquinha de flores. Simpático, baixinho e com um boné azul na cabeça que escondia o cabelo grisalho quase branco. Apesar do lugar, ele sempre tinha um sorriso no rosto para mim.

— Oi, senhor Wando. Tudo bem? Como vai a esposa? — perguntei, segurando um violão nas costas, como sempre quando ia até lá.

— Tá ótima. Teve que cuidar dos netos hoje, então eu vim sozinho — comentou, se levantando do velho banquinho de madeira no qual estava sempre sentado. — O de sempre? — perguntou, e eu assenti, com um sorriso amigável. — A moça tá com sorte. Essas chegaram hoje. Tão fresquinhas e ainda com orvalho — explicou, preparando um vaso com as flores que eu gostava de levar.

Amor-perfeito. Sempre as mesmas. Li na internet um dia que era uma flor associada a pensamentos e recordações, e aquele tipo de visita não podia ser mais bem representado. Além disso, eram flores coloridas, alegres.

— Que bom. Ele vai gostar, com certeza — respondi com o mesmo sorriso, enquanto pegava a carteira.

— Vai sim. Não tem como não gostar. Tão lindas — disse ele, segurando o vaso com uma das mãos e se virando para mim.

Dei algumas notas de dinheiro ao Wando, pegando o vaso com delicadeza para atestar suas palavras. Estavam mesmo lindas, e cheiravam a jardim. Perfeitas, como no nome. E o homem logo reparou que eu tinha aprovado, sorrindo um pouco mais quando me viu cheirando as flores.

— Estão lindas mesmo. Obrigada.

— Imagina. Boa sorte lá. E boa noite, se eu não estiver mais aqui depois! — se despediu, e eu logo assenti.

— Boa noite. Até — falei e comecei a me afastar, segurando o vaso em frente ao peito enquanto me aproximava do grande portão preto.

Parei por um segundo em frente a ele, apertando um pouco mais os dedos no vaso e olhando pelo caminho à frente. Saberia chegar aonde queria de olhos fechados se fosse colocada na frente do portão. Não eram os passos mais agradáveis de se dar, mas ainda assim, no fim, sempre valiam a pena. Então, segui em frente.

Não olhava muito para os lados enquanto caminhava, querendo dar privacidade a qualquer um que pudesse estar ali, tentando fechar os ouvidos para sons ou conversas. Era o tipo de lugar que pode te afetar muito se você prestar atenção a tudo o que está ao redor. Mesmo assim, era muito bonito. Sempre achei, desde a primeira vez. Grama verde, sempre bem cuidada, sem lixo nenhum no chão. E era tão quieto na maior parte do tempo que dava para ouvir os pássaros cantando nas árvores por perto. Infelizmente não era o tipo de beleza alegre que se vê em qualquer tipo de parque. Aquela beleza e paz eram melancólicas. E o silêncio meditativo às vezes parecia barulhento demais, dependendo da visita.

Mas hoje eu queria que fosse um bom dia. E mesmo que fosse... Não era fácil chegar ao destino. Nunca foi. Eu tinha lágrimas nos olhos todas as vezes, mesmo que tentasse abrir um sorriso. Sabia que não estava sendo observada, mas... sentia que devia isso a ele. Aos dois.

Acho que, de todos os sentimentos, nenhum é tão controverso quanto a saudade. Ela tem o poder de destruir nosso coração em mil pedaços e, ao mesmo tempo, trazer aquele resquício de sorriso nos lábios quando lembramos de um momento feliz com a pessoa que se foi. É o único sentimento que nunca nos abandona. A gente até aprende a conviver com ele, mas nunca consegue expulsá-lo do coração.

Me abaixei devagar em frente à lápide elegante no chão, me ajoelhando na grama enquanto colocava as flores em frente ao túmulo dos dois. Meu pai e meu irmão. Apenas um deles estava ali de verdade, mas... aquele era um dos únicos lugares ao qual eu podia ir para falar com eles.

— Oi... — falei, em voz baixa, enquanto fungava um pouco, já sentindo uma ou duas lágrimas descendo pelas bochechas. — Desculpa... eu nunca consigo segurar — continuei, me referindo às lágrimas enquanto as secava, sentindo aquele aperto sufocante subindo pela garganta enquanto lia os nomes na lápide. Nunca ficava mais fácil. Nunca. Mas eu precisava ir até lá.

Depois que a relação com minha mãe se deteriorou, às vezes senti como se não pudesse conversar com ninguém, e aquele era o lugar aonde eu ia para extravasar. Todo mês eu os visitava, e contava tudo o que havia acontecido. Principalmente para meu irmão, Daniel. Contava a ele sobre seu filho, sobre Melissa. Contava sobre meus estudos e sobre nossa mãe. Ali, ninguém me interrompia. Mas eu ainda me perguntava se me ouviam de verdade.

Sempre fora difícil para Melissa seguir em frente porque ela me contava que sentia que Daniel estava com ela. Ela sentia a presença dele. Se sentia confortada. Não de um jeito ruim, mas... ela sentia paz. Já eu... Eu não conseguia sentir paz. Já havia tentado rezar, conversar, mas... ficava mais difícil a cada dia, e eu parei. Parei de acreditar. Mas era a saudade que mantinha o fogo da dúvida ainda aceso em mim, mesmo que fosse só uma pequena brasa. Eu queria ser ouvida. Queria que ele estivesse ali para mim, como sempre estivera antes de partir.

Daniel tinha deixado instruções para quando partisse. A primeira era bem clara. Ele não queria ser enterrado. Nunca quis. E acho que ninguém da nossa família podia vê-lo num caixão. Ele era do tipo que queria ser livre, se espalhar por este mundo tanto quanto pudesse. Por isso nós o cremamos. Espalhamos as cinzas pela praia em Ilhabela na qual ficava nossa segunda casa, durante um pôr do sol cheio de cores que ele iria adorar. Minha mãe não aceitara bem aquela ideia. Ela precisava de um lugar próximo dela para visitar, e queria que Daniel ficasse junto com nosso pai. Ao lado dele. Por isso, pagou por uma lápide e a colocou onde queria. Dani não estava lá. Era só o nome dele. A ideia de sua existência. Era um conforto, no fim das contas.

A segunda era... mais difícil.

Daniel era conhecido por seus cachecóis vermelhos. Ele tinha dezenas deles. Havia colecionado pela vida como presente de nossa falecida avó, presentes de familiares e amigos, e alguns havia comprado por conta própria. Qualquer um que visse um cachecol daquela cor e que tivesse conhecido Daniel imediatamente pensaria nele. Era seu símbolo. Mas também era sua "prisão". Não que ele não gostasse. Ele os adorava. Porém, queria que, quando partisse, eles partissem também. Então, pediu que eu, Melissa e minha mãe os queimássemos na praia na qual tínhamos espalhado suas cinzas. Uma grande fogueira e mais de uma centena de cachecóis transformados em pó e levados pelo vento.

49

Não foi fácil. A cada cachecol que jogávamos no fogo, era como mais um adeus. Eles tinham o perfume dele, e alguns tinham até poucos e raros fios de cabelo loiro e cacheado que pertenciam a ele. Chegamos a cogitar não atender ao seu pedido. Era... muito importante para nós. Mas acho que Daniel sabia que aqueles cachecóis se tornariam um altar de sofrimento dentro de casa, para o qual iríamos todos os dias chorar. E ele tinha razão.

Ainda assim, ele tinha pedido mais do que podíamos dar. Se tornou doloroso demais. E, no fim, cada uma de nós acabou ficando com um cachecol. Como lembrança. Ou uma trapaça. Não era o que ele queria, mas foi o que conseguimos fazer naquele momento. Eu não podia abrir mão disso, e tanto Melissa quanto minha mãe também não podiam fazê-lo.

Melissa dizia que um dia daria o dela para o pequeno Daniel, filho dos dois. Minha mãe mantinha o dela perto da cama, na mesinha de cabeceira, para que pudesse pegá-lo a qualquer momento. E eu... Eu mantinha o meu no guarda-roupa, guardando-o para esse dia do mês. Para usá-lo em todas as minhas visitas, como uma criança usando os sapatos dos pais e mostrando a eles com orgulho. Me fazia sentir um pouco mais próxima dele. E, enquanto não tinha uma resposta do além ou coisa do tipo, era àquele cachecol que eu me agarrava como uma âncora que me mantinha ligada ao meu irmão. Era a coisa que eu usava para me ajudar a me parecer mais com ele. Para tentar ser como ele.

O violão, eu sempre levava também. Tocava e cantava baixinho duas músicas para ele depois de contar minhas histórias, já que tínhamos o costume de cantar juntos antes de ele ir embora. Mesmo que Daniel tivesse me deixado, não seria eu quem acabaria com aquela tradição. De jeito nenhum.

Com o tempo, parei de rezar. Eu sabia que meu pai odiaria ouvir uma coisa dessas, mas... era difícil saber o que dizer. Como começar, ou como terminar. Eu tinha crescido numa família religiosa, mas... não era fácil manter a fé quando tudo desmoronava e quando se era rejeitada da forma que fui pela minha própria mãe. Ainda assim, eu havia tentado. Por um tempo.

Agora, não tentava mais.

— Eu trouxe flores novas. Como sempre — falei, tentando ignorar as lágrimas em meus olhos, colocando o pequeno vaso no lugar do que eu havia deixado da última vez. — Quando a nossa mãe vier, ou a Mel, elas vão trocar de novo. Não deve demorar muito. Acho que ela deve vir com o Danizinho logo, logo — continuei, usando as mangas da jaqueta para secar

50

as bochechas, me sentando com as pernas cruzadas na grama em frente à lápide, colocando o violão no colo e apoiando os braços nele logo depois enquanto encarava o nome gravado.

Melissa vinha com o pequeno Daniel de vez em quando. Não sempre. E eu não a culpava. Mesmo que meu sobrinho soubesse bem onde estava o pai dele, aquele não era exatamente o lugar mais alegre para uma criança visitar. Então, eles costumavam vir em datas especiais, ou a Mel vinha sozinha, quando tinha algum tempo.

— Escolhi mais duas músicas. Você gostava bastante dessas. Eu acho. Mas... eu ando escutando elas bastante ultimamente, e dei o meu melhor pra aprender a tocar esse mês. Você se sairia bem melhor que eu, eu sei, mas... Ainda assim vou tentar. Quero tocar lá no bar na sexta. Você vai ser meu primeiro ouvinte — comentei, tentando encontrar uma forma de fugir das minhas próprias emoções, a fim de parar as lágrimas que já havia secado mais de uma vez. — Se bem que parece que eu me saio bem melhor aqui do que quando eu toco pra valer. Acho que só sou eu mesma aqui, com você — admiti, segurando o violão direito e posicionando os dedos, começando a tocar as notas com delicadeza. — E aqui é bem mais silencioso também. Temos isso a considerar. — Encarei o violão e mantive o ouvido atento no som para saber se estava afinado. — Hum, acho que está bom. Mas não é como se você fosse reclamar de um violão desafinado, de qualquer forma — murmurei a última frase com um pequeno sorriso, não muito alegre, mas... era o que eu podia fazer.

Depois de testar mais uma vez cada uma das notas, finalmente comecei a tocar, sempre baixo, porque ele era o único que eu queria que escutasse. Como era quando tocávamos juntos antes. Ele era o foco. Sempre foi. E isso não mudara ainda, mesmo depois de seis anos.

— *Sabe o que eu queria agora, meu bem? Sair, chegar lá fora e encontrar alguém que não me dissesse nada. Não me perguntasse nada também... Que me oferecesse um colo, um ombro... Onde eu desaguasse todo o desengano. Mas a vida anda louca. As pessoas andam tristes. Meus amigos são amigos de ninguém...* — Eu cantava olhando para baixo, para o violão, enquanto balançava o corpo levemente no ritmo.

Vander Lee, "Onde Deus possa me ouvir". Era bem o tipo de música dele. O tipo de música que ele murmurava enquanto pintava as paredes do quarto, ou rabiscava no caderno, batucando com o lápis e batendo o pé no chão. Principalmente no último ano. Esse tipo de música passava do meu pai para Daniel, de Daniel para mim, e provavelmente passaria de mim para o pequeno Dani. Pelo menos era o que eu queria. Era o tipo de música que cantávamos no carro quando meu pai ainda dirigia e nós não tínhamos ideia do que a letra significava. Só gostávamos de gritar as palavras para saber quem queria ser o mais afinado. E hoje, quando tudo havia virado de ponta-cabeça, eu desejava ainda não entender aquelas palavras. Não entender o que eu cantava, o que eu ouvia. Porque, hoje, aquele tipo de música doía um pouco mais do que deveria em razão de tudo aquilo.

— *Sabe o que eu mais quero agora, meu amor? Morar no interior do meu interior pra entender por que se agridem, se empurram pro abismo... Se debatem, se combatem sem saber... Meu amor, deixa eu chorar até cansar. Me leve pra qualquer lugar aonde Deus possa me ouvir. Minha dor, eu não consigo compreender... Eu quero algo pra beber. Me deixe aqui, pode sair...* — Eu me deixei fechar os olhos por um momento para tentar imaginar como seria se ele estivesse ali para cantar comigo. Como seria se ele estivesse tocando o violão no meu lugar. O violão que era dele. Usando o cachecol que era dele.

E o que era eu além de uma cópia com menos tinta dele? Era o que eu me perguntava todos os dias. E era o que eu mais me esforçava para não ser. Queria ser *como* ele. E era o que todos precisavam. Mas, no fundo, eu sabia que nem o meu melhor seria o pior dele. Se fosse, eu não estaria ali agora, sozinha, falando com uma lápide. Estaria em casa, com minha mãe, e ela não me lançaria o olhar reprovador e desapontado que lançava agora, sem meu irmão. E tinha dias em que isso doía demais em mim. Dias que faziam tudo ficar mais difícil. Dias como aquele.

— *Meu amor, deixa eu chorar até cansar. Me leve pra qualquer lugar aonde Deus possa me ouvir. Minha dor, eu não consigo compreender... Eu quero algo pra beber. Me deixe aqui, pode sair... Adeus...* — Cantei cada vez mais baixo enquanto alcançava o fim da música, deixando a última nota se prolongar até quando podia e dando lugar ao silêncio.

Era o tipo de silêncio que eu mais odiava. Aquele silêncio vazio que tomava o lugar da música. O silêncio à espera dos aplausos. Das risadas. Das conversas. O passo entre dois gestos. E aquele silêncio era eterno quando eu estava ali. Não havia nada do que normalmente viria depois. Ainda assim, eu não podia me ver sem tocar para ele. Era o que fazíamos. Éramos nós. Era minha forma de tentar me aproximar dele. De sentir sua presença.

Naquele momento, eu pensei que havia sentido algo. Uma presença atrás de mim. Olhos nas minhas costas. Por uma fração de segundo inocente, pensei que pudesse ser ele. Aquela presença da qual todo mundo fala. Aquele "ele está sempre com você; ele está aqui" do qual todos falam como se fosse uma forma de nos confortar. O "ele sempre está comigo" de Melissa. O "ele ainda vive nos nossos corações" de minha mãe.

Mas não era. E eu soube disso assim que virei a cabeça para saber de onde vinha aquela sensação.

Qualquer um ficaria com medo estando num cemitério ao anoitecer com uma figura de preto atrás de si. Mas aquela figura me era tão familiar que nem hesitei ao pousar os olhos nela. Marcia. Sempre de preto, desde o dia do hospital. Sempre silenciosa. Observadora. E até mesmo a falta de palavras me fazia sentir pequena.

Estranha...

Errada...

Inadequada.

Perda de tempo

"YOU DON'T KNOW" — KATELYN TARVER

— Mãe — falei, não com surpresa. E também não como uma forma de dizer "olá". Era só uma... afirmação.

Marcia assentiu uma vez quando falei aquela pequena palavra que agora tanto pesava em nossas conversas. Mãe. Mas quão mãe ela era para mim agora? Só um apelido? Ou ainda carregava todo o significado daquelas três letras com um til? De qualquer forma, era a última figura que eu esperava ver ali, naquele dia específico. Ela sabia que era o dia em que eu os visitava, e eu sabia que não era o dia dela. Nunca vínhamos juntas. Isso tornava tudo mais cômodo para ambas. E eu sabia bem que, se estava ali, era porque havia uma razão.

Ainda assim, ela não se adiantou a falar. Tomou seu tempo, mantendo aquele silêncio que eu reconhecia bem. O silêncio de quem monta e calcula as palavras. Sempre fazia isso quando queria ir direto ao assunto e não sabia como começar. Mas o que eu esperava? Que minha mãe me perguntasse como eu estava? Ou que pelo menos me desse "boa-noite"? Bobagem.

— Sua psicóloga me ligou — disse, finalmente se aproximando, mas não muito. Um passo e meio na direção do túmulo de meu pai. Não de mim.

Levantei um pouco as sobrancelhas ao ouvir aquilo. Então, não tinha a ver com dinheiro. Não era um cartão que eu tivesse usado demais ou de menos, ou uma conta de internet cara demais. Ao menos estávamos abrindo um pouco mais o leque de assuntos.

Apenas olhei para ela, esperando que continuasse, usando aquele breve momento para analisá-la. Sapatos baixos, uma saia que ia até um pouco abaixo dos joelhos, um suéter preto e o cabelo loiro platinado preso em um coque baixo e apertado. O tipo de roupa que estava acostumada a usar. E não era só com aquelas roupas que eu estava familiarizada. A expressão em seu rosto era bem reconhecível também. Seriedade. Frieza. Distância.

— Ela disse que você não vai às consultas há mais de um mês. Não atende as ligações — explicou.

Suspirei, baixando o olhar para o violão que ainda segurava, começando a movê-lo para guardá-lo, cuidadosamente, de volta em sua capa, sem responder. Não tinha o que dizer. Não ia mentir, e não sabia explicar. E ainda queria que dissesse se estava ali para me levar à força ou se era para me dar uma bronca.

— Helena, não estou pagando sua terapia todo mês para você não frequentar — disse quando não lhe dei uma resposta, com a voz um pouco mais ríspida. — Você sabe o preço de cada consulta? E sabe a vergonha que eu senti quando ela me ligou pra contar que você simplesmente tinha desaparecido?

Antes que eu pudesse formar qualquer pensamento racional, um sorriso de descrença apareceu em meus lábios, acompanhado com um uma bela revirada de olhos. E eu me arrependi logo em seguida, enquanto ainda fechava a capa do violão. O que eu podia fazer? Eram aquelas as preocupações dela? Enquanto ela vivia naquela casa enorme em um bairro caro, era o preço da consulta que a impedia de dormir à noite?

— Tá. Tá certo. Eu sei. Desculpa. Não tive tempo de ir. As coisas não estão muito fáceis na fa... — comecei a me explicar enquanto me levantava do chão, tentando achar o primeiro pretexto que passava pela minha mente.

— Não quero saber — interrompeu, antes que eu pudesse terminar a frase. — Ou você vai ou não vai. Não vou continuar pagando pra ela ficar com as pernas para o ar durante todo o seu horário. Se está difícil na faculdade, então me avise e eu paro de pagar. Cancelo as consultas.

Eu era mais alta do que minha mãe desde os dezesseis anos. Não muito, mas o suficiente para se notar a diferença. Mesmo assim, mesmo depois dos cinco anos que se passaram desde que parei de crescer, eu ainda me sentia pequena diante dela, ainda que estivesse de pé. Era assim que eu me sentia agora. Com doze anos, encarando-a de baixo, mas de cima ao mesmo tempo. Aquelas palavras não eram tão fúteis quanto pareciam. Havia uma mensagem discreta, mas bem poderosa por trás delas. Por trás de seu interesse. Ou da falta dele. E aquilo me machucava tanto quanto se pode imaginar. Só que eu não tinha mais doze anos. Agora sabia disfarçar a tristeza.

— Ok. Faça isso, então. Não preciso perder uma hora do meu dia pra ouvir as mesmas coisas toda vez — falei, com tanta rispidez quanto ela, tentando deixar claro que não aceitaria mais aquele tipo de abordagem.

Marcia não encontrou uma resposta rápida, me encarando impassível, mas pressionando os lábios de forma quase imperceptível, quase como se segurasse alguma palavra dentro da boca. Fosse o que fosse, eu não queria ouvir.

— E, sobre a parte da vergonha, acho que não vai ser problema. Você já está acostumada — completei, ajeitando a bolsa e apoiando o violão no ombro para começar a andar, querendo sair dali para evitar qualquer outro comentário desagradável ou insight do qual eu não precisava.

— Ela disse que a sua receita já deve ter vencido. Está com ela há meses e, como você não tem aparecido na clínica, ela sabe que não passou no psiquiatra para pegar uma nova. — Ouvi pelas minhas costas, o que me fez parar por um momento. A receita dos remédios. Aqueles que eu apenas encarava na gaveta de casa, mas nunca ousava pegar.

Baixei o olhar para meus pés, com os cadarços mal amarrados e o tecido surrado, esperando alguma bronca por não estar tomando a medicação que deveria. Pelo fato de não tomá-los ser uma falta de responsabilidade. Por fazer mal a mim mesma e à minha saúde mental ao ignorar as pílulas dentro da cartela, dentro da caixa e dentro da gaveta. Nada que fosse me fazer mudar de hábito, mas algo que me balançasse do pedestal. Algum sinal de que se importava mais do que com o preço dos remédios no orçamento do fim do mês. Um sinal de que ao menos estava curiosa pelo motivo de eu não tomá-los mais.

Mas nada disso veio. Ela ficou em silêncio, esperando uma resposta. Uma explicação.

— Não preciso mais deles. Já parei faz algum tempo — respondi, ainda de costas para ela a fim de esconder o fato de minha voz confiante não combinar nem um pouco com a expressão que eu tinha no rosto.

— Hum — murmurou, e eu não sabia se acreditava nas minhas palavras. No fundo, eu esperava que não.

Outra vez, esperei que Marcia dissesse mais alguma coisa. Esperei que me questionasse, que me pedisse para falar olhando para ela, já que mostrar as costas era falta de educação. Mas, como sempre, era eu quem daria o primeiro passo.

— Foi pra isso que você veio até aqui? Pra me cobrar uma satisfação sobre a terapia? — perguntei, ainda de costas, encarando meus tênis e apertando os dedos ao redor da alça em meu ombro que segurava o violão.

— Não — disse, o que me fez virar a cabeça em sua direção, esperando uma explicação. — Bem, sim. Mas eu queria vir, de qualquer forma. Não pude vir muito ultimamente, então quis compensar. Como eu sabia que você estaria aqui hoje, aproveitei pra unir o útil ao necessário — informou, movendo os olhos para os túmulos de meu irmão e de meu pai. — Queria ver se precisava chamar alguém pra limpar as lápides. Refazer aquele "e" que eu não gostei — continuou, apontando na direção do "e" falhado na lápide que tanto a incomodava desde sempre. Não precisei olhar. Na verdade, o único lugar para o qual olhei foi para o céu. Éramos as duas únicas pessoas vivas ali, e ainda assim sua maior preocupação era com um "e" lascado gravado numa pedra.

— Bom, faça o que quiser. É você quem se incomoda com isso — sugeri, mesmo que ela não estivesse realmente perguntando minha opinião.

— Fazer o que eu quiser? Ele é seu irmão, Helena. Não acha que a lápide dele merece o mínimo de cuidado? Não entendo como você também não se incomoda com isso. É o nome dele. E... — começou, logo falando daquele jeito preocupado que sempre usava quando se referia ao Dani.

— Eu já estou indo. Vai ficar aí? — interrompi, querendo evitar uma discussão ou uma bronca sobre aquele assunto específico. O apego dela com aquele pedaço de terra vazio no cemitério era maior do que qualquer outra coisa, e isso já havia ficado bem claro para mim. Não queria continuar a ter que enfrentar aquela realidade toda vez que a encontrava.

Marcia parou de falar assim que a interrompi, permanecendo com os lábios abertos por alguns segundos como se não esperasse que eu a cortasse para dizer, de forma indireta, que não tinha o mínimo interesse no assunto. No fim, depois de "recalcular a rota" algumas visíveis vezes antes de me dar uma resposta, ela manteve o olhar nas lápides de meu irmão e meu pai e disse:

— Vou ficar um pouco mais.

Eu não esperava outra resposta. Se bem que uma carona cairia bem. De qualquer forma, aquele era claramente o fim da nossa conversa, e do nosso breve encontro.

— Certo. Até mais, então — concluí, um pouco hesitante ao voltar o olhar para o caminho da saída. Mas não havia nem dado três passos antes de ouvi-la falar mais uma vez.

— Helena — chamou, e eu logo me virei para ela.

— Begônias durariam mais. Essas morrem logo, e não fica muito bonito — orientou, depois de alguns breves momentos de hesitação, apontando para as flores que eu havia trazido.

Demorei um pouco para reagir àquele comentário, sentindo os olhos se enchendo de lágrimas enquanto encarava as flores que havia trazido, de repente me sentindo mal pelo simples fato de estar ali. Ou de ter trazido as flores como eu sempre fazia. Flores que logo morriam. Flores mortas para o meu irmão morto. Era o que os outros viam quando passavam por ali? Era o que *ela* via?

Minhas pernas se moveram antes de a mente processar uma resposta, me aproximando novamente da lápide para pegar o pequeno conjunto de flores postas no chão e apertando-as contra o peito ao me levantar mais uma vez. Voltei a me afastar enquanto murmurava para ela:

— Como quiser. Até logo. Se cuida.

Antes que Marcia pudesse criticar qualquer outra coisa, me afastei com passos rápidos, sentindo o coração apertado no peito e os olhos cheios de lágrimas que não deixaria cair. Segurei aquelas flores estúpidas junto a mim até chegar em casa, e depois apenas as larguei em cima da mesa, fazendo meu próprio túmulo na cama.

Aquela luz

"DEVOLVA-ME" — ADRIANA CALCANHOTTO

— *Rasgue as minhas cartas* e não me procure mais. Assim será melhor, meu bem... O retrato que eu te dei, se ainda tens não sei, mas se tiver, devolva-me... — eu cantava encarando um espaço vazio do bar no qual tocava às sextas-feiras para ganhar um dinheiro que era meu, e que não vinha da conta bancária da minha família.

Daniel riria se estivesse ali. Nunca me imaginaria assim, sentada num banquinho de bar, cantando MPB acompanhada de um tecladista e de um percussionista. A Helena que ele conhecia tinha um medo desgraçado de palco. E esta... cantava para passar o tempo. Para se virar. Era o tipo de coisa que ele faria, e não eu. Apesar disso, eu gostava. Gostava daquele banquinho e de MPB.

Eu gostava de estar presente, ser o foco, mas ser invisível ao mesmo tempo. Todos, em todas as mesas cheias de garrafas de cerveja e aperitivos, podiam me ouvir, mas será que ouviam mesmo? Alguns cantavam comigo, alguns nem percebiam que uma pessoa se apresentava. Outros jogavam uns trocados para ganhar uma música que, na maior parte das vezes, era a única na qual prestavam atenção. E era bom.

Daquele palco, enquanto eu cantava quase como se estivesse no piloto automático, podia ver todas aquelas pessoas rindo e se divertindo a noite toda. Por vezes chegavam antes de mim e partiam depois de eu já ter chegado em casa. De vez em quando, os garçons e garçonetes me convidavam para uma bebida depois que a apresentação acabava, e até conversávamos sobre coisas bobas que me ajudavam a passar o tempo. Ter a responsabilidade de vir num dia específico, quase todas as semanas, me ajudava a ter uma sensação de trabalho cumprido. Enquanto todas as outras coisas da minha vida estavam em suspensão ou ainda em processo de construção, as breves horas que eu passava cantando tinham começo, meio e fim. Toda vez. Era uma constância que me fazia bem.

Mesmo depois daquele encontro desagradável com minha mãe, eu ainda queria estar ali. Na verdade, tinha sido uma das únicas coisas que me fizeram ter coragem de levantar da cama e enfrentar o dia: saber que eu teria um lugar para passar o tempo quando a noite chegasse. Um lugar e uma atividade que me ajudariam a me distrair.

Sobre o ponto que eu tanto encarava enquanto cantava, em meio àquelas luzes amareladas e fracas do bar, e às pessoas sentadas nas cadeiras de madeira, havia um conjunto de cadeiras que sempre ficava vazio. Talvez fossem cadeiras de reserva, para quando a lotação aumentava, ou talvez fossem cadeiras quebradas. Alguns dias havia menos, em outros havia mais, mas aquelas cadeiras sempre estavam ali. Todas à espera de alguém vir se sentar. E todas bem no fundo do bar, viradas em direção ao palco. Era um convite para a imaginação. Ali eu podia imaginar qualquer plateia que eu quisesse. Ou, pelo menos, podia pensar nas pessoas que queria conseguir imaginar estarem ali. Minha imaginação não era fértil o bastante para visualizar a pessoa. Mas ainda podia ligar um nome a cada cadeira.

De vez em quando, eu queria que minha mãe estivesse lá. Só para me assistir. Ela nunca tinha vindo me ouvir cantar. Mas hoje não. Não depois daquele encontro. Podia ser até exagero da minha parte, mas algo me dizia que não era. Eu estava machucada. Eram pilhas e pilhas de pequenos motivos que acabavam se tornando uma montanha de grandes mágoas. Impossível ignorar esse tipo de coisa.

Hoje eu tinha uma lista de nomes um pouco menor que o normal. Melissa sempre estava nela. Minha cunhada e irmã de coração era um dos sorrisos que eu mais gostaria de ver sentados ali. Ela vinha às vezes, mas era difícil com o pequeno Daniel e o trabalho. Ainda assim, era sempre uma alegria.

Meu irmão também costumava fazer parte da lista. E até mesmo Henrique, que hoje era meu melhor amigo. Mas havia alguns meses que até o nome de Abigail estava ali, assim como estava hoje, mesmo depois do bolo que me deu. E mesmo depois de eu agir tão friamente em nossa conversa.

— *O retrato que eu te dei. Se ainda tens, não sei. Mas se tiver... devolva-me...* — Eu encarava aquele canto quase fixamente, nem percebendo mais o que estava ao redor, com metade do cérebro concentrada no vazio e o resto no dedilhar do violão.

E então veio aquele breve silêncio do qual eu já havia falado. O silêncio incômodo que vinha antes das palmas. Das risadas. Aquele silêncio que se prolongava infinitamente no espaço de um segundo. Mas, como sempre, as palmas vieram. Poucas, espaçadas, uma de cada canto do bar, mas era o suficiente para saber que ao menos algumas pessoas prestavam atenção na música.

Peguei minha garrafa de água do chão para tomar um gole, voltando o olhar para o tecladista ao meu lado a fim de murmurar para ele a música que tocaríamos a seguir, para que procurasse a cifra em sua velha pasta preta cheia de partituras. Eu o observava procurando a canção, virando página por página, quando uma voz familiar chamou minha atenção, um pouco mais próxima do que eu esperava.

— Com licença... — disse. — Será que eu poderia pedir uma música?

Era uma voz feminina, quase doce, num tom baixo de quem parecia constrangido por nem sequer abrir a boca. E eu quase não precisei virar a cabeça e olhar para saber quem estava ali.

Não era uma visão, uma ilusão ou fruto da imaginação. Eu já disse que não era criativa o suficiente para imaginar algo de forma tão real diante dos meus olhos. Era realmente ela. Abigail. E não estava sozinha. Henrique a acompanhava, o que não era uma surpresa. Ele era uma das únicas pessoas que sabiam o bar, o dia e a hora em que eu tocava.

— E aí? Ela pode? — perguntou ele, fazendo uma dancinha com as sobrancelhas acompanhada de um olhar cheio de malícia. A malícia de uma criança que havia bolado um plano bobo.

— Uhhh. É... Sim. Sim. Claro — respondi, ainda um pouco sem reação, passando o olhar de um para o outro.

Ele usava uma camiseta com uma jaqueta cáqui acompanhada de um jeans, e ela, um suéter mostarda e uma calça de cintura alta, segurando a alça de uma bolsinha de couro velha apoiada em um dos ombros que caía até o lado do quadril. Por algum motivo, mesmo aquele suéter simples complementava a cor esmeralda de seus olhos, ainda que estivessem escondidos na sombra da franja bagunçada que caía em sua testa.

Mesmo que eu ainda estivesse chocada, não podia parar de tocar. Fosse qual fosse o plano de Henrique, eu não podia deixar que isso atrapalhasse meu trabalho. Então, fechei a garrafa de água e a deixei no chão enquanto esperava ela me dizer a música que queria.

— "Aonde quer que eu vá", dos Paralamas do Sucesso. Conhece? — perguntou Abigail, mordendo o lábio inferior de forma discreta, com um olhar que claramente pedia desculpas. Só não sabia se era por ter vindo sem avisar ou pela maneira como terminara nossa última conversa.

Sorri um pouco ao ouvir aquela pergunta e o pedido de música. Bom, ao menos seria um pouco mais animado do que "Devolva-me". Então, assenti com a cabeça para dizer que conhecia.

— Conheço. Ok. Deixa comigo. — Lancei outro olhar para os dois músicos para ver se haviam ouvido o título, e vi que já estavam procurando a cifra.

— Estamos na mesa do fundo — disse Henrique, já dando um passo atrás para que não ficassem simplesmente parados na frente do palco tapando a visão de todos.

— Tá. Eu... vejo vocês mais tarde — falei, acompanhando-os com os olhos por um instante enquanto se afastavam para ver exatamente onde ficava a mesa, mas também para ainda convencer meu cérebro de que metade da plateia que eu imaginava na minha cabeça estava realmente lá essa noite.

— É... vou pedir uma cerveja pra você. E acho bom aproveitar que hoje estou me sentindo generoso e a bebida é por minha conta — Henrique anunciou, me fazendo um sinal antes de se voltar para o caminho que precisava percorrer até chegar à mesa com três cadeiras do lado oposto do bar, onde ficava o canto vazio que eu tanto encarava antes. Dessa vez, algo me dizia que eu não estaria mais tão atenta às cadeiras vazias quanto antes.

E eu cantei. Assim como ela havia me pedido para fazer, tentando ignorar o fato de aquela música me fazer pensar nela a cada acorde. Bem aquela atitude de pessoa apaixonadinha que pensa no crush sempre que ouve alguma canção. Mas não tinha problema. Ali eu tinha uma desculpa para cantar qualquer coisa que eu quisesse, para quem quer que fosse. De qualquer forma, ainda não era o bastante para que eu desviasse completamente a atenção daquele canto vazio. Ainda me via lançando o olhar até lá como se faltasse algo, mesmo que parte da minha plateia imaginária estivesse realmente ali.

E assim se passou a noite. Ou a hora seguinte, na qual eu quase não sentia mais para quais cordas meus dedos estavam sendo guiados. Mal vi o tempo passar, e mal percebi as músicas começando e terminando. Só quando cheguei ao fim da pasta de partituras que havia separado para aquele dia percebi que tinha cumprido meu horário.

— Então você é médica e cantora. É isso? — perguntou Henrique enquanto eu me aproximava da mesa depois de ter me despedido dos meus colegas de palco, ouvindo enquanto colocavam um DVD aleatório de algum show de MPB ao vivo para passar na televisão e tocar como música de fundo.

— Acho que sim. Eu não diria médica ainda, talvez daqui a alguns anos, se tudo der certo — falei, com um pequeno sorriso, me sentando na cadeira que haviam deixado livre para mim, apoiando minha bolsa no colo enquanto me recostava e tentava achar uma posição confortável. Mesmo sabendo que não conseguiria e não tinha nada a ver com a cadeira, e sim com a pessoa que estava na minha frente.

Ainda que fosse uma ótima surpresa, não me sentia pronta para encontrar Abigail assim, do nada. Não depois de nossa última conversa. Não depois da forma como eu a tratara. Eu tinha sido legal nas palavras, mas a rejeitara em silêncio enquanto ela tentava encontrar uma forma de se redimir do furo do dia do nosso encontro. E Henrique... que insistência era aquela? Sempre com ela, sempre a trazendo para mim. Eu não sabia se devia agradecê-lo ou puxar sua orelha e ter uma conversa sobre limites com ele.

— Então... como vocês vieram parar aqui? — perguntei, finalmente, já que, depois da minha resposta, pareciam estar apenas esperando por aquela pergunta.

— Ela parece bem feliz em nos ver, não? Uau... — brincou Henrique, o que me fez balançar a cabeça e levantar os olhos para o céu. Santa Ironia essa que ele nunca esquecia de usar. — Falando sério agora... Você me convidou, e eu vim — respondeu.

— Tá, mas eu te convidei faz um mês. Você só arranjou tempo agora? — questionei, com certo humor, ainda pensando que aquilo não justificava a presença de Abigail ali.

— Sou um cara ocupado, ué. O que posso fazer? — retrucou mais uma vez, antes de continuar sua explicação. — Assim que arranjei um tempo, eu vim. E trouxe companhia.

— Conta a história direito, Rick — intimou Abigail, rindo um pouco, provavelmente porque ele estava distorcendo a história. — Eu queria beber alguma coisa num lugar tranquilo, e meus outros amigos só tinham os mesmos bares de sempre pra indicar. E eles estão longe de serem calmos. Então perguntei pro Henrique se ele tinha uma sugestão, e ele me contou que você toca em um bar só de MPB toda semana, e disse que devia ser bom. Então, eu decidi vir e pedi pra ele me acompanhar pra não ficar esquisito eu chegar aqui pra te ver sozinha — explicou, e aquela versão era bem diferente da do meu amigo, sentado ao meu lado com um sorriso inocente.

"Chegar aqui pra te ver." De repente, tinha passado de querer uma bebida para vir me ver. Se dissesse que não gostei de ouvir isso, eu estaria mentindo. Mesmo se fosse fantasia da minha cabeça ou esperança do meu coração.

— Quer saber? Gostei mais da versão dela — admiti, olhando para Henrique enquanto pegava na mesa o copo vazio que só podiam ter pedido para mim, considerando que cada um já segurava um, e o enchia com o resto de cerveja da garrafa ao lado dele.

— Eu também — concordou ele, com um sorriso debochado, certamente orgulhoso de si mesmo por ter trazido Abigail. Ao mesmo tempo, vi pelo canto do olho que ela também tinha um pequeno sorriso no rosto, provavelmente satisfeita com minha resposta.

— É o que dizem: a melhor versão de uma história é sempre a verdade — disse a garota, levantando seu copo por um momento enquanto falava, antes de esvaziá-lo.

— Alguns aqui discordariam. O Henrique tem mania de querer aumentar tudo, toda vez — brinquei, com um tom malicioso que fez o garoto abrir a boca ao meu lado, em choque, fingindo estar ofendido.

E é claro que a expressão no seu rosto fez Abigail rir, ainda mais porque pareceu entender do que eu estava falando, já que eu conhecia bem as táticas de flerte do garoto. Não por já ter usado comigo, mas por já tê-lo visto usando com outras.

A risada dela era engraçada, gostosa. Contagiante. Por isso, não pude deixar de rir um pouco também, me desculpando silenciosamente com Henrique ao levantar os ombros. Por fim, ele acabou sorrindo também.

— Não fala merda, vai. Toma a sua cerveja quente e fica quieta — brincou, empurrando gentilmente minha mão que segurava o copo na direção do meu rosto para levantá-lo da mesa. Entrei na brincadeira e acabei tomando um gole de verdade para deixá-lo feliz.

— Minha garganta não está mais seca. Agora eu posso falar ainda mais sobre os seus segredos obscuros — ameacei, ainda rindo.

— Então aproveita e me conta que história é essa. Você já viu? — perguntou Abigail, fingindo estar interessada. Ela apoiou o queixo na mão enquanto me olhava, claramente ainda falando da história do Henrique de aumentar tudo. Mas aquela pergunta era mais inteligente do que parecia. Ela queria saber se já havia rolado alguma coisa entre nós dois.

— Não. Nunca vi e nem quero ver. Na verdade, prefiro manter distância desse tipo de "coisa". — Meu tom foi de brincadeira quando disse "coisa", mas havia um fundo de verdade, já que eu não tinha interesse algum em qualquer pessoa com um... Enfim.

— É como ela disse — confirmou Henrique, assentindo com a cabeça.

— Hummmm... — murmurou Abigail ao encarar os dois, se recostando na cadeira, provavelmente com as engrenagens do cérebro trabalhando. — Então é exclusivo? — perguntou, claramente para mim. — Nada de caras — esclareceu sua pergunta, o que me fez sorrir um pouco. Então, era ali que ela queria chegar com aquela conversa. Queria saber se eu era bi ou lésbica.

— Nada de caras — confirmei, certa de mim. Sempre fui. Mas resolvi devolver a pergunta. — E você?

Ela sorriu, até mesmo semicerrando os olhos de forma quase imperceptível por um momento, me encarando como se precisasse formular a resposta com cuidado, o que formou uma leve dúvida em minha mente. Aquela garota quase nunca hesitava antes de perguntar algo, mas, quando era sua vez de responder, era outra história?

— O mesmo — respondeu, simplesmente, em tom de quem quer terminar o assunto.

Ficamos em silêncio por alguns segundos, nos encarando sem dizer mais nada. Eu esperando que continuasse, e ela se recusando a continuar. Mas foi o suficiente para que eu entendesse uma ou duas coisas sobre ela. A primeira é que todos os que estavam sentados naquela mesa gostavam de mulheres. A segunda é que, apesar de ser bem aberta para falar disso com os outros, havia um limite para Abigail quando se tratava dela. E isso formou apenas mais perguntas em minha cabeça. No entanto, se havia uma coisa que eu tinha aprendido desde pequena era quando abrir e quando fechar a boca. E foi por isso que a mantive fechada... até Henrique decidir fazer um comentário besta para quebrar o gelo.

— Ninguém vai perguntar pra mim?

Mesmo sendo idiota, nós duas acabamos rindo, enquanto eu dava um leve tapa em seu ombro de brincadeira. Mas era uma prova bem clara de como deixamos o pobre coitado de lado por alguns segundos.

— Acho que pra você a gente não precisa perguntar — comentei enquanto ainda ria. Aquele garoto não precisava dar nenhuma dica para sabermos que não estava entre as letras do LGBTQIAP+.

— Puxa... eu tava esperando — brincou, enquanto se servia de um pouco mais de cerveja com um sorriso bobo no rosto.

Também aproveitei para tomar um gole, deixando aquele silêncio no ar mais uma vez, antes de ele ser quebrado por Abigail, que logo pegou no meu braço por cima da mesa, segurando meu pulso:

— Mas, mudando de assunto, esqueci de dizer como foi incrível o seu show. Sério. Você canta muito. E toca muito também.

Nas primeiras palavras, a única coisa que meu cérebro anunciava era que ela estava encostando no meu braço, como se eu fosse uma criancinha da quinta série gritando no cinema porque o garoto do *High School Musical* tirou a camiseta. Mas logo pisquei algumas vezes para voltar a mim e ouvir o que Abigail tinha a dizer, não podendo deixar de abrir mais o sorriso que estava em meu rosto por causa da brincadeira de Henrique. E eu posso dizer, com cem por cento de certeza, que a queimação que apareceu no meu rosto não tinha nada a ver com o calor que fazia dentro daquele bar.

— Show? Não foi um show... — murmurei, como uma boba envergonhada, toda sorridente. — Mas obrigada... você devia... — "Devia ver como meu irmão cantava. Ele era bem melhor do que eu." Era o que eu ia dizer. Mas, por um momento, pensei que não seria a melhor ideia. Uma vez na vida, Helena. Aceite o elogio. Seja a protagonista da história por pelo menos um minuto. — ... devia ver como eu canto com um pouco mais de álcool dentro de mim. Você ia mudar de opinião rapidinho — acabei por brincar, o que a fez rir.

— Olha, eu já vi a Helena bêbada, e posso dizer que ela canta exatamente igual. Só tá fazendo tipo — entregou Henrique, dando uma beliscada de leve em uma das minhas bochechas vermelhas.

— Eu imagino. E, pra quem não consegue cantar uma nota certa, você, até em uma crise de faringite, deve cantar mil vezes melhor do que eu. Sério. Se eu pegar naquele microfone agora, não dou dois minutos pra todo mundo sair correndo do bar. —Abigail ainda segurava meu braço enquanto falava, o que me fez rir ao imaginar a cena.

— Não deve ser tão ruim — corrigi, sem mentir, já que eu achava a voz dela bonita.

— Ah, é sim. É péssimo. Nunca queira me ouvir cantar na sua vida — afirmou, parecendo bem convencida. Tanto que decidi nem te desafiar a me convencer.

— Pelo menos, bom gosto pra música você tem. Paralamas foi uma ótima escolha — elogiei, virando um pouco mais a cadeira em sua direção, não ousando mover o braço para não arriscar que o soltasse.

Isso a fez sorrir de um jeito um pouco mais doce, com aqueles dois dentinhos maiores que os outros que eu achava um charme. Abigail encolheu um pouco os ombros, deixando os olhos verdes correrem para suas mãos no meu antebraço. Para minha tristeza, ela acabou por movê-las, ajeitando a franja com uma delas.

— Foi meu pai que me ensinou a gostar desse tipo de música. Ele vivia escutando no carro quando eu era pequena — contou.

Naquele momento, não pude deixar de lembrar do meu próprio pai, já que foi assim que ele também me fez gostar tanto da música brasileira. Exatamente do mesmo jeito. Tinha tantas lembranças de nós três cantando em alto e bom som com os vidros abertos, como se ninguém fora do carro pudesse nos escutar...

— Seu pai tem bom gosto. Pode dar os parabéns — falei, um pouco mais séria, mas não o suficiente para que achasse que o motivo disso era sua resposta.

— Vou mandar o recado pra ele — comentou, também um pouco mais séria, como se eu também tivesse tocado em um ponto sensível. E assim seguiu nossa conversa, acertando sem querer em partes doloridas de nossas vidas. Mas, como antes, ela logo seguiu em frente mudando de assunto. — Eu queria dizer... que, mesmo que isso não seja o que combinamos fazer naquele dia, estou feliz de estar aqui, e de ter essa pequena chance de me redimir pelo menos um pouquinho. — Seu tom agora tinha ficado mais sóbrio, e ela parecia estar falando com bastante sinceridade.

Dessa vez fui eu quem colocou a mão em seu braço, com gentileza. Não com segundas intenções, mas sim como um gesto tranquilizador para a garota. Queria que soubesse que estava tudo bem, e que eu já tinha entendido seu lado assim que me explicou o que aconteceu.

— Você não precisa se redimir por nada. Acredite, eu entendo como é ter que lidar com remédios. Tanto pela minha própria experiência quanto pelo que as pessoas da minha família tiveram que passar — expliquei, decidindo também falar com sinceridade, já que ela merecia isso. — Sei que parece clichê, mas o que mais me faz hesitar não é você. Sou eu.

Mesmo que eu estivesse falando a verdade, claramente a garota acabou sorrindo no fim da frase, levantando os olhos para o teto do bar de forma bem-humorada.

— Você tem razão. Isso é bem clichê — disse, me fazendo sorrir também.

— Eu sei, mas é a verdade. — Quase pedi desculpas por usar uma frase tão manjada quanto essa. — Tem coisas que aconteceram comigo que eu simplesmente não consigo esquecer. Elas me afetam até hoje. E eu não quero colocar uma carga desnecessária em cima de ninguém.

Era o tipo de conversa necessária o que estávamos tendo. Porém, no canto da minha mente, não podia deixar de lembrar que Henrique estava ali, do outro lado da mesa, tentando fingir que não ouvia nada. O coitado estava segurando uma vela absurda, mas ele sabia bem o que estava fazendo quando trouxe Abigail. Ou quando aceitou vir com ela, de acordo com a história da garota. E, para ser sincera, eu preferia tirar esse tipo de coisa logo do caminho para conseguir seguir em frente mais rápido.

Só que a forma como Abigail me olhou depois do que eu disse me deixou um pouco surpresa. Talvez até desconcertada. Tinha uma mistura de humor e gentileza em seu olhar que eu não esperava ver. O que eu esperava era que me achasse problemática, dramática ou até mesmo que me olhasse com aquele mix de preocupação e pena que eu costumava odiar ver nos olhos das pessoas quando era direcionado a mim.

— Você fala como se estivéssemos entrando em um relacionamento sério. Como se precisássemos casar amanhã — disse a garota, com um sorriso no rosto, se inclinando um pouco mais em minha direção, como se fosse me contar um segredo. — Relaxa, loirinha. Sem pressão. Isto é só um bar, isto são só cervejas e o seu amigo está sentado aqui do lado. Se concentra nisso. O depois é o depois — falou.

Suas palavras imediatamente esclareceram para mim o porquê daquele sorriso. E no fim ela estava certa. De alguma forma, pelo menos. Eu me conhecia muito bem. Sabia como podia ser do tipo "emocionada", que se empolgava no primeiro sinalzinho, e já criava histórias de amor de contos de fada na cabeça. Eu estava interessada na Bia fazia algum tempo sim, mas sabia que deveria me segurar. Tudo aquilo queria dizer que não era oito ou oitenta. Não íamos ter nada ou nos casar. Havia várias opções no meio, e talvez eu estivesse levando tudo a sério demais, como ela disse.

— Você tem razão — admiti, finalmente. Não havia como não concordar com ela.

— Como eu tenho razão, vou até pedir outra cerveja pra nós. Pra todos nós — Ela anunciou, lembrando mais uma vez que Henrique também estava presente na mesa. E não pude deixar de lançar um olhar de desculpas para o garoto, já que não falava com ele fazia alguns minutos. O pobre coitado... Mas eu não ia fazer isso de novo. Eu era uma boa amiga.

Era só ela

"MR. LOVERMAN" — RICKY MONTGOMERY

Segui o plano de focar no agora e me divertir, como Abigail havia sugerido. De cerveja em cerveja, as piadas se tornavam mais engraçadas, e as risadas mais escandalosas.

Eu não me importava se chamávamos a atenção de todos no bar. Fazia tempo que não ria daquele jeito. Muito, muito tempo. E a forma como a conversa se tornou mais leve depois daquele comentário de Abigail ajudou muito a tirar a pressão dos ombros. Não estávamos em uma prova, nem em um encontro. Não tínhamos que pisar em ovos. E nada poderia ser melhor do que aquilo. Porque, em meio à faculdade, ao meu trabalho naquele bar e à minha mãe, eu precisava daquele respiro, e precisava transformar todos os meus ovos pisados e quebrados em omelete.

Mesmo que as conversas fossem tão bobas quanto aquelas que temos quando estamos no oitavo ano da escola, eu não me sentia infantil. Não me sentia idiota. Não sentia culpa por falar o que falava, e não sentia culpa por não encontrar as melhores palavras todas as vezes.

Conforme o tempo passava, não só as garrafas se esvaziavam, mas também as mesas ao nosso redor, sobrando apenas três ocupadas. Os garçons e garçonetes já pareciam cansados, e até mesmo o volume da música havia sido abaixado para nos informar discretamente de que a hora de ir embora tinha chegado. Henrique deixou escapar alguns bocejos, e eu já começava a sentir dor nas costas por causa daquela cadeira desconfortável de madeira. Mas ainda assim não pedi para ir embora. Quase como numa prova de resistência, esperávamos para ver quem seria o primeiro a desistir. E não demorou muito para que Henrique finalmente pedisse arrego.

— Ok, ok. Eu disse que seria a saideira, e foi — ele falou de repente, logo depois de terminar seu copo de cerveja. E se referia à última garrafa que havia pedido para nós.

— Ah, mas já? O sol nem nasceu ainda! — brincou Abigail, sabendo que tínhamos passado bastante tempo ali.

— Eu não sabia que estávamos esperando o sol nascer. Nesse caso eu desisto. Deixo as duas esperarem na companhia uma da outra — respondeu ele, já se levantando da cadeira, enquanto Abigail e eu trocávamos um olhar que dizia muito. Ou perguntava muito. "Vamos fazer isso mesmo ou também vamos embora?", acho que era o que ambas queríamos saber. Mas eu já tinha dado game over. Meus olhos, corpo e mente pediam descanso. Acho que a única parte do meu corpo que queria continuar ali era meu coração. Ele se recusava a aceitar que era hora de se despedir daquela garota que tinha conseguido fazê-lo bater mais forte depois de muito tempo.

— Mesmo que essa seja uma ótima ideia, acho que é melhor fechar a conta mesmo. Assim, podemos dividir um Uber e ninguém vai embora sozinho — propus, começando a me levantar também, mas não com tanta certeza quanto Henrique.

— Vocês são muito chatos — disse Abigail, se levantando e pegando sua bolsinha de couro para segurá-la contra si. — Mas tudo bem. Concordo. O Uber é por minha conta — continuou, colocando a cadeira no lugar depois de ter se colocado de pé.

— Quer saber? Não vou nem insistir. Meu orçamento pra hoje se foi todo nessas cervejas — Henrique admitiu, com as mãos nos bolsos.

— Então as mulheres dividem. Três paradas não vai sair muito barato — falei, não querendo deixar a garota pagar tudo sozinha, enquanto começávamos a nos dirigir para o caixa para pagar a conta, que, de acordo com o que Henrique havia dito mais cedo, ficaria por conta dele.

— Certo. Então as mulheres dividem — concordou Abigail, parando um pouco mais longe de nós quando me coloquei ao lado de Henrique, que começava a pagar por tudo o que havíamos consumido. — Enquanto o homem paga, eu vou tomar um ar lá fora — disse a garota, já se dirigindo para a porta.

— Ok — murmurei, acompanhando-a com o olhar, ficando parada feito uma idiota por um momento enquanto a garota se afastava, e Henrique me lançou um olhar debochado.

Ele nem se deu ao trabalho de dizer qualquer coisa, me dando alguns tapinhas na parte baixa das costas, acompanhados de uma leve empurrada como um sinal para que eu fosse também. Aquele bobo estava querendo dar uma de cupido, como se "tomar um ar lá fora" fosse um convite para alguma coisa. Mas era besta demais.

— Para — sussurrei, como se Abigail pudesse ouvir mesmo de longe.

— Vai. Vai. Vai! — disse ele, também em voz baixa enquanto ria, ainda me empurrando de leve.

— Ela não me convidou! — falei, exigindo que parasse de me empurrar, mas sem poder deixar de sorrir também.

— Claro que convidou. Vai! — Ele continuava rindo, me dando uma beliscada gentil na cintura que me fez dar um pulo. Fez cócegas.

— Aiêêê — reclamei, dando um tapa em sua mão, mas ainda assim começando a me afastar do garoto, sabendo que ele não desistiria tão cedo. — Tá bom, tá bom. Sai — murmurei, desejando que não me desse mais nenhum beliscão. Fiz um gesto com as mãos para que me deixasse em paz, caminhando em direção à saída do bar.

Não ficaríamos horas sozinhas lá, já que pagar a conta só levaria alguns minutos, mesmo que Henrique enrolasse tanto quanto pudesse; ainda assim eu era bobona, tinha ansiedade e não era indiferente à garota. Então, é claro que eu, como a pessoa corajosa que era... tentaria me manter o mais afastada possível. Mas eu sabia que não era nada demais. Não era um monstro de sete cabeças que estava ali. Era só... ela.

Me aproximei em silêncio da garota quando a vi do lado de fora, olhando para as próprias mãos, enquanto massageava os dedos gentilmente e de forma distraída. Eu já a tinha visto fazer isso antes, não só durante a noite, mas desde que a vi pela primeira vez. Era quase como se estivesse com dor. Ou talvez fosse só o meu olhar de futura médica procurando algo.

— Tudo bem aí? — perguntei, parando ao seu lado, e ela voltou a atenção para mim com um leve sorriso, dando uma olhada para o espaço vazio ao meu lado também, como se checasse se eu estava com Henrique.

— Tudo bem. — Ela colocou as mãos nos bolsos rapidamente, sem acrescentar mais nada.

— Legal — falei, parando ao seu lado, virada para a rua à nossa frente como ela estava também. E logo veio aquela bosta de silêncio desconfortável. Meu

Deus, o que eu estava fazendo ali? — É... você... mora longe daqui? — perguntei, tentando achar um assunto, dando uma rápida olhada para Henrique dentro do bar. Ele estava claramente enrolando, checando item por item da nota fiscal para ter certeza de que a comanda estava certa.

— Não muito. E você? — Havia certo humor em sua voz, como se tivesse percebido minha tentativa inocente de puxar assunto.

— Não muito também — respondi, voltando a olhar para a frente.

— Legal — disse ela, assim como eu havia feito antes. Pelo tom que usou, percebi bem que estava segurando o riso.

Era aquele tipo de silêncio constrangedor cheio de sensações que falam mais alto do que qualquer grito. A ansiedade fazendo parecer que várias borboletas estavam dando uma festa dentro do estômago, os dedos gelados mesmo que não estivesse frio e o olhar inquieto fazendo várias viagens, de um lado para o outro, de cima para baixo, e qualquer coisa que não fosse a pessoa ao nosso lado. Tudo isso por não saber puxar um bendito assunto.

— Tá frio, né? — joguei, uma vez que tinha visto a garota pôr as mãos nos bolsos antes, colocando as minhas no meu casaco também por reflexo, por causa do vento frio da madrugada.

— É... bem frio — concordou, e pude vê-la assentir com a cabeça pelo canto dos olhos. — Mas... eu até que gosto do frio. É a desculpa perfeita pra tomar um chá — acrescentou, ao reparar que havia dado uma resposta curta demais.

— Chá. *Bleh*. Água suja e quente, você quer dizer. — Fiz uma careta, o que fez a garota rir.

— Não. Nada a ver. Você diz isso porque nunca bebeu o chá certo, feito pela pessoa certa — respondeu.

— Ahhhhhh, claro. É a pessoa que faz o chá que conta — retruquei, como se fosse óbvio, não acreditando nem um pouquinho nela.

— Ué. Já viu uma comida feita por várias pessoas, com temperos iguais, ficar com o mesmo gosto? Não. Cada uma fica com um gostinho diferente. É o que acontece com o chá — ela declarou, ainda mais confiante, cruzando os braços e voltando o corpo para mim, com aquele olhar confiante de quem desafia o outro a discordar.

E eu não pude discordar. Era verdade. Mas ainda não estava completamente convencida. Acima de tudo, eu estava gostando de ver aquele sorriso desafiador no rosto dela, mesmo que só estivesse falando de chá. Mostrava que Abigail tinha personalidade. Ou talvez só fosse teimosa. Para qualquer uma dessas coisas era necessário ter determinação e energia, características que eu admirava em qualquer um, porque não era exatamente algo que eu tinha.

— Certo. Então você vai me fazer um chá um dia desses, e eu tiro minhas próprias conclusões — propus, deixando claro que queria vê-la de novo.

— Combinado. E dessa vez o único bolo que vai rolar vai ser o que eu vou fazer. Bolo de mel com chá. — Me estendeu a mão, a fim de fechar o acordo.

— Bolo de mel? Além de médica e fazedora de chá, ela ainda cozinha? Que mulher! — brinquei, pegando sua mão e a apertando com gentileza. — Vou querer ver isso. Além do mais, nunca comi esse bolo. Quero experimentar.

— Vai ser o melhor bolo da sua vida. Pode ter certeza — prometeu Abigail, certa de si mesma, ainda apertando minha mão.

— Melhor do que o da semana passada vai ser, com certeza — comentei, com bom humor, a fim de mostrar que eu já tinha superado aquilo. Pelo menos em parte.

Ela sorriu um pouco mais com minha piadinha besta, me encarando por mais alguns segundos enquanto ainda me segurava. Em vez de soltar minha mão, ela a colocou entre as suas, dando um pequeno passo em minha direção e olhando bem fundo em meus olhos.

— E, olha, pra te assegurar de que eu não vou fugir dessa vez, você vai na minha casa — disse. — Vou arrumar tudo direitinho e te esperar lá. Quando quiser. É só me mandar mensagem — acrescentou, e apreciei bastante aquele gesto.

Abigail estava mostrando que queria tentar de novo, e, ao mesmo tempo, estava me dando espaço. Tempo. Eu poderia decidir quando iria até ela. Quando mandaria a mensagem. Por um lado, aquilo me causava um pouco de ansiedade, já que seria eu quem decidiria quando avançar. Por outro, porém, me dava segurança. Porque, mais uma vez, seria eu quem decidiria quando avançar. E se iria avançar.

— Tá bom. Eu mando mensagem, então — garanti, com um sorriso agradecido, gostando daquele calor confortante das suas mãos segurando as minhas.

— Beleza. Agora... caminho de casa — disse, olhando para alguém que se aproximava por trás de mim, e me virei vendo Henrique caminhando para fora do bar, vindo em nossa direção. Quantas vezes ele tinha verificado aquela notinha só para me dar um pouco de privacidade e tempo para falar com Abigail?

— É. Caminho de casa — repeti.

Uma coisa eu podia dizer: com toda a certeza, hoje, pela primeira vez, eu estava deixando aquele bar bem mais feliz do que quando havia chegado.

Vou lembrar

"EU ME LEMBRO" — CLARICE FALCÃO

Mandei uma mensagem para ela naquele domingo como se não quisesse nada, perguntando se podia vê-la. E ela logo aceitou. Então, às onze horas nos encontraríamos em seu apartamento para tomarmos café juntas.

Domingo e café da manhã. Acho que não tinha nada que gritasse mais "somos duas amigas" do que aquilo, mas... eu gostava. Era como se todos aqueles detalhes tirassem dos ombros o peso de um encontro. E acho que ela concordava.

Admito que tentei seguir aquele pensamento também na hora de me vestir, procurando algo casual no armário que não fizesse parecer que tinha me esforçado mais do que o normal, mas logo abandonei a ideia quando me vi segurando em frente ao espelho um vestido velho que minha mãe tinha me dado fazia anos. Eu nunca havia usado aquela coisa, e nunca usaria. Por fim, acabei colocando minha roupa preferida. E aproveitei para arrumar e pentear o cabelo também. Colocar uma ordem naquela bagunça. Quem sabe até mesmo um perfume... de manhã. Algo cítrico, talvez? Será que ela gostava? Ou era demais?

Coloquei por cima de uma camiseta laranja um casaco turquesa, e botei minha única calça jeans que não era preta. Depois, peguei aquele tênis branco que eu guardava com tanto cuidado para não sujar e o calcei, talvez pela primeira vez no ano. Parecia bom. Eu acho. Bem, se eu continuasse me questionando tanto, nunca sairia de casa. E não era muito educado chegar na casa dos outros fora da hora combinada. Então, após me olhar no espelho pela última vez, saí de casa.

Não arrumei o apartamento desta vez, mas fechei as janelas. E, quando peguei o metrô e caminhei pela rua, não corri. Cheguei até a entrar no metrô errado, na linha errada, por estar distraída demais com a música que tocava nos fones de ouvido. Por sorte, recuperei o tempo ao procurar um atalho no GPS do celular.

Abigail morava em um dos poucos bairros cheios de árvores de São Paulo. O bairro dela era legal, e parecia até ter uma vibe meio alternativa. O típico bairro em que qualquer um da nossa idade iria querer morar. Grafites nos estabelecimentos, luzinhas penduradas nas lojas... e várias ladeiras. Ladeiras o suficiente para fazer minhas bochechas queimarem, e o casaco parecer quente demais mesmo que fosse um dia nublado e que a brisa fosse fria. Aproveitei até para tentar recuperar o fôlego em uma padaria, comprando uma porção de minicroissants quentinhos para levar, mas não acho que tenha dado muito certo, afinal quando cheguei à portaria do prédio dela meu cabelo já estava em um rabo de cavalo, a jaqueta estava amarrada na cintura e eu provavelmente parecia um tomate. Talvez devesse ter vindo de táxi.

— Abigail, apartamento trinta e dois — falei quando toquei o interfone na entrada do prédio, olhando para cima a fim de analisar o lugar.

Apesar do bairro, não era um prédio do tipo exuberante. Era pequeno, baixo e com pequenas sacadas. A cor não era chamativa também. Cinza-claro com grafite modesto, mas que ainda assim combinava com o bairro.

Quando fui liberada para entrar, senti o coração acelerar. Todo aquele papinho de "é só um café da manhã entre amigas" caiu por terra. Eu estava prestes a entrar na casa da garota que tinha ocupado quase todos os meus pensamentos nos últimos dias. A insegurança e o medo de me magoar começaram a querer tomar conta do meu corpo, e precisei parar por alguns segundos antes de entrar no elevador, buscando coragem para não voltar correndo para casa e para os fantasmas do passado que me esperavam lá. Respirei fundo. Eu não podia fugir. Não queria. Não ia. Coragem, Helena.

Entrei no elevador velho e barulhento, coloquei de volta a jaqueta enquanto dava mais uma olhada no espelho, tentando recuperar um pouco do visual inicial, mas mantive o cabelo preso. Disse até "boa sorte" para mim mesma antes de chegar ao andar certo, deixando o elevador enquanto respirava fundo para acalmar o coração, que certamente ainda batia rápido demais.

Respirei fundo mais uma vez para tentar acalmar a respiração enquanto dava três batidas na porta para anunciar minha chegada, segurando forte com a mão livre o pacote de papel de pão quentinho que continha nossos croissants e ouvindo atentamente os passos se aproximando lá dentro.

Tentei botar um sorriso não muito idiota no rosto quando a ouvi destrancar a porta, estufando o peito e endireitando os ombros para não parecer tão nervosa quanto estava. Quando ela finalmente a abriu, o sorriso não idiota se tornou bem idiota, e eu me encolhi como um tatu em frente à garota. Estava tão bonita...

Com um sorriso brilhante e uma bandana de cetim amarrada na cabeça, ela me cumprimentou. Não foi nada de mais, mas ainda assim quase me derreti com a felicidade em sua voz quando disse aquele "Oi!". A franja estava bem arrumada, e ela usava uma regata preta de alças finas que chamava a atenção para os ombros com pintinhas que pareciam constelações. Ela parecia uma garota do campo com a bandana colocada daquele jeito na cabeça. Era como se fosse o Sol naquele dia nublado, abrindo a porta do céu azul para mim.

— Desculpa, eu tava correndo pra arrumar a casa... nem tive tempo de trocar esse short velho — disse, antes que eu pudesse responder seu "Oi", com os olhos verde-esmeralda viajando de cima abaixo por mim, principalmente no saco que eu segurava.

— Imagina... você tá... tá linda. — Mordi um pouco o lábio, meio tímida, o que a fez sorrir ainda mais, apoiando a cabeça de forma charmosa no batente da porta.

— Obrigada... você também. Adorei a jaqueta — falou, tocando com gentileza o tecido da peça de que falava. — E adorei o cheiro dessa sacola aí. O que é?

Quase consegui rir de como ela passou de um elogio para uma pergunta tão curiosa sem nem esperar a resposta mais uma vez, olhando para o saco de pão como um reflexo.

— Croissants. Não sei se você gosta. Eu trouxe pra não chegar de mãos vazias — respondi, levantando o saco um pouco em direção a ela para que pegasse. E não precisou nem me dizer se gostava ou não. Pela sua expressão cheia de vontade ao pegar a sacola, parecia que eu tinha acertado em cheio.

— Foi uma ótima escolha. Tirando o bolo da receita de família que eu fiz, acho que todo o resto está um pouco... queimado — ela explicou, com um sorriso sem graça que achei bem fofo.

— Quer dizer que você preparou o café? Não comprou tudo pronto? — perguntei, levantando a sobrancelha.

— Bom... é. Mas não crie muitas expectativas — pediu, ainda sorrindo e dando um passo atrás, abrindo mais a porta como um convite silencioso para que eu entrasse. — Ah, e cuidado. Seu cadarço tá desamarrado — acrescentou, o que me fez olhar para baixo imediatamente.

Cadarço desamarrado. Mesmo depois de olhar no espelho setenta e duas vezes, ainda tinha deixado passar isso? Meu Deus, Helena. Mas bem, eu já estava acostumada. Eles ficavam desamarrados quase que a maior parte do tempo. Era como se qualquer nó que eu tentasse dar nos cadarços nunca fosse forte o suficiente para ficar intacto. Talvez fosse hora de abrir mão da técnica das orelhinhas de coelho.

— Valeu — murmurei, coçando um pouco a cabeça, ainda me mantendo no lugar por um segundo antes de dar um passo hesitante para dentro do apartamento quando Abigail me deu as costas para andar em direção à mesa posta e colocar o saco de pão em cima dela, quase agindo como se eu já a tivesse visitado um milhão de vezes.

Aproveitei que tinha me dado as costas para olhar em volta, encarando as paredes laranja. Se minha mãe estivesse ali, com certeza faria uma careta. Parecia uma floresta, cheia de plantas por todo lado, e as almofadas e móveis tinham cores diferentes. Azul pavão, amarelo, rosa. Marcia odiaria um lugar tão cheio de informação, mas eu... eu gostava bastante. Era bem legal. Me fazia ver um lado diferente da garota que eu não conhecia, por causa de todas as vezes que a tinha visto com o jaleco branco do hospital.

E não demorou um segundo para eu ser recebida por outro anfitrião com um miado. Um serzinho de quatro patas e pelo preto. Olhos amarelos, cauda longa e orelhas pontudas.

— Esse é o Freud. Você gosta de gatos? Se tiver medo, posso fechar a porta da sala — disse Abigail, antes que eu pudesse abrir a boca. Como resposta, me abaixei para coçar a cabeça do gatinho.

— Não se preocupe. Eu gosto. Queria ter um em casa, mas... eu quase não fico lá — contei, enquanto dava um olá para o terceiro membro de nosso encontro, achando engraçado o seu nome. — E quer dizer que tem mais alguém na casa com quem eu vou poder bater um papo sobre neurologia? Quem sabe até tirar algumas dúvidas? — brinquei, já que Freud era o sobrenome de um famoso médico neurologista e psiquiatra. O criador da psicanálise.

— Quem sabe. Até hoje eu nunca consegui fazer ele abrir a boca, mas tenho certeza de que esse gato é bem mais inteligente do que eu. — Ela se encostou na mesa do lado esquerdo da sala enquanto me observava fazendo carinho em Freud.

Sorri comigo mesma por causa de sua resposta, me levantando devagar e fechando a porta atrás de mim para que o gato não escapasse para o corredor.

Continuei parada diante dela, sem entrar muito no apartamento. Tinha um cheiro esquisito no ar. Era uma mistura de incenso com coisa queimada, o que só comprovava seu comentário de antes sobre ter queimado alguns itens do café da manhã.

— Você... quer que eu tire o sapato? — perguntei, um pouco tímida ainda, não querendo sujar seu chão se tinha acabado de limpar o lugar. Eu tinha percebido que havia um pequeno móvel próximo à porta com diversos sapatos diferentes.

— Ah, sim! Sim, claro. Por favor. Pode colocar ali — disse, apontando para o móvel para o qual eu tinha olhado.

— Tá bem — falei, um pouco mais baixo, parando ao lado do móvel e me abaixando para tirar os tênis, deixando aquele silêncio pesado no ar por alguns segundos.

Era quase cômico. Estava óbvio que eu estava nervosa, e ela parecia um pouco também. Mas talvez uma xícara de café ajudasse a quebrar um pouco do gelo, só para começar.

— Eu não sabia se você era vegetariana, ou vegana, ou qualquer coisa, então segui pelo vegetariano. Espero que não se importe — contou a garota, me observando tirar o segundo pé dos tênis. — É o que eu tinha em casa.

Outra coisa que não sabia sobre ela. A garota era vegetariana. Era um gesto que eu admirava bastante, apesar de ser difícil, para mim, abrir mão do hábito de comer carne. Talvez me faltasse só um pouco mais de força de vontade para tentar, então eu apreciava que ela não estivesse me dando muita escolha.

— Vai ser meu primeiro café da manhã vegetariano — assumi, me colocando de pé mais uma vez e me deixando aproximar da mesa depois de deixar os sapatos no móvel. — Sempre quis ser vegetariana, mas... nunca tentei de verdade.

— Você devia. É libertador — disse, se colocando ao meu lado para me deixar ver o que havia na mesa.

— Deve ser mesmo. — Deixei meus olhos passearem pela mesa. Apesar de ser um cardápio bem farto, as coisas não pareciam ter exatamente a cara de algo que foi feito por uma profissional. Mas eu achava fofo. Mostrava que tinha tentado fazer tudo, e que tinha se esforçado bastante.

Enquanto isso, a garota puxou a cadeira para sentar em um dos lugares que havia posto, com prato, xícara, garfo, faca e até uma colher em cima de um jogo americano mostarda. Me sentei em frente a ela, onde havia colocado o segundo prato, ainda com aquele leve frio na barriga de quem chega a um primeiro encontro.

— Tá. Vamos começar com: o que você vai beber? — perguntou ela, quando ficamos sem falar nada por alguns segundos, uma encarando a outra como duas idiotas. — Tem café, chocolate, chá, suco...

— Bom, você prometeu que me faria gostar de chá, então talvez eu deva dar uma chance — sugeri, me lembrando bem da promessa do chá com bolo de mel que ela fizera, aliás uma desculpa para marcar aquela visita.

— Eu esperava que você dissesse isso. Fiz chá de limão. As pessoas costumam tomar chá de limão com mel, então acho que vai combinar bem com o bolo. Pelo menos é como eu sempre faço. Agora, se você não gosta de limão, posso fazer outro. Camomila, erva-doce, verde, preto, hibisco... eu tenho de tudo, sério. É só falar — recitou, enquanto já me servia o chá de limão antes que eu pudesse dar uma resposta, o que me fez rir sozinha. Parecia que a língua e o cérebro estavam em duas frequências diferentes.

Percebendo minha risada, ela parou no meio do movimento, segurando a chaleira no ar, só parando de me servir antes que a xícara transbordasse. E logo pareceu perceber o motivo da minha risada, se juntando a mim e balançando a cabeça como se reprovasse seu próprio gesto, murmurando uma desculpa em voz baixa.

— Imagina. Se você não está me dando uma escolha, deve ser porque é bom mesmo. E, se essa é a tradição do bolo de mel, então eu vou seguir. Mas posso começar com um salgado? — perguntei, olhando em volta com um sorriso bobo ainda no rosto. — O que é aquilo ali? — Apontei para a coisa que parecia ter o melhor visual na mesa. Pobre Bia...

— Ah! É pão sírio com alface, erva-doce e refogado de shitake — ela descreveu, olhando na direção em que eu havia apontado.

Pelo jeito como ela falava, parecia uma boa opção para começar, então peguei uma das metades do lanche para colocar em meu prato. E ela me seguiu em minha escolha, se servindo da mesma opção.

— Parece bom. Vai ser minha primeira vez comendo um desses, então... — falei, enquanto cortava um pedaço com o garfo e a faca para evitar sujar toda a boca comendo. Não que eu comesse hambúrgueres com garfo e faca, mas... era a primeira vez que eu comia na frente dela, vai. E não era muito atraente ter comida por todo o queixo.

— Espero que goste... — Ela ficou me olhando comer, como se estivesse em uma competição de culinária, sendo julgada pelo jurado mais difícil de agradar.

Eu não podia dizer que aqueles grandes olhos esmeralda me encarando não estavam me fazendo sentir pressionada a elogiar o prato.

Coloquei o pedaço do sanduíche na boca com o garfo, mastigando devagar para tentar tirar uma conclusão sobre o gosto e a textura. E, cara... eu juro que tive que me segurar para não fazer uma careta. Não pelos ingredientes, mas... aquele refogado... o que Abigail tinha colocado naquele negócio? Eu não queria deixá-la triste, então continuei mastigando, um pouco mais rápido, para tentar engolir o quanto antes.

— Tá muito bom. É bem... diferente — arrisquei, limpando a boca com um guardanapo de tecido estampado, mesmo que não tivesse nada sujo. Era só um reflexo involuntário para ter certeza de que tinha me livrado mesmo do gosto daquela coisa. Coitada... ela estava tentando. Só devia ter pesado a mão um pouco em qualquer que fosse aquele ingrediente com gosto esquisito.

Não sei bem se eu era uma boa atriz, mas isso pareceu convencê-la a ao menos provar um pedaço como eu, perguntando em um tom surpreso enquanto levava o garfo à boca:

— Mentira. Sério? Tá bom mesmo?

Fiquei quieta, deixando que ela tirasse a própria conclusão, não sabendo exatamente qual era o gosto da garota para comida. Talvez, para ela, estivesse maravilhoso. Quem sabe não era só falta de costume da minha parte com aquele tipo de prato?

Não. Não era falta de costume. Definitivamente. Assim que Abigail colocou o garfo na boca e deu duas ou três mastigadas, fez a careta que eu havia me segurado tanto para não fazer. Tive que pressionar os lábios um contra o outro para segurar uma risada ao encarar seu nariz com sardas claras se enrugando como o de um coelhinho.

— Ai, merda... — murmurou, ainda com o pedaço de sanduíche na boca, mastigando rápido como eu havia feito para engolir tudo logo e não ter que cuspir. — Por que você mentiu pra mim?! — questionou, então, com uma vozinha alta e fina que me impediu de conseguir continuar segurando a risada.

— Não tá ruim! Sério! — falei, para que ela não ficasse triste enquanto ria, ainda olhando para sua careta hilária.

— Não tá ruim mesmo! Tá horrível! — exclamou, já pegando o meu prato e o dela e se levantando da mesa para jogar tudo no lixo. Isso me fez rir ainda mais, principalmente porque ela parecia indignada consigo mesma por ter feito uma coisa daquelas.

— Bia... tá tudo bem — tentei tranquilizá-la, tentando não rir tanto, sem muito sucesso.

— Tá nada! Eu sei que não ficou bom. Não sei nem por que tentei cozinhar. Sou péssima com essas coisas. Nem podia esperar qualquer resultado diferente desse — falou, já da cozinha.

Pude ouvir o som dela usando o garfo para tirar todo o sanduíche de dentro dos pratos, e o som do pão caindo numa sacola, que provavelmente era a de lixo. Não pude deixar de sentir ainda mais pena da garota, já que ela havia realmente se esforçado, mesmo sabendo que talvez a culinária não fosse a maior de suas qualidades.

— Vamos ter que comer os seus croissants. Duvido que qualquer coisa na mesa esteja tão boa — continuou, com a voz um pouco abafada, já que estávamos em cômodos diferentes.

— Para com isso. Você só deve ter errado um pouco nesse — tentei amenizar as coisas, ainda achando graça na reação dela. Peguei o que pareciam ser uns bolinhos de um prato, tentando provar que estava certa, e dei uma bela mordida, confiando que este estaria ótimo.

Eram bolinhos de banana. Isso eu logo pude identificar. Outra coisa que eu identifiquei foi que eles estavam queimados. Por Deus, era uma tragédia. Ainda bem que ela não estava na sala comigo para ver minha reação, mesmo que este não estivesse exatamente ruim. Só era cômico como ela parecia realmente não ter acertado em nada, além daquele bolo que tinha uma cara boa.

— Olha, a gente pode comer os croissants se você quiser — adicionei, tentando não deixar óbvio que estava corrigindo a mim mesma, colocando dentro da boca todo o resto do bolinho para tentar comer rápido e não deixar rastros da minha tentativa falha. Eu provavelmente parecia um esquilo com as bochechas cheia de comida.

— Ai, não... você comeu mais, não foi? — perguntou, ainda na cozinha, enquanto eu tomava um gole grande de chá de limão para me ajudar a engolir o bolinho antes que voltasse.

— O quê? Não! — menti. — Eu só quero fazer o que te deixar melhor! Se comer os croissants te fizer sentir mais confortável, a gente pode comer! — expliquei, com um tom fininho ridículo no final de todas as minhas frases.

Ela ficou um pouco em silêncio, voltando da cozinha com uma carinha de derrota que me fez querer apertá-la contra o peito. Segurando os dois pratos vazios, se sentou na cadeira e colocou um deles na minha frente, como estava colocado antes. Parecia ter até se dado ao trabalho de lavar os dois.

— Ah, Bia. Não fica triste. O que importa é que você tentou. E conseguiu! Olha, estava com uma cara boa! Esse é meio que o primeiro passo — continuei, tentando confortá-la de alguma forma. Estiquei o braço na mesa para pegar sua mão com gentileza.

Ela segurou minha mão de volta sem hesitar, com a mesma carinha de derrota de antes. E eu a entendia. Odiava falhar quando estava tentando agradar, mas bem... A vida inteira tinha falhado com minha mãe, então estava acostumada com esse tipo de coisa.

Para tentar fazê-la se sentir melhor, peguei o saco de croissants com a mão livre e escolhi um para dar à garota, tentando distraí-la do resto do café da manhã.

— Tenho certeza de que o bolo de mel deve estar delicioso. O chá já está. Eu provei e gostei — contei. E era verdade. Mais ou menos. O gosto estava todo misturado com o bolinho de banana, mas não era tão ruim quanto eu pensava que seria. Não era uma água suja.

— Sério? — perguntou, quando falei que havia provado o chá. — Pelo menos nos chás eu me garanto — disse, com um sorrisinho finalmente, pegando o croissant que eu estava estendendo em direção a ela enquanto ainda segurava minha mão.

— Sério — falei, com sinceridade. — Olha. Come o croissant, e depois a gente prova o bolo — sugeri.

Abigail me olhou com olhinhos brilhantes, parecendo agradecida por eu ter aceitado tão rápido o fato de mais da metade do café da manhã ter se tornado um desastre, e deu uma mordida no croissant como se concordasse com minha sugestão. E eu logo sorri para ela, o que a fez sorrir também, provavelmente achando tanta graça naquele momento trágico, mas cômico, quanto eu.

— Você pode reclamar do que quiser, mas tenha certeza de que eu nunca vou me esquecer deste café da manhã. É a primeira vez que eu sou a pessoa que salva um evento fazendo alguma coisa — admiti, com certo humor.

— Só falta a armadura e o cavalo para ficar mesmo parecendo uma heroína de história de contos de fadas. A cavaleira segurando seu pacote de croissants como um arauto — brincou, enquanto comia.

— Viu só? Você mirou na quase residente de medicina e acertou numa salvadora de cafés da manhã queimados. — Dei um sorriso, feliz em ver que tinha superado tudo rapidamente.

— Sorte a minha por ter você aqui, então — disse, um pouco mais séria, antes de apontar certo ponto na mesa com o queixo, logo comentando. — E eu sei que você comeu o bolinho de banana de cima.

Isso me fez rir mais uma vez. Realmente, não é como se a falta de um bolinho no prato fosse das mais discretas, mas a forma como tinha reparado sua ausência tão rápido e não comentado nada assim que percebeu me fez rir. Ainda mais porque aquilo era só um jeito de me pegar com as calças na mão depois de ter "mentido" sobre não ter experimentado mais nada um pouco antes.

— Sua mentirosa. — Ela me deu um chute na perna de leve por baixo da mesa, rindo comigo, já que, naquele ponto, estava óbvio que eu havia mentido todas as vezes que tinha tentado parecer otimista com relação ao que ela havia cozinhado.

— Aiê! Desculpa. Eu queria causar uma boa impressão! — me expliquei, ainda rindo, me encolhendo um pouco na cadeira quando senti o chute.

— Deu impressão de mentirosa, isso sim! — falou, tomando um gole de chá com um sorriso nos lábios que era visível até mesmo por trás da xícara colorida.

— Então, se eu te fizer um elogio, você não vai acreditar mais em mim, é isso? — perguntei, levantando uma sobrancelha, mal percebendo que ainda segurávamos as mãos uma da outra em cima da mesa.

Parecia até mesmo que estávamos acostumadas com aquilo, assim como havia sido quando me deixou entrar em seu apartamento me dando as costas sem hesitar mais cedo, como se eu tivesse estado ali um milhão de vezes antes daquela.

— Exato. Não vou acreditar em mais nada que sair da sua boca. Ainda mais quando estiver se referindo à minha comida — respondeu, ainda segurando a xícara, tomando mais um gole depois de terminar de falar.

— Poxa, que pena — fingi murmurar, obviamente falando alto o bastante para que me ouvisse. — Eu tava prestes a dizer que você está especialmente linda hoje com essa bandana, mas acho melhor ficar quieta, então — continuei, tomando aquele súbito impulso de coragem. Mas a coragem foi só nas palavras. Logo senti as bochechas queimarem.

Dessa vez ela largou a xícara na mesa mais uma vez, com um sorriso bem diferente no rosto. Esse era mais doce, interessado, e não divertido como era o outro. Ela mordeu o lábio inferior de leve enquanto deixava os olhos irem para nossas mãos juntas em cima da mesa. Como se tentasse me responder com um gesto, esticou os dedos para que eu passasse os meus por entre os dela, entrelaçando-os juntos num aperto quase reconfortante.

— Nisso... eu acredito menos ainda — brincou, mas num tom de voz que era tão doce quanto o sorriso.

— Pois devia acreditar. É a verdade — falei, ainda encarando nossas mãos juntas.

Abigail deixou alguns segundos de silêncio pairarem no ar, me fazendo querer ser telepata para saber o que se passava em sua mente. Tinha os olhos pensativos, quase sonhadores, perdidos em algum lugar no espaço entre nós duas na mesa; e parecia estar formulando alguma pergunta.

— O que você acha de irmos para o sofá? Acho que vamos ficar mais confortáveis. Até porque não tem muito mais pra comer nesta mesa — sugeriu, finalmente, sem malícia alguma na voz. Não era nenhum convite indecente de ir para o sofá e ficar mais perto por algum motivo em especial. Era só... um convite.

— Eu topo. — Não precisei pensar muito para responder, e percebi que ela ficou satisfeita com isso.

Então, ela se levantou da cadeira, ainda segurando minha mão, e pegou sua xícara de chá para levá-la consigo. Eu, como uma bela esfomeada, escolhi levar o pacote de croissants. O quê? Eu não tinha comido nenhum ainda! E minha xícara já estava vazia. Era uma escolha fácil.

Acompanhei Abigail até o sofá marrom cheio de almofadas no canto da sala, que parecia extremamente confortável, e me sentei ao seu lado, reparando como segurava minha mão com mais força a qualquer gesto que pudesse dar a entender que eu queria ou iria soltá-la. E não era eu quem iria reclamaria disso.

Não fomos as únicas a nos juntar ao sofá; logo fomos seguidas pelo serzinho adorável de quatro patas que nos rondava desde que estávamos comendo. Freud se colocou no colo de Abigail assim que sentamos, e ela colocou a xícara no apoio do braço do sofá antes de começar a acariciar o pelo do bichano, fazendo-o ronronar alto, como uma moto.

— Bem melhor assim, não? — perguntou, se encostando um pouco em mim para se sentar de forma mais confortável, enquanto eu parecia uma pré-adolescente no primeiro encontro, sentada dura no sofá como um pedaço de pau.

— É. Bem melhor — concordei, dando uma olhada rápida na garota quando ela apoiou a cabeça no meu ombro sem a menor cerimônia. Senti o cheiro adocicado de seu cabelo invadindo meu nariz e disparando as batidas do meu coração.

— Então relaxa. Não vou te morder — disse ela, provavelmente sentindo quão tensa eu estava, ainda distraída ao acariciar o pelo preto de Freud, que havia deitado em seu colo. — Vai. Me fala mais de você. Eu quero saber — acrescentou, para me encorajar a falar, a fim de me distrair também.

— Sobre mim? — Fiquei um pouco surpresa com aquele pedido tão repentino. — Uhhh. Não tenho muito o que dizer.

— Para, vai. Eu mal te conheço. É claro que você tem o que dizer — insistiu. — Me fala o que te fez querer ir pra medicina — pediu, sendo mais específica. Mesmo que aquilo me ajudasse a encontrar o que dizer, ainda assim não era o assunto mais agradável de todos.

Pensei um pouco antes de responder, sem saber se deveria começar com a parte mais difícil e triste da história ou se deveria começar falando sobre a pequena Helena cheia de esperanças que eu era na escola antes de todas as coisas começarem a piorar e minha família explodir pelos ares em menos de um ano.

— Eu sempre gostei de ciências, biologia. Desde que eu era pequena, era sempre a matéria que me dava menos preguiça de estudar. Eu lia os livros adiantada, antes mesmo das aulas, e era a aluna que estava com a mão levantada pra tirar dúvidas todo o tempo — comecei, olhando para nossas mãos juntas no meu colo, tentando não me deixar distrair com aquele toque quente e macio, para conseguir continuar a falar. — Eu achava que iria ser veterinária. Sempre gostei de animais, mas nunca cheguei a ter um em casa, já que a minha mãe tinha alergia a pelos. Mas, quando cheguei no ensino médio, decidi que iria pra medicina — relatei. — Meu pai tinha esclerose lateral amiotrófica, e eu cresci vendo os efeitos dessa doença no corpo dele. Como ele ia ficando preso dentro do próprio corpo sem poder se mexer. Perdendo a capacidade de andar, de mexer os dedos... de falar... — Fiz uma pausa, com um suspiro, também dando tempo a ela para que entendesse. — E aí, quando eu completei dezesseis anos, meu irmão mais velho descobriu que tinha a mesma doença. O mesmo maldito destino do meu pai. Então, de um lado eu tinha meu pai, completamente incapaz de se mover, e meu irmão, com vinte e dois anos, jovem, cheio de energia e a luz da casa, só esperando até que a hora dele chegasse. Foi aí que eu decidi que iria pra neuro. Pra tentar saber mais sobre a ELA, e... sei lá. Tentar achar uma cura. Uma forma de retardar ainda mais os efeitos dela... Eu sabia que pro meu pai não tinha mais tempo, mas ao menos eu queria tentar salvar o meu irmão — continuei, com toda

85

a sinceridade, me concentrando em qualquer coisa que não fosse aquele aperto familiar no peito que sempre aparecia quando falava sobre os dois. — Mas não salvei ninguém. Perdi os dois no mesmo ano — acrescentei, com a voz um pouco mais baixa. — E isso me tirou dos trilhos por algum tempo. Só que eu logo voltei a querer seguir esse caminho. Não era porque eu tinha perdido os dois que eu deveria desistir de lutar pelos outros. Então eu prestei medicina, e estou aqui hoje. Fim, eu acho.

Então me calei, sentindo como se tivesse falado demais, ou que talvez pudesse tê-la assustado com todo aquele histórico triste na família. Não era exatamente o tipo de história que você conta com alegria no primeiro encontro, nem no segundo. Mas Abigail tinha perguntado, e algo dentro de mim me fazia sentir segura ao lado dela. Me dizia que eu podia confiar nela.

— Sabe... não é o fim. É o começo — disse Abigail, depois de alguns segundos, movendo a mão livre que antes acariciava Freud para deslizar os dedos pelo meu antebraço, num gesto reconfortante. — É uma bela história. É triste, mas ainda assim é bonita. Mostra que você tem força — acrescentou, num tom doce que eu nunca a tinha ouvido usar.

— Não tenho tanta força assim — repliquei, balançando a cabeça. — Eu só me deixo levar. Sigo em frente. Foi o que aprendi a fazer depois de seis anos.

— E seguir em frente é um sinal de força — retrucou ela. — Você não desistiu. Está aqui, está estudando. Tudo podia ter sido diferente. Você podia ter desistido. Mudado de ideia. Se revoltado com a vida. Mas você não deixou que isso acontecesse.

Ah, se ela soubesse. Se soubesse dos remédios, das sessões de terapia, do pânico noturno, da relação com a minha mãe, com minha família e até comigo mesma... tinha certeza de que ela não diria a mesma coisa. Muito menos se soubesse o quanto eu ainda me apoiava no meu irmão para qualquer coisa que fosse fazer. Eu ainda usava muletas, desde o dia em que ele partiu. Nunca mais consegui dar meus próprios passos sozinha. Isso era assustador, mas um hábito bem difícil de mudar. Ainda mais estando sozinha..

— É — murmurei, um pouco pensativa, não querendo entrar em muitos detalhes. Apesar de ter me aberto para ela, queria evitar ir mais fundo por enquanto. Era cedo demais para isso. E eu sabia como alguns daqueles elementos poderiam afastar uma pessoa. Ou assustar. — Mas... e você? É a sua vez.

Abigail demorou algum tempo para me responder, mesmo que já devesse estar esperando que eu devolvesse a pergunta. Continuou a deslizar os dedos no meu antebraço num gesto quase automático, claramente distraída com o que fazia.

— Sempre gostei de ciências e biologia, como você. Mesmo pequena, eu adorava programas de cirurgia e partos, principalmente aqueles que não embaçavam as imagens. Minha mãe fazia careta, mas eu e meu pai ficávamos vidrados na tela, cheios de curiosidade pra ver como o corpo era por dentro — narrou. — Então não foi a escolha mais difícil ir pra medicina. Eu queria ajudar os outros também, como você, mas... sem muita especificação. A parte mais difícil pra mim foi a especialização — disse, e, ao contrário do que eu pensei que fosse fazer, não continuou a história.

— E...? — perguntei, sabendo que havia mais ali, querendo saber como tinha chegado à conclusão de que queria ser pediatra.

Ela se desencostou de mim, parando o que fazia com os dedos, mas ainda segurando minha mão enquanto levantava o olhar, o que logo me fez perceber que as informações que viriam a seguir talvez não fossem tão simples quanto "eu gosto de crianças". Já tinha comentado comigo antes que se interessava por obstetrícia, e explicou com uma piada como havia passado para pediatria. Mas uma piada era uma piada, e uma piada nem sempre tinha a ver com a realidade.

— Eu... sempre gostei daqueles programas de parto. A ideia de trazer uma criança ao mundo, ou de ver como ela começa do nada, de uma simples célula, e se transforma em um ser humano, sempre me fascinou. Então eu nunca tive dúvida sobre ser obstetra — continuou, finalmente. — Mas aí... começaram as borboletas — disse, de forma vaga, o que me fez olhar para ela mais atentamente, tentando entender o que queria dizer. — A febre... as dores nas articulações... a sensibilidade à luz do sol... até a perda de memória.

É claro que um alarme logo começou a tocar em meu cérebro. Abigail tinha comentado sobre tomar remédios, mas eu havia pensado que fossem como os meus. Para dormir ou até aliviar o estresse e a pressão das aulas e dos horários malucos da residência no hospital. Nunca cheguei a imaginar que fosse algo físico, como aqueles sintomas indicavam. E, obviamente, eu não tinha feito faculdade de medicina para nada. Aquelas coisas podiam muito bem significar qualquer coisa, mas... juntas, me faziam pensar em algo. E agora as "borboletas" faziam sentido. Rash cutâneo. Vermelhidão no rosto, em forma de borboleta, indo de uma bochecha para a outra, passando pelo nariz.

— Lúpus — falei, sem que precisasse continuar, e ela assentiu com a cabeça devagar, abaixando o olhar mais uma vez.

Então era isso. Os remédios, o massagear constante das mãos, a perda de memória. As outras eram coisas que ela podia esconder. Mas aquilo... aqueles eram sinais que eu não tinha deixado passar.

O lúpus é uma doença autoimune, que ocorre quando o sistema imunológico ataca e destrói partes saudáveis do corpo por engano, causando inflamações em diversos tecidos, desde a pele, o cérebro, até outros órgãos. Eu não sabia muito sobre, mas não haviam sido poucas as vezes que tinha escutado sobre aquela condição. Pelo que eu havia escutado, contudo, podia muito bem ser uma doença capaz de matar.

Abigail logo percebeu a mudança em meu olhar enquanto todas aquelas ideias passavam pela minha cabeça. Eu tinha acabado de falar de ter perdido pessoas importantes na minha vida, e aí me deparava com a notícia de que a garota de quem eu gostava tinha lúpus, uma das doenças autoimunes mais graves.

— Já faz alguns anos que eu sei, e que comecei a tratar. Meu caso não chega nem perto de ser dos mais graves, e eu tomo todos os cuidados necessários, então... se você está pronta pra se despedir de mim e pensar no seu discurso pro meu velório, pode parar por aí — disparou, tentando adicionar um pouco de humor à sua fala para me fazer relaxar. E funcionou. Ou ao menos afastou algumas imagens da minha mente. — Eu não queria fazer partos porque não confio na dor nas minhas mãos. Por isso escolhi a pediatria. Sem cirurgia. Só o clínico — acrescentou. — E essa é a única coisa que eu vou deixar essa doença afetar na minha vida, você pode ter certeza.

— Mas... — comecei, ainda um pouco desnorteada, já que não tinha o diagnóstico completo. Talvez precisasse ver alguns exames médicos dela ou até todo o histórico de exames para me acalmar, mas eu sabia que talvez fosse um pouco de exagero da minha parte. Era só... uma informação nova, que eu não esperava.

— Mas nada. — Ela segurou minha mão com um pouco mais de firmeza, me olhando gentilmente. — É só isso. Não precisa esquentar a cabeça. De verdade. Eu estou bem há muito tempo, e vou continuar assim. Não precisa se preocupar — falou, provavelmente já imaginando o tipo de pergunta que eu estava prestes a fazer. Como meu pai e meu irmão, ela era alguém que eu tinha certeza de que já havia escutado todo tipo de pergunta repetitiva quando falava sobre sua doença.

E, não só por não querer responder a perguntas repetitivas, eu imaginava o motivo de ela parecer tão hesitante ao me revelar aquilo.

Muitas pessoas achavam e ainda acham que o lúpus, de alguma forma, é contagioso. Mas não é. E, apesar de parecer algo assustador, ainda mais ao pensar que alguns sinais da doença aparecem na pele e nas mãos, não há como transmiti-la. Então, acima de tudo, eu também não podia deixar de imaginar quantas pessoas se afastaram dela só por tirarem conclusões precipitadas ou por puro preconceito. Pensamentos ignorantes que precisavam ser mudados. Pelo silêncio que ela deixou pairar no ar enquanto me olhava com aqueles olhos que pareciam enxergar minha alma, vi que era exatamente isso que acontecia sempre que ela contava a alguém sobre sua condição.

Então, em vez de abrir a boca para começar qualquer frase que a deixasse tensa, eu apenas soltei sua mão e a puxei para um abraço, mostrando que eu não dava a mínima para nada daquilo. Não era um diagnóstico de alguma coisa que me faria parar de gostar dela ou parar de querer estar ali.

Abigail se entregou ao meu abraço, apoiando a cabeça em meu ombro e passando os braços devagar ao meu redor para retribuir meu gesto. E, mesmo com tudo e com as circunstâncias, minha cabeça boba não pôde deixar de reparar que ela tinha cheiro de laranja. Laranja e menta.

— Sabe... eu não gosto muito de sol — contei, em voz baixa, já que ela estava colada a mim. — Então podemos ficar juntas na sombra tanto quanto você quiser.

Mesmo que não pudesse ver seu rosto, pude ouvi-la sorrir, achando graça no meu comentário. Cheguei a sentir o corpo dela relaxando mais contra o meu, entendendo o que eu queria dizer com aquelas palavras.

— É uma boa. Eu aceito — disse, com a voz um pouco abafada, já que tinha o rosto contra o meu ombro, enquanto eu começava a acariciar suas costas devagar, a fim de fazê-la relaxar um pouco mais. Gostei daquela proximidade reconfortante. Nunca tínhamos estado tão perto por tanto tempo. E eu precisava admitir que gostava de tê-la nos braços. Se pudesse, não a soltaria de forma nenhuma, nem em um milhão de anos. — Helena? — chamou, ainda contra o meu ombro, sem se afastar.

— Sim? — perguntei, em voz baixa, apoiando a cabeça com gentileza na dela, ainda deixando minhas mãos subirem e descerem em suas costas.

— Obrigada. — Sua voz estava baixa, a cabeça acomodada no meu ombro, deixando bem claro, mesmo sem palavras, que ela também não queria ir a lugar nenhum.

No fundo dos seus olhos

"DE JANEIRO A JANEIRO" — ROBERTA CAMPOS

Depois da nossa conversa, decidimos que já havíamos tido nossa cota de assuntos difíceis para um único dia. Então, fizemos o que estava planejado desde que combinamos o encontro: comemos todo o saco de croissants, experimentamos o bolo de mel de Abigail e tomamos mais chá. Bastante chá, na verdade.

Para minha surpresa, ela havia acertado em uma coisa naquele café da manhã. Com toda a certeza do mundo, o bolo de mel estava longe de estar queimado ou de mostrar excesso de algum ingrediente estranho e desconhecido. Estava perfeito. Abigail contou que era receita de família, então talvez estivesse no sangue dela saber fazer aquele bolo, mesmo que todo o resto tivesse dado errado.

Os minutos e horas foram se passando enquanto falávamos sobre as coisas mais aleatórias, desde situações vividas na época do colégio até histórias de fantasmas que ouvíamos quando crianças. Nada pesado. Nada complicado. O primeiro amor, ossos quebrados, hobbies, os nomes das plantas da casa... Um assunto puxava o outro, e assim viajamos pelo passado uma da outra sem mergulhar nas profundezas dos problemas que se escondiam atrás daquelas lembranças. No fim, quando restava apenas um pedaço do bolo, o sol começava a se pôr do lado de fora.

Freud dormia no braço do sofá, e nossas xícaras e pratos vazios estavam apoiados desorganizadamente sobre a mesa de centro. Abigail abraçava uma das almofadas coloridas, sentada com as pernas cruzadas, completamente virada para mim. E eu segurava os joelhos, brincando distraída com uma das minhas pulseiras, daquelas de fita que guardam desejos, e que esperamos por anos até que caiam.

Foi quando recebi um telefonema. Pedi um segundo a Bia enquanto pegava o celular, vendo o nome de Melissa na tela, e logo atendi a ligação. Tinha a voz preocupada, e o tom era quase urgente. Daniel não queria comer, estava com uma febre que não parava de subir e, por último, mas não menos importante: bolinhas vermelhas aparecendo por todo o corpo. Estava voltando do médico e, aparentemente, o pequenininho estava com o que ele chamava de "catabola". Para os adultos, era mais conhecida como "catapora".

Eu conhecia Melissa como a palma da minha mão. Uma gripe leve no garoto já era motivo para ela começar a surtar. Tinha a ver um pouco com a perda do meu irmão, já que a ideia de ir ao hospital por causa de uma doença, para ela, era tão desesperador como para mim quando se tratava das pessoas que amávamos. Então eu soube que era a hora de ir embora.

— Desculpa... eu realmente preciso ir. Minha cunhada fica louca quando meu sobrinho está doente — avisei Abigail, depois de ter calçado os tênis, já em frente à porta.

— Imagina. Eu entendo. Você sabe... crianças doentes, pediatra... — Ela deu mais um sorriso bem-humorado, me lembrando que, entre nós duas, ela era a pessoa ali que mais entendia como uma criança doente podia ser preocupante. Ela trabalharia com isso, afinal.

— É. Verdade. Você sabe bem como é — devolvi, dando um tapinha de leve na testa.

— Sei, sei sim — confirmou, sempre sorrindo, antes de perguntar. — Quer levar o último pedaço de bolo pra ela? Duvido que tenha comido qualquer coisa se está tão louca assim de preocupação. Acho que ela vai gostar de fazer um lanchinho.

Balancei a cabeça, não querendo roubar todo o bolo da garota, ainda mais depois de reparar que tinha devorado metade dele sozinha. Eu poderia comprar alguma coisa para Mel no caminho. Algo a que ela não resistisse. E nem o pequeno Dani, que eu sabia que estava sem apetite, e precisava comer.

— Não se preocupa. Aproveita o resto do bolo — falei, dando um passo atrás para que ela pudesse abrir a porta. — Na próxima eu prometo que fico pra ajudar com a louça — acrescentei, já saindo quase fugida de seu apartamento.

— Ah é? Então vai ter próxima? — Ela levantou uma sobrancelha, me encarando com um sorriso ainda maior. Se apoiou no batente da porta enquanto eu saía, e paramos frente a frente no hall de entrada.

— Se você quiser... — lancei. — Porque eu... eu quero.

— Eu quero — ela respondeu ao mesmo tempo, rindo um pouco quando falamos juntas. — Ok. Então a gente combina por telefone — acrescentou sem deixar espaço para hesitação, o que apreciei bastante.

— É. A gente combina — concordei, ainda não me movendo enquanto a encarava.

— É — repetiu, assentindo com a cabeça.

— Então, tchau. — Eu estava parecendo uma boba na frente da porta, sem saber que iniciativa tomar.

— Tchau — disse ela, ainda rindo. As duas estavam agindo esquisito na hora do tchau, mas ela finalmente se aproximou para me dar um abraço. Foi de Abigail o primeiro passo para quebrar o gelo.

Eu a abracei de volta, com um sorriso idiota no rosto, segurando-a pela cintura contra mim, seu cabelo perfumado roçando um pouco o meu nariz. Ela era mais baixa que eu, mas não muito. E não fazia tanta diferença. Só o suficiente para que eu precisasse inclinar um pouco a cabeça para apoiar o queixo em seu ombro.

Será que ela esperava que eu desse o segundo passo? Ou era eu quem esperava isso? Será que esse tal segundo passo nem sequer estava passando pela cabeça dela, ou para Abigail aquilo não passava de um abraço normal em uma despedida? Perguntas, perguntas... O que eu sabia era o que eu queria, mesmo sendo medrosa demais para tentar conseguir sozinha.

— Foi um dia ótimo. Mesmo — elogiei, ainda a abraçando. — Tenho certeza de que o próximo vai ser tão bom quanto.

— Eu também. — Sua voz estava um tom mais baixo. — Obrigada por tudo, Leninha — acrescentou, depois de alguns segundos. — Mesmo.

Ali, eu sabia que ela não se referia apenas aos croissants ou à minha companhia. Ela falava sobre minha reação ao que havia me contado. Agradecia por eu não ter me afastado dela, como provavelmente esperava que eu fizesse. Mas eu não via motivos para ser agradecida. Não mesmo. Não estava fazendo qualquer coisa além do que devia ou queria.

A cada segundo que passava com Abigail, eu descobria novas camadas em sua personalidade. Novos lados daquela garota que eu observara por tanto tempo e que não fazia ideia de que tinha tanto para falar. E que tinha tanta determinação para continuar a se aproximar de mim mesmo depois de eu ter tentado sutilmente afastá-la.

Era por isso que eu gostaria que aquele dia, ou ao menos aquela tarde, tivesse quarenta e oito horas de duração. Cem horas. Anos. Não havia me cansado nem um pouco da sensação de me encantar mais por ela a cada frase. Aquele abraço não era o fim. Era o começo. Algo me dizia que não teríamos apenas mais um dia como aquele; teríamos vários. Talvez fosse apenas a esperança falando, mas, se fosse, eu queria muito que estivesse certa.

Depois de pensar rapidamente em tudo isso, não me vi respondendo com um "de nada", ou qualquer outra frase vazia. Isso não faria sentido. Eu iria arriscar demais, mas não podia evitar. Era minha resposta a ela, expressando o que eu sentia diante de todas as coisas pelas quais ela estava agradecendo.

Então, dei o tal do próximo passo, mesmo contra todas as probabilidades, e mesmo com toda a minha timidez para qualquer coisa do tipo.

Movi minhas mãos da cintura dela para o seu rosto, me afastando um pouco enquanto o segurava para olhá-la de perto por alguns segundos. Encarei o fundo daqueles olhos esmeralda que me fascinavam tanto desde a primeira vez que a vi. E ela me encarou de volta como se soubesse o que eu iria fazer, sem medo. Era bem mais corajosa do que eu, com certeza, mas naquele momento isso não parecia importar para mim.

Então me permiti me aproximar, apertando os lábios contra os dela num beijo doce, deixando que os segundos se arrastassem lentamente antes que eu pensasse em me afastar. E ela correspondeu, pousando as mãos em minha cintura com gentileza, até levantando um pouco o queixo para que eu a alcançasse com um pouco mais de facilidade.

Era como se um milhão de borboletas fizessem uma festa no meu estômago. Senti minhas bochechas esquentando enquanto elas coravam, mas gostei da sensação. Já tinha feito o mais difícil, que era me aproximar. E agora, mesmo que por apenas alguns momentos, ela era minha. E eu era dela. Finalmente podia me deixar levar pelo cheiro de laranja da sua pele, e o gosto de mel em seus lábios. Podia me concentrar em meu coração batendo forte no peito, e naquele alívio misturado com algo mais que me tomou quando ela nem hesitou ao corresponder ao beijo.

Mesmo querendo que ele durasse uma eternidade, uma parte do meu coração me dizia que teríamos muito tempo para continuar. Para tentar de novo. Mas agora havia alguém que precisava de mim. O que restava da minha família.

— Finalmente, hein? — ela brincou depois que me afastei, encostando a testa na sua por alguns segundos, com um sorriso estúpido que teimava em continuar em meu rosto.

— É. Finalmente. — Acariciei sua bochecha com carinho e sem pressa, me deixando detalhar seu rosto com atenção, desde os olhos verdes às sardas na pele. Ela era tão bonita... — Finalmente — repeti.

Ela sorriu para mim. Um sorriso lindo, de olhos brilhantes, como se a ficha do que havia acabado de acontecer só tivesse caído agora. Não pude deixar de sorrir ainda mais também, dando um beijo carinhoso em sua testa e a trazendo para um abraço mais uma vez. Agora, com toda a certeza, seria ainda mais difícil deixar aquele apartamento.

— A gente se vê, né? — ela quis saber, ainda colada em mim.

— É. A gente se vê. Logo, logo — respondi, deixando nosso abraço perdurar um pouco mais antes de dar um passo atrás. — Se cuida.

— Você também — disse Abigail, se apoiando no batente da porta mais uma vez, como havia feito antes para me assistir esperando o elevador, que não demorou muito a chegar. — E melhoras pro seu sobrinho. Dá um beijinho nele por mim.

— Pode deixar. — O sorriso teimoso não deixava meu rosto, e olhei para ela uma última vez antes de passar pelas portas do elevador, fazendo um pequeno gesto de despedida.

Ela soprou um beijo enquanto eu apertava o botão do térreo, me fazendo corar um pouco mais uma vez. Feito uma boba, soprei outro de volta, de um jeito mais discreto, enquanto as portas se fechavam. Sozinha dentro do elevador, tive que me segurar muito para simplesmente não dar um grito bem alto de alegria, querendo imitar a cena mais clichê de *Dançando na chuva*.

Era uma vez o paraíso

"LAVENDER AND HEAVEN" — IRIS

— Já vendo?! Já vendo?! Tem que segurar as mãos dele pra fazer ele parar de se coçar! — Melissa repetia, desesperada de um jeito que parecia até cômico. Ou talvez só parecesse cômico por causa do ótimo humor que eu estava depois de sair da casa da Abigail.

Sentada no sofá, eu segurava o pequeno Daniel. Tinha seus punhos em minhas mãos, prendendo-os bem firme de forma que o fazia rir e "dançar" contra mim para tentar coçar as bolinhas vermelhas que marcavam todo o seu corpo.

— Caaalma, Mel. Vai aliviar depois que ele tomar um banho e passar a pomada. Relaxa. Nem parece que esse menino está com febre. Olha essa risada — falei, soprando a nuca dele para fazê-lo rir. Risada de criança é sempre contagiante.

— Vocês dois não têm jeito. Ele tinha que já estar de pijama na cama. Descansando. Mas não, ele quis esperar a titia. A titiiiia — Melissa resmungou, apertando a bochecha do filho e imitando a voz dele. — Mas agora vamos. Banho, pijama, sopinha e cama. — Ela fez um gesto para encorajá-lo a ir em direção à Regina, a avó, que esperava num canto com um sorriso enquanto nos encarava fazendo graça. — A mamãe vai te dar um beijo de boa-noite daqui a pouco — acrescentou, dando batidinhas de leve nas costas do menino depois de soltar sua bochecha.

— Mas mamãe... — reclamou o pequeno, não saindo de perto de mim mesmo depois de eu soltá-lo.

— Mas mamãe nada. Vai, vai. Você precisa descansar pra melhorar e ficar bem forte, Mister Bolinha — interrompeu Melissa. Eu sabia bem que por trás das brincadeiras havia bastante preocupação.

Daniel fez um biquinho irresistível para a mãe, tentando convencê-la a deixá-lo ficar mais um pouquinho na sala, mas não adiantou. O biquinho só

95

conseguiu me fazer agarrá-lo ainda mais apertado e cobrir sua bochecha de beijos antes de deixá-lo ir.

— A titia volta de novo essa semana pra te ver — falei. — Prometo.

— Daqui quantos dias?

— Daqui a três dias. Três. — Levantei três dedos para ele.

Daniel me olhou como se três dias fossem uma eternidade, mas ainda assim se deixou levar pela avó, que o esperava com a mão estendida.

— Três dias — repetiu o garotinho, querendo marcar bem na minha memória a promessa que havia feito.

Mostrei três dedos novamente para ele, com um sorriso confiante a fim de tranquilizá-lo, enquanto o via se afastar com Regina. Os grandes olhos azuis me encaravam de longe a cada passo.

— Boa noite! — Mandei um beijo para ele antes que começasse a subir as escadas.

E foi só quando Daniel e Regina sumiram da vista que Melissa se deixou sentar no sofá ao meu lado, com um longo e alto suspiro, visivelmente cansada. Como sempre, ela esperava que Daniel saísse de cena para demonstrar todo o peso que carregava nos ombros. Ela deslizou a mão em minha coxa, dando leves batidinhas nelas enquanto encarava o teto.

— Você não sabe como eu fico feliz de ter você aqui. Sério — disse. — Tenho certeza que o Dani agiria da mesma forma. Fazendo o menino rir até com trinta e nove de febre.

Aquilo me fez sorrir. A vaga ideia de que eu parecia com meu irmão de alguma forma era reconfortante para mim. Ainda mais quando se tratava do meu sobrinho. Ele não conhecera o pai. Tinha crescido rodeado de mulheres fortes, e continuaria assim até a idade adulta, mas ainda assim não teria o gostinho de saber o que era a presença de Daniel. Então, trazer para ele a lembrança viva de seu pai, fosse da maneira que fosse, era uma honra.

— Imagina... Eu só faço o papel da tia legal. Não tem nada demais. — Levantei um pouco os ombros, como se não fosse nada demais.

— Sei, sei — murmurou Melissa, não caindo nem um pouco na minha tentativa de ser humilde. — Mas agora me fala. Como foi o encontro?

Eu obviamente havia comentado que teria um encontro com Abigail hoje. Contava quase tudo para Mel. Ela era a minha confidente. E é claro que eu não pude deixar de abrir um sorriso enorme quando ela fez a pergunta, deixando minha cabeça cair para trás no sofá e olhando para o teto como se houvesse uma imagem da própria Bia ali. Eu não tinha tirado aquele beijo da cabeça em nenhum momento.

96

— Ahhhhh, olha só! Olha esse sorriso! Agora você vai me contar. — Melissa riu, me cutucando. Eu sabia exatamente o que ela queria que eu dissesse.

— Tá bom, tá bom, Foi ótimo! Foi superlegal, eu nem vi o tempo passando. E a gente se beijou antes de eu vir embora. Satisfeita? — perguntei, quase escondendo o rosto com as mãos para não dar tanta bandeira. Eu estava toda apaixonadinha, dava para ver pelo sorriso bobo.

Melissa deu um gritinho de alegria quando me ouviu, se jogando em meus braços para me apertar com tanta força que até me tirou o ar. Já havíamos conversado antes sobre a dificuldade de as duas encontrarem alguém, e sobre as duas afastarem qualquer um que se aproximasse demais, ambas recolhidas em nosso luto eterno por Daniel. Então, aquela não era uma simples comemoração. Ela sabia bem que eu tinha dado um passo gigantesco.

— Ai, eu quero conhecer ela. Vou fazer um almoço aqui em casa e você vai trazê-la pra eu conhecer. Quero saber de tudo da vida dela. E, se ela não falar, vou contratar um detetive. Eu preciso saber de tudinho da vida da nova namorada da minha irmãzinha. — Melissa já estava planejando o meu futuro, então dei um tapa de leve em seu braço para que caísse em si.

— Mais devagar. Calma. Não temos nada oficial ainda. E não precisa contratar detetive nenhum. Ela não é nenhuma criminosa — retruquei, o que a fez rir.

— Tá bom. Mas ainda assim vou procurar o nome dela na internet pra saber se tem alguma histór... — começou.

— Melissa... — Usei o tom de uma mãe brava.

— Ok. Ok. Parei. — Ela ainda estava sorrindo enquanto me encarava, com certeza se deleitando com a minha satisfação. — Mas você sabe que eu pedi muito pra dar certo hoje — lembrou, um pouco mais séria. — Você merece ser feliz, Lena. Muito feliz. E isso é só o começo.

Balancei a cabeça, também um pouco mais séria, e me recostei ao sofá mais uma vez ao ouvi-la tocar no assunto. Eu tinha certeza de para quem ela havia "pedido" para dar certo.

Melissa nunca foi do tipo religiosa, desde que a conheci. No entanto, depois da morte de Daniel e do nascimento do filho dos dois, se aproximar mesmo que um pouco de Deus parecia um conforto para ela. Ela rezava pelo meu irmão, rezava pelo menino e até por mim, pelo que parecia. Tudo do jeito dela, é claro. Minha cunhada era do tipo que faz as próprias regras, e, se aquilo a fazia se sentir mais próxima do Dani e mais confiante na proteção ao meu sobrinho, então era o que deveria continuar a fazer.

Já eu... Mesmo tendo visto meu pai, minha mãe e até meu irmão envolvidos com a igreja e com a fé em Deus, depois de tudo o que aconteceu, senti como se aquele não fosse mais o meu lugar. Ouvir tanta coisa da minha mãe me impediu de manter minha fé intacta. Eu nem conseguia pisar na igreja em que meu pai pregava.

Eu sabia que não devia generalizar a partir do comportamento preconceituoso da Dona Marcia e do resto da minha família, mas... ainda assim me sentia machucada. Se o Deus dela significava castigo, ódio e preconceito, eu preferia me manter bem longe dele.

— Obrigada — agradeci, porque sabia que aquilo tinha se tornado importante para ela. Agradeci também por ter gastado seu tempo se preocupando comigo. — Mesmo.

— Ei... não faz essa carinha — ela disse, vendo que eu havia murchado. A relação com a fé era uma parte enorme da minha história que eu havia decidido excluir completamente.

Não tinha sido uma escolha fácil, mas foi necessário para tirar ao menos um pouco o peso dos meus ombros. Era o meu jeito de me afastar de um assunto que me torturava tanto.

— Você devia voltar, Helena... Sei que te faz falta — continuou, pegando minha mão.

— A gente já falou sobre isso, Mel. Não vou voltar lá. Não quero — murmurei, deixando que ela pegasse minha mão e encarando o tapete caro da sala à nossa frente.

Não precisava nem olhar para Melissa para saber a expressão que tinha em seu rosto. Era aquele típico olhar que uma mãe lança para um filho quando não acredita numa mentira, e tem pena da criança por sua inocência. Mas eu podia dizer com todas as palavras que tudo o que eu disse era verdade.

Não dava para negar que existia um vazio no meu coração no lugar que a fé ocupava antes. No lugar das lembranças boas que tive na igreja onde meu pai passava tanto tempo, e onde meu irmão e eu brincávamos de correr entre os bancos quando éramos menores. Quantas broncas levamos da nossa mãe, porque ali não era lugar para brincadeiras.

Eu tinha saudade de acreditar em alguma coisa, algo que me desse esperança de um futuro melhor, ou de que as coisas iriam melhorar, principalmente entre Marcia e eu. Mas já me cansara de todos os olhares da minha família, que se apoiava na religião para me agredir com palavras. E tinha me cansado de todas as outras pessoas que faziam o mesmo. Não iria mais me deixar humilhar daquele jeito. Se para manter minha fé e ser digna de passar pelas portas do paraíso, eu precisava acreditar que havia algo de errado comigo e buscar a tal da "cura gay", pregada pela minha mãe e por todos os fanáticos que a apoiavam, preferia não acreditar em nada. Eu sabia dentro do meu coração quais eram as minhas intenções, e sabia principalmente que não passava nem perto de ser uma pessoa ruim. Então, por que tinha que ser castigada por gostar de meninas?

— Tudo bem — Melissa me tranquilizou, sabendo como aquele assunto mexia comigo. Ela segurou minha mão em seu colo. — Mas, se um dia você quiser voltar, é só me avisar que eu vou com você.

— Pode esperar sentada. Isso nunca vai acontecer — murmurei, me tocando depois de alguns segundos que meu tom tinha saído mais rude do que eu esperava. — Desculpa. Obrigada por me apoiar. Mesmo. Mas não vai acontecer — reformulei.

— Não tem problema — disse, me desculpando pela grosseria. — É isso que a gente faz pela família por aqui. Vai se acostumando — acrescentou, com um pequeno sorriso no rosto.

— Vou tentar. — Sorri para ela também, segurando sua mão um pouco mais apertado.

— É bom mesmo — retrucou, antes de mudar completamente de assunto, soltando a minha mão e se levantando do sofá. — Agora eu vou dar boa-noite pro Dani. E você vai repassando na cabecinha toda a história desse encontro de hoje. Quero saber de tudo.

Balancei a cabeça, achando graça no fato de Melissa parecer tão interessada. Eu sabia bem que aquela era a desculpa dela para começar sua análise de Abigail, tentando descobrir se a "aprovava" ou não, feito uma mãe preocupada. Mas eu ia gostar de reviver aqueles momentos, mesmo que fosse só narrando para minha cunhada. Então, não pensei muito antes de aceitar.

— Tá bom, eu conto. Mas dá um beijo no Dani por mim — falei, decidindo não visitar o quarto do garoto para não agitá-lo bem na hora de ele dormir. Além disso, eu queria dar uma olhada nas minhas mensagens enquanto tinha tempo.

— Pode deixar. — Ela bagunçou um pouco os meus cachos antes de começar a se afastar em direção às escadas.

Assim que Mel sumiu da vista, peguei o celular do bolso para verificar a tela. De repente tinha chegado uma mensagem de alguém especial... ninguém em específico, claro. E é óbvio que abri um enorme sorriso quando vi o nome de Abigail ali. Abri sem nem piscar.

Obrigada pelo encontro de hoje. Adorei e não vejo a hora do próximo ☺

Uma filha melhor

"PLUTO" — SLEEPING AT LAST

— Dessa vez eu não quis arriscar. Tudo o que eu trouxe foi comprado, juro de dedinho — disse Abigail, enquanto se aproximava de mim no gramado atrás do hospital, onde os funcionários e os visitantes costumavam passar o tempo quando precisavam de um ar.

Aquele tinha se tornado o nosso ponto de encontro sempre que tínhamos um horário vago entre as aulas e a residência. O lugar perfeito para passar um tempinho juntas sem que precisássemos esperar o final de semana. Ainda que fosse só um momento, era a hora pela qual eu mais ansiava. A melhor parte do meu dia.

Tinha perdido a conta de quantas vezes a encarei sentada em um lugar daquele gramado, com parte do rosto escondida sob a capa de um livro, o olhar perdido no mundo fantástico das histórias escritas. Ensaiei tantas vezes uma aproximação. Idealizei conversas que nunca tive coragem de iniciar. Mas agora ela estava ali, comigo. Eu sentia como se pudesse sair voando só de olhar para o seu sorriso. E o beijo, meu Deus, até hoje posso sentir o gosto adocicado dos seus lábios sempre que lembro a primeira vez que nos beijamos.

— Ufa. Eu já estava suando. Pensei que você tinha cozinhado de novo — brinquei, o que a fez rir, se sentando ao meu lado no banco de madeira.

A vista dali era boa, alcançando todo o espaço aberto até a entrada de trás do hospital. E o melhor de tudo: não era considerado nosso espaço de trabalho. Então, se alguém fizesse careta por ver duas garotas juntas, eu podia mostrar o dedo do meio sem nenhum remorso.

— Não, dessa vez veio tudo da lanchonete. Não sei se vai ser muito melhor do que a minha comida, mas deve dar pro gasto. — Abigail me mostrou um saquinho de papel onde parecia haver dois pães de batata. Como combinado, eu tinha trazido os doces e as bebidas (uma barrinha de chocolate e uma latinha de suco para cada).

A comida da lanchonete do hospital tinha a fama de ser meio sem gosto, mas com o tempo, depois de comer diversas vezes, você acabava se acostumando, ou então encontrando algo que agradasse. No nosso caso, tínhamos uma opinião bem similar sobre aqueles pães de batata. Não era um manjar dos deuses, mas era muito melhor do que as outras opções de salgados gordurosos e que pareciam estar ali havia pelo menos duas semanas.

— Tá ótimo. O importante é a companhia, né? — Sorri mais enquanto a olhava, vendo-a organizar as coisas na outra ponta do banco, para não deixar espaço entre nós.

Bia olhou para mim como se eu fosse um filhotinho fofo de cachorro, entendendo que aquela era a minha forma de dizer que estava feliz por vê-la e por passar aquele tempo com ela. Como se não fosse apenas a segunda vez em que aquilo acontecia, ela se aproximou para me beijar, só por um segundo, o que foi o suficiente para me deixar vermelha — como sempre.

— É. É isso o que importa — concordou, depois de se afastar, dando um beijo em minha bochecha quando viu que estava corada. — Quer dizer que a chefe tá de bom humor hoje? Te deu uma hora inteira de intervalo?

Assenti, pegando um dos pães de batata para dar uma mordida. Não havia tido tempo de parar para almoçar depois da faculdade, e meu estômago já estava doendo de fome. Eu tinha uma boa relação com minha chefe. Sempre que conseguia uma folga entre as visitas aos pacientes internados ou as consultas na clínica do hospital, ela me deixava esticar um pouco mais ou intervalo, o que me ajudava a estudar, ou fazer os trabalhos para a faculdade.

— É. Na verdade ela é legal comigo. Não tenho do que reclamar. Ainda mais que hoje o movimento está mais fraco — respondi. Felizmente o hospital estava mesmo um pouco mais vazio hoje naquele horário.

— É. Ela parece gente boa. Ao contrário do meu chefe. Eu quase tive que sair fugida. Ele acha que minha única função é ficar abastecendo a xícara de café dele. E ai de mim se o café não estiver na temperatura certa, ou com uma colher a mais de açúcar. Anos de estudo e noites sem dormir pra isso. — Revirou os olhos ao pensar no médico responsável por ela, começando a comer também.

— Sacanagem, mas pense nas noites sem dormir que esse tanto de cafeína deve causar nele — brinquei um pouco, a fim de colocar um sorriso em seu rosto. E funcionou.

— Tem razão. Pela cara de poucos amigos que ele sempre chega, não deve dormir muito bem mesmo. — Ela riu.

Sorri um pouco mais para ela e continuei a comer o pão, reparando em um casal que nos encarava de longe desde que havíamos nos beijado. Mas não dei muita atenção. Uma coisa que aprendi, desde que resolvi parar de esconder meus relacionamentos, é que teria que lidar com os olhares atravessados das pessoas. Depois de anos eu havia começado a me acostumar com aquilo, mesmo que ainda me incomodasse.

Perdi a conta das vezes que brigara com pessoas preconceituosas, que se achavam no direito de fazer piadinhas quando viam duas garotas juntas. E quem sempre estava lá para juntar os meus cacos depois de cada violência física ou emocional que eu sofria era meu irmão. Ele, com seu amor imenso, me acolhia, falava que tudo ia melhorar, e sempre que eu falava que ia revidar ele me lembrava de que era o amor que mudaria o mundo, não a violência.

Tentei por muito tempo colocar suas palavras em prática, tentei explicar que minha forma de amor era válida. Tentei mostrar que não era minha orientação sexual que definia meu caráter. Que o fato de eu gostar de meninas era só um ponto dentro do infinito de pontos que formam quem eu sou. Até que um dia eu cansei. Dei um grande foda-se para todos e passei a me importar cada vez menos com o que pensavam sobre mim. E isso foi libertador!

— E o que você vai fazer este final de semana? Será que a gente vai continuar se ver mais do que num intervalo de trabalho? — perguntei, voltando minha atenção para Abigail, já que ela era uma vista muito melhor, e muito mais bonita.

— Talvez... não sei. Este final de semana vou pro interior, visitar os meus pais. — Ela tomou um gole de suco.

Era a primeira vez que Bia falava claramente sobre os pais. Eu tinha reparado que ela costumava evitar o assunto. Apesar disso eu não sentira, nas poucas vezes que ela mencionara os dois, que havia raiva ou tristeza em suas palavras. Mas existia alguma barreira invisível que me mantinha distante sempre que eu tentava saber um pouco mais sobre sua família.

— Ah é? E você tá animada? — perguntei, tentando aprofundar o assunto.

— Sim. Tô com saudade. Faz um tempo que não os vejo. Como eu não tenho irmãos, eles são muito apegados a mim. E me cobram muito quando fico tanto tempo sem ir pra casa. — Deu um sorriso e usou um tom carinhoso enquanto falava da família.

— Devem ser mesmo. — Coloquei a mão em sua perna, feliz por ela parecer próxima à família. Eu sentia muita falta disso. De ter essa proximidade, esse carinho e cuidado vindo de alguém ligado a você pelos laços de sangue.

— Você tem que ver. Eles são o típico casal do interior. Minha mãe tem a hortinha dela, e meu pai adora ficar dando volta na cidade com o carro velho dele, conversando com todo mundo — continuou, sorrindo ainda mais. — É o tipo de cidade pequena em que todo mundo conhece as fofocas de todo mundo, sabe? Quando eu era mais nova, era louca pra sair de lá. Vir pra cidade grande. Fiquei doidinha quando consegui a bolsa pra faculdade.

Não pude deixar de admirá-la enquanto contava sua história, não só feliz por ela ter conseguido uma bolsa e seguido em frente com seu sonho, mas também porque ela mesma parecia ter afeto por tudo que tinha deixado para trás. A mãe, o pai, a horta, o carro velho e até a cidade pequena, mesmo que quisesse sair de lá.

— Você parece bem próxima da sua família — falei, enquanto ela pegava minha mão que estava em sua perna.

— É. Nós temos uma boa relação. — Pela primeira vez na conversa, vi uma pequena nuvem passar diante de seus olhos. Era como um toque de incerteza, como se faltasse uma pequena peça para que o quadro ficasse completo. — Queria que fôssemos mais próximos — admitiu finalmente.

Me sentei um pouco mais virada para a garota, querendo saber o que queria dizer com aquilo, mas sem fazer perguntas; apenas a deixei saber que eu estava ali para ouvi-la caso quisesse falar. Não a pressionaria, ainda mais quando estava se abrindo devagar e por conta própria para mim agora.

— Eles não sabem. Sobre mim — contou, finalmente.

Não precisou de mais nenhuma palavra para que eu entendesse. Eles não sabiam sobre a sexualidade dela. Não sabiam que ela gostava de garotas. E nem deviam imaginar que ela estava interessada em uma agora. Isso me fez perguntar o motivo daquilo. Seriam eles tão intolerantes quanto a minha mãe?

— Mas... eles... — comecei, não sabendo bem como organizar as ideias. — Eles acham errado? — perguntei.

— Eu não sei, pra falar a verdade. Nunca conversamos sobre isso. Eu... sei lá. Só nunca parei pra perguntar. E nem eles.

Aquela era uma realidade quase completamente desconhecida para mim. Logo que descobri que gostava de garotas, contei para o meu irmão. E ele me ajudou a contar pros nossos pais. E isso foi quando eu ainda era adolescente. Viver com um segredo daqueles era algo que eu não conseguia imaginar.

— Então... você nunca apresentou ninguém pra eles? — questionei, comendo um pouco mais devagar, sem prestar atenção, com meus olhos e todo o meu interesse voltados para o que falava.

103

— Bom... nenhuma garota — disse, com o olhar um pouco mais distante, em algum ponto aleatório do gramado. — Eu tive relacionamentos com garotos quando era mais novinha. Por um bom tempo tentei me forçar a ser o "normal", aquilo que as pessoas acham que é o certo. Tentei manter as aparências diante das amigas, da família. Me envolvi com alguns caras, namorei dois, mas é claro que não consegui segurar por muito tempo. Quando mudei de cidade pra estudar ficou mais fácil simplesmente fingir que eu estava solteira e que vivia assim por causa da faculdade e da residência — explicou.

Aquela era outra coisa que eu não podia imaginar. Me relacionar com um homem só para manter uma fachada. Se estivéssemos em outro universo, talvez eu tivesse feito isso por causa da minha mãe, já que sempre soube quais eram as opiniões dela sobre homossexuais. Mas todo o apoio que recebi do Dani me ajudou a ter coragem para contar, porque eu sabia que, se não podia contar com ela, pelo menos teria meu irmão para me acolher.

Só que eu não era ninguém para julgar a forma como Abigail lidava com a sexualidade e a família dela. Cada um sabe das suas dores e dos seus fantasmas. Ninguém é capaz de mensurar o quanto o outro sofre; pode até tentar, mas nunca vai conseguir entender. Cabia a mim apenas ouvi-la e apoiá-la.

Abigail se escondia dos pais fazia anos, reprimindo uma parte dela que era muito importante. Ela estava se impedindo de compartilhar um amor com a família. E, pelo que dizia, eles pareciam extremamente próximos, por isso eu achava que devia ser bem difícil se esconder assim.

— Mas você já viu alguma coisa que te fez hesitar ao contar pra eles, ou...? — comecei, mas ela logo me interrompeu.

— Não. Não vi nada, não ouvi nada e eles não fizeram nada. Eu só não contei. Só isso. — E aquela era provavelmente a primeira vez que eu a via sendo mais ríspida em uma resposta. Devia pensar que eu estava tentando pressioná-la, mas... eu só queria entender.

Decidi que seria melhor não perguntar mais nada. Não por agora. Podia ver que era um assunto delicado para ela. E a última coisa que eu queria era que Abigail se afastasse de mim. Ainda mais quando ela havia finalmente começado a se abrir mais.

Deixei a comida de lado no banco para deslizar minhas duas mãos em sua coxa, apertando-a com gentileza para chamar sua atenção.

Bia demorou um pouco para virar o rosto em minha direção. Mesmo que encarasse o meu rosto, eu sabia que os pensamentos dela estavam em algo bem mais distante daquele banco de jardim. Ainda assim, me permiti falar, a fim de tranquilizá-la.

— Desculpa. Eu só queria entender. Só isso — comecei. — Se você não quer conversar sobre isso, tudo bem. Podemos mudar de assunto. Tá? — ofereci, para mostrar que estava aberta a seguir em frente com a conversa como se ela não tivesse contado aquelas coisas.

— Não... Olha... eu que tenho que pedir desculpa. Fui grossa sem necessidade. — Seu tom ficou mais baixo, e ela colocou a mão por cima de uma das minhas. — Eu que comecei o assunto. A culpa não é sua — continuou. — É só... é só que eu conheci muita gente que tentou me forçar a dar um passo que eu não queria dar. Não me sinto pronta pra isso. E eu agradeço por você não insistir — explicou.

Peguei sua mão entre as minhas, trazendo-a um pouco mais para mim, percebendo certa inocência em suas palavras. Ou talvez insegurança. Eu não tinha nenhum direito de cobrar qualquer coisa de Abigail agora. Nem tínhamos um relacionamento oficial. Era só o nosso segundo encontro de verdade, e, mesmo que já houvesse certo carinho entre nós, eu ainda não me via no direito de pressioná-la.

— Tudo bem — falei primeiro, aceitando as desculpas. — E eu entendo. Imagino que não deve ter sido nada fácil. Mas não tô aqui pra te fazer se sentir mal. Pelo contrário. Quero que você se sinta feliz comigo. Então, como eu disse antes, a gente pode conversar sobre qualquer outra coisa que você quiser — sugeri.

Abigail não me respondeu de primeira, só me deu um olhar agradecido antes de se aproximar para apoiar a cabeça no meu ombro, procurando por uma proximidade que eu ficaria feliz em dar para ela agora. Ainda mais depois de ver que aquele era um assunto difícil para a garota. Então, soltei sua mão das minhas para passar meus braços ao redor dela, apoiando minha cabeça na sua, sentindo aquele cheiro familiar de laranja enchendo os meus pulmões.

— Eu fico feliz quando estou com você — ela disse em voz baixa, com a cabeça ainda no meu ombro. — Fazia um tempo que eu não me dava a chance de me envolver com alguém, mas fico feliz que tenha sido com você, loirinha — continuou, o que certamente me deu a sensação de estar na primeira queda de uma montanha-russa: o estômago cheio de borboletas, o coração inflando como um balão e o sorriso bobo inevitável nos lábios.

— Fico feliz que tenha sido comigo também. — Joguei um pouco de humor para tentar esconder as emoções de garotinha apaixonada dando sinais dentro de mim.

— Que bom que é recíproco. Isso me deixa muito satisfeita — ela brincou, como se fingisse que eu tinha dito algo bonito, o que me fez rir, ainda a segurando em meus braços, apertando-os um pouco mais ao redor dela.

— Fique mesmo. Não é todo dia que eu me declaro assim pra alguém — devolvi a brincadeira, logo entrando na dela para distraí-la do clima pesado de antes.

— Deu pra perceber. — Ela estava rindo também. Pude sentir o movimento de seu corpo contra o meu ombro.

Fiquei ali me comportando como uma boba por mais algum tempo, tentando encontrar palavras na minha cabeça que soassem tão bem quanto as dela, mas eu não tinha o mesmo charme. Ao menos eu podia tentar, né? Por ela? Eu não ia deixá-la sem nada.

— Não, mas sério. Eu também não me interessava por ninguém fazia um tempo. Mas, quando eu vi você lá no hospital... não tive nem chance — contei a ela. — Eu sabia que a minha mente não descansaria até eu pelo menos descobrir o seu nome. E agora eu consegui muito mais do que eu tinha pedido, e fico muito feliz por isso. — Estava sendo sincera, mas não podia deixar de abaixar um pouco o tom de voz, como se uma parte bem profunda da minha mente quisesse que ela não me escutasse, porque eu era tímida demais para dizer aquele tipo de coisa.

— E o que mais você conseguiu além do meu nome? — perguntou ela, um pouco mais baixo também, e eu ainda podia senti-la sorrir.

Tá. Aí ela já começava a pedir um pouco mais do que a minha coragem me permitia dizer. Então decidi agir como a boboca que eu era e correr ao redor da resposta como se fosse exatamente aquilo que eu queria dizer.

— Hummm... O nome do livro que você tanto lia... Conversar um pouco mais com você... Até te abraçar eu consegui. Olha só. É bastante coisa — falei, assentindo para reafirmar minhas palavras, sabendo bem que não a convencia nem um pouco.

— Ah, é? — perguntou, levantando a cabeça para poder me encarar de perto, com um sorriso que só me mostrava ainda mais que não havia acreditado em mim nem por um segundo. Ela levantou uma das mãos para pousá-la na minha bochecha, perguntando enquanto se aproximava. — E isso aqui? Você não queria?

Era incrível como Abigail conseguia me fazer corar com uma frase e um beijo. Aquela garota já tinha feito eu ficar vermelha como um tomate por mais vezes que provavelmente já ficara em toda a minha vida. Alguma coisa nela despertava em mim vários tipos de sentimentos multiplicados por cem. A timidez, o nervosismo, a esperança de que tudo desse certo, a vontade de ficar perto...

— É... talvez... um pouquinho — murmurei contra seus lábios, fazendo-a rir contra mim, e levei um tapinha de leve na cintura.

— Idiota... — disse, me fazendo rir também, mas me distraindo logo da risada quando pressionou os lábios ainda mais contra os meus.

Foi ali que agradeci silenciosamente a mim mesma por ter escolhido aquele banco, com uma bela vista para o gramado, mas com uma péssima vista para quem quer que olhasse na nossa direção. Eu não estava ali para dar um show ou para as pessoas ficarem me encarando, como sabia que aconteceria.

Só que, do jeito que aquela garota me beijou, não precisei nem de cinco segundos para esquecer completamente onde estava, sentindo meu corpo inteiro se encher de arrepios. O jaleco branco foi ficando quente demais de repente. O beijo tinha começado mais gentil, como se ela estivesse só testando o território, mas logo começou a ficar mais intenso, e eu correspondi sem pensar.

Ela parecia mais confiante do que no nosso primeiro beijo, talvez justamente porque não era o primeiro. Ou a nossa conversa a tinha influenciado. Não sei. E também não iria ficar procurando uma explicação, porque ela estava conseguindo tirar o meu ar.

— Você fica uma graça toda tímida assim. Eu não resisti — sussurrou entre os beijos, o que me fez sorrir mais uma vez contra seus lábios.

— Não sou eu quem vai reclamar. Pode fazer isso sempre que quiser — falei, ainda sorrindo um pouco.

Ela esperou um segundo para se afastar, me encarando de perto com um sorriso igual ao meu, e as bochechas também coradas, ainda com a mão na minha bochecha para me manter próxima dela.

— Que bom que eu tenho a sua permissão, então — disse, antes de acrescentar, beliscando a minha cintura para me fazer cócegas e me fazendo dar um pulo no banco como reflexo. — E agora pode admitir que você tava doidinha para me beijar.

Então aquele era o motivo. Ela queria me forçar a me arrepender da resposta de antes. Aquela espertinha. Me deixou toda desnorteada com aquele beijo só para provar um ponto.

— Olha só! Me usando só pra mostrar que estava certa! Ok, ok. Você vai ver. Da próxima vez eu vou virar a cara — falei, segurando suas mãos para evitar que me beliscasse de novo e me fizesse cócegas.

— Da próxima vez, é? Então vai ter próxima vez? — perguntou, rindo, enquanto tentava se livrar do meu aperto.

— É bom que tenha, depois de você ter me deflorado desse jeito — brinquei, pagando de inocente e chocada, o que a fez rir ainda mais.

— Ahhhh, foi só um beijinho. — E deu uma risada gostosa e contagiante.

— Da próxima vez então eu te mostro o que é deflorar de verdade. Que tal?

— Ela era toda malícia na voz, mas percebi que foi só para me deixar sem graça, e não pra valer. E funcionou: fiquei de boca aberta feito um peixe, sem saber o que responder.

Precisei me recompor antes de pensar no que dizer, deixando que libertasse suas mãos, e ela gargalhou da cara que eu estava fazendo. Não estava sem reação por nunca ter feito aquilo. Pelo contrário, eu não era mais virgem. O que me pegou desprevenida foi a cara de pau dela.

— Hum. Eu vou aceitar, mas não pela proposta indecente — falei, finalmente, levantando um dedo.

— Aham. Tá certo, eu acredito — disse, se divertindo bastante depois de conseguir me desestabilizar. — Mas olha. Da próxima vez a gente vai sair. Eu quero retomar aquela ideia da Paulista — continuou, agora mais séria. — O único bolo do encontro vai ser o que a gente vai comer no Starbucks. Aquele vermelho, sabe?

Sorri mais quando ouvi a sugestão. Eu não era nem um pouco contra reverter a memória do bolo que ela havia me dado. Preferia criar uma lembrança melhor a continuar ligando a Paulista à lembrança de ficar sentada num banco encarando a chuva por horas. E algo me dizia que nossa saída seria muito melhor do que o drama que eu passei naquele dia — ainda mais depois de chegar em casa e encontrar quase uma enchente lá dentro.

— Combinado, então. Eu, você, a Paulista e um red velvet — recitei, mostrando minha mão, como se fechássemos um trato.

— Isso — confirmou, apertando minha mão, e deu uma olhada rápida no relógio que apareceu em seu punho quando a manga do jaleco se levantou — Ai, caramba. Eu tô atrasada. Preciso engolir o resto da comida e correr. Ou correr enquanto engulo o resto da comida — disse de repente, sentando toda dura no banco.

— Já? — perguntei, quase com pesar, sentindo que haviam se passado apenas cinco minutos desde que ela chegara.

— Já. Era só um intervalo... — Ela enrugou o nariz como um coelhinho, tão infeliz quanto eu pelo nosso tempo ter acabado. — Mas vamos marcar a Paulista pra logo. E até lá... a gente passa os outros intervalos da semana juntas — acrescentou.

Não seria todos os dias que eu poderia deixar o pobre Henrique sozinho no intervalo como havia feito hoje, mas ficaria feliz em passar o tempo com os dois tanto quanto pudesse. Por isso, não hesitei em aceitar, puxando-a para perto a fim de roubar um último beijo rápido antes que Abigail se levantasse para correr de volta para seu turno.

— Eu te mando mensagem — falei, sobre marcarmos nosso encontro com mais calma, e ela assentiu com a cabeça, sorrindo depois de eu tê-la beijado.

— Beleza. — Ela então se levantou do banco, segurando suas coisas de forma quase desajeitada. — Beijo. A gente se fala. — Deu alguns passos para trás.

— Beijo — respondi, observando enquanto se afastava, mordendo o lábio para segurar um enorme sorriso. Porque aquele intervalo tinha sido melhor do que qualquer coisa que eu pudesse imaginar.

Bia lançou mais um olhar para mim depois de alguns metros, me dando uma piscadela enquanto se aproximava da entrada do hospital. Fiz um pequeno gesto de "tchau" antes que se virasse para entrar, já enchendo a boca com o pobre pão de batata que havia ficado pela metade.

Quando ela desapareceu de vista, tive que me controlar muito para não fazer uma dancinha idiota no banco, me sentindo feliz como não me sentia havia muito tempo. Estava tudo dando certo entre nós. Era algo que eu pensava que ficaria só na imaginação antes de começarmos a nos aproximar. Mas não. Era tudo real. Tudo verdade.

Agora eu era a garota que iria terminar de comer com um sorriso bobo no rosto só por causa de uns beijos e de um intervalo. Aqueles minutinhos foram o suficiente para me levar para o céu. E eu duvidava um pouco de que qualquer coisa pudesse me trazer de volta para a Terra tão rápido. O que poderia acontecer, né?

O túmulo

"REPEAT UNTIL DEATH" — NOVO AMOR

Era o aniversário dela. Da minha mãe. Eu havia pensado em simplesmente deixar passar em branco, mas não conseguia, mesmo com todos os problemas na nossa relação. Além disso, tinha conversado com Abigail sobre a minha ideia, mas ela logo reprovou, ajudando a me convencer de que deveria ao menos passar para vê-la.

Então eu vim. Arrastando os pés, com o coração pesado e o cérebro a mil, mas vim.

Estava parada em frente à minha antiga casa, onde havia crescido com Daniel, meu pai e ela. Desde que me entendia por gente moramos ali, naquela casa enorme de paredes brancas. Era um bairro nobre da cidade, então havia casas caras e imponentes por toda a rua. Bem diferente do lugar que tinha escolhido para morar agora. Eu me sentiria sozinha demais em qualquer apartamento grande, e não queria isso. Queria não ter espaço para me deixar pensar demais nos meus demônios.

Toquei o interfone, segurando um buquê de lírios-brancos, que eu sabia serem as flores preferidas dela, e esperei ouvir a voz de um dos funcionários que dormiam na casa. Pelo menos por eles eu sabia que seria bem recebida. E foi como imaginei. Assim que falei meu nome para a Teresa, a governanta da casa, ela imediatamente me deixou entrar, parecendo feliz por me ver voltando para casa, já que fazia meses desde a última vez.

Foi ela quem também abriu a porta para mim, me dando um abraço apertado no qual tive que me esforçar para evitar que amassasse as flores, mas que ainda assim me fez sorrir. Ela era assim, sempre calorosa, com quem quer que fosse. Só podia imaginar como lidava com minha mãe, que era fria como uma estátua de gelo, ainda mais depois de perder meu pai e meu irmão.

— Ela não está de bom humor hoje, Leninha. É melhor ir com cuidado — me alertou, em voz baixa.

— Tudo bem. Estou acostumada — falei, tocando seu braço com gentileza para tranquilizá-la, dando um passo mais para dentro da casa. Quase todas as luzes estavam apagadas, com exceção de um brilho quente e caloroso que vinha da sala de estar. Era da lareira.

Sempre achei bobagem ter uma lareira em casa quando raramente a acendíamos, mas minha mãe insistia em manter a tradição de usá-la sempre que estava frio o suficiente para colocar um casaco. Por isso sabia que ela estava ali, mantendo seu hábito, mesmo que sozinha.

— Ainda assim, boa sorte — Teresa sussurrou, e eu logo fiz um gesto agradecendo pelas palavras enquanto começava a caminhar devagar em direção à sala. Ouvi quando a porta se fechou atrás de mim.

Segurei o buquê um pouco mais contra o meu corpo enquanto entrava na sala, sentindo como se dentro da casa estivesse ainda mais frio do que do lado de fora. Podia ser apenas a melancolia da noite, ou a falta de vida naquele espaço, mas o que quer que fosse me fazia sentir ainda mais insegura. Era como se aquele lugar enorme pudesse me engolir a qualquer instante.

Entrei na sala em silêncio, tomando o cuidado de ver o que minha mãe fazia para não interrompê-la, vendo que estava sentada no sofá em frente à lareira com um livro. Um dos diversos livros velhos de capa dura escura que tinham na estante do escritório. Com certeza não tínhamos lido nem metade deles, já que ler não era a coisa que meu irmão e eu mais gostávamos de fazer, e o fato de os livros serem em sua grande maioria em língua estrangeira não era bem um incentivo para nós. Eram meus pais os leitores ávidos da casa. E agora toda a responsabilidade de ler aqueles livros estava nas costas dela. Sozinha.

— Mãe? — chamei, não muito alto, para não assustá-la, enquanto me aproximava do sofá.

Não ousei sentar, esperando de pé enquanto ela tirava os óculos de leitura calmamente e marcava a página na qual tinha parado antes de deixar o livro de lado, na mesinha mais próxima do sofá, só então voltando o olhar para mim. Ela me olhava como se eu precisasse de uma razão para estar ali. Como se não lembrasse que dia era hoje, mesmo que eu soubesse que não tinha sido a primeira a parabenizá-la. Na verdade, eu tinha certeza de que estava sendo a última.

— Eu... eu trouxe isto pra você. Pelo seu aniversário — expliquei, levantando um pouco o buquê em sua direção.

— Obrigada — disse ela, num tom distante, mas ao menos levantou um pouco as mãos para que eu me aproximasse para dar o buquê para ela. E foi o que eu fiz, entregando as flores com cuidado, mas logo dando um passo atrás.

Marcia não perdeu tempo e analisou as flores com seu olhar gélido e crítico de sempre, mas, uma vez na vida, não me senti insegura. Sabia que tinha escolhido as melhores flores. Não havia do que reclamar. Não estavam murchas, amassadas ou morrendo.

— Não tem cartão? — perguntou, depois de alguns segundos, revelando finalmente o que tanto procurava. Ah, sim. Um cartão. É claro que ela tinha que achar alguma coisa.

— Bem... não. Eu queria dizer pessoalmente — respondi, coçando um pouco a cabeça. — Feliz aniversário — falei, porque era provavelmente o que estaria escrito em qualquer cartão.

— Hum. Obrigada — agradeceu, mais uma vez, deixando as flores ao seu lado no sofá. — São muito bonitas. Você escolheu bem — elogiou, o que fez crescer um sorriso tímido em meu rosto.

— Eu queria as melhores da loja. Espero ter conseguido. — Sorri um pouco para ela, feliz que tivesse elogiado o presente, mesmo com a falta de um cartão. — Foi meio difícil, já que a esta hora os estoques estão meio baixos, mas dei uma corrida depois da aula e encontrei esse lugar — contei, levantando um pouco os ombros.

Ela me encarou enquanto eu contava minha pequena história, e por um momento não tive tanta certeza de que estava realmente interessada. Que seja. Pelo menos eu mostrava que estava tentando, e que tinha me esforçado para dar a ela um bom presente.

— Mas... e você? Fez alguma coisa especial hoje? Viu o Danizinho? A Mel disse que traria ele pra te visitar — perguntei.

Marcia assentiu um pouco com a cabeça para confirmar o que Melissa tinha me contado, mostrando que eu realmente não era a primeira visita que ela recebia hoje.

— Eles vieram sim. Tirando isso, não aconteceu muita coisa. Fizeram um bolo na faculdade. Só — contou. E não era uma surpresa. Como reitora, ela sempre ganhava um bolo dos professores e alunos naquele dia do ano. Quase nunca comia mais do que um pedaço, o que dava a mim e ao resto da família a chance de devorar o bolo inteiro o mais rápido que conseguíssemos antes... de tudo.

— Que bom. Legal — falei, sem saber muito mais o que falar, ainda mais depois do nosso último encontro no cemitério.

Um silêncio se colocou entre nós, me deixando ainda mais desconfortável do que já estava. Não era uma cena muito calorosa, apesar da lareira. Ela sentada no sofá, eu de pé, ambas sem saber o que dizer. Queria poder me sentar com ela ali e contar sobre a garota maravilhosa que tinha conhecido, mas sabia que não poderia fazer isso. A não ser que estivesse procurando desprezo da parte dela ou uma briga desnecessária. E o que mais eu podia contar? Ou perguntar?

— Você já ligou pra psicóloga? — perguntou ela, finalmente, o que me fez suspirar. De novo aquela conversa. Caramba...

— Liguei. Liguei e cancelei as consultas. Vou transferir pra você o valor das consultas que pagou e eu não fui — respondi, não querendo que me cobrasse mais uma vez pelo dinheiro gasto em vão.

— Com que dinheiro? — Ela levantou uma sobrancelha.

— Você sabe. O dinheiro que eu ganho no bar. Aquele aonde você nunca foi pra me assistir. — Cruzei os braços, sentindo aquela sala mais fria do que antes, tentando aquecer um pouco o corpo, já que a lareira não estava dando conta.

Mesmo que pudesse ser interpretado assim, não falei em tom de cobrança. Quer dizer... falei sim, mas não quis ser rude. Se eu a estava cobrando, significava que queria que ela fosse me ver. Não tinha maldade nenhuma nisso, certo? Ainda mais porque foi ela quem me cobrou durante anos por eu não dar um uso para "a voz que Deus havia me dado", ao contrário do que meu irmão fazia.

— Ah, Helena. Você acha mesmo que eu vou me enfiar num lugar daqueles? É uma espelunca.

— Tudo bem, não é um restaurante cinco estrelas, mas também não é uma espelunca. E qual é o problema de se sentar lá e escutar umas músicas, só uma vez? — questionei, já acostumada por ouvi-la desmerecer meu trabalho no bar.

— Já disse que não vou. Ponto-final — retrucou, decidida, de forma que nem tentei insistir mais. Já havíamos tido essa conversa um milhão de vezes. — Você tinha que fazer como o seu irmão. Ele cantava em festivais. Em eventos. Fazia o concerto anual da faculdade — acrescentou. — Aquilo sim era valorizar a voz. O talento.

— Não fala assim. Não tem nada de errado com o que eu faço. É o que muita gente faz pra viver. Além disso, é só um bico enquanto eu não me formo

— me defendi, sentindo o estômago revirar quando ouvi o nome de Daniel. É claro que eu sabia que ele era muito melhor do que eu com a música. Mas ele queria trabalhar com isso, e eu não.

Pude vê-la fazer uma cara desgostosa enquanto voltava o olhar para a lareira ao meu lado, dando um fim silencioso à nossa discussão sobre meu trabalho, que mais parecia uma fita tocando repetidamente. Mesmos argumentos, mesmas defesas. Nada fora do normal.

— Quanto à faculdade, tenho certeza de que vai dar tudo certo. Minhas notas estão boas, e não tenho dúvidas de que vou conseguir um bom emprego — acrescentei, tentando pelo menos valorizar um pouco o que eu fazia aos olhos dela.

— Você tira notas boas, faz medicina, quer ser uma neurologista e ainda assim não dá valor ao seu tratamento. Não vejo lógica nenhuma nisso.

— Eu não estava me sentindo bem na terapia, com os remédios. É só isso — expliquei. — Não estava mais dando certo.

— Nunca deu certo, não é, Helena? Você devia ter me dito antes. Aí nós procuraríamos algum outro profissional, que desse jeito na sua situação.

— A minha situação está sob controle — respondi. — Eu estou me sentindo bem.

— Mas esse não é o seu único problema, e você sabe bem disso — quase interrompeu, com um tom mais duro, que me fez juntar as sobrancelhas e até dar mais um passo atrás.

Não... ela não estava falando de... não era possível. Não era *possível*. Não era a primeira vez que eu ouvia aquele tipo de comentário vindo dela. Ela costumava falar que eu estava doente, que era um castigo de Deus, que meus pais tinham errado na minha criação e que era tudo uma fase. Todas aquelas coisas eu já tinha ouvido. Mas não significava que ficava menos doloroso a cada vez que ela repetia.

— Eu não tenho nenhum outro problema. Isso é só o que a senhora acha — falei, sem esconder minha irritação.

— Ah, Helena. Você sabe que tem. Mas não insiste na terapia... Quem sabe, se tivesse se dedicado, já teria descoberto a causa disso — retrucou ela.

— Mãe! Pelo amor de Deus! Para com isso! — exclamei, não aguentando mais o jeito como ela falava de mim e da minha sexualidade. — Isso é quem eu sou. Eu estou feliz. Será que isso não basta?! Eu sou sua filha!

— Não, não basta! Você sabe bem que toda a desgraça que aconteceu na nossa família foi por causa disso! — Sua voz ficou mais alta do que a minha, para tentar me sobrepor. — Todo o sofrimento, todas as perdas... Será que não foram o suficiente pra você perceber que é um castigo?! Castigo por eu ter permitido você crescer assim, e castigo pelas suas escolhas!

Eu já tinha ouvido aquilo mais de uma vez. Aliás, desde o diagnóstico de ELA do meu pai eu havia começado a ouvir murmúrios da minha mãe com relação à minha orientação sexual. No entanto, depois do diagnóstico do meu irmão e da morte dos dois, aquilo chegou a um nível ainda mais absurdo. Cada vez mais, aos olhos dela, eu era a culpada de toda desgraça que havia caído sobre a nossa família. Eu não seguia os mandamentos de Deus. Eu era uma vergonha. Eu tinha feito uma *escolha* errada.

Cada vez seus argumentos ficavam piores e mais cruéis. E, mesmo que eu não acreditasse em nada do que dizia, ainda machucava. Era a minha mãe falando aquelas coisas. A pessoa que deveria me amar, me aceitar, me apoiar. Em vez disso, ela colocava nas minhas costas o peso da morte de duas pessoas que eu amava. Agora, já mais velha, eu me acostumara com aquele peso. Mas o efeito que ele causou em mim quando os dois morreram, quando eu tinha dezessete anos, foi quase insuportável. E aquilo deixou sequelas em mim. Não era só a perda que me fazia precisar daqueles remédios, mas toda a rejeição e as coisas cruéis que escutara dela, dos meus parentes e até de pessoas próximas da família.

Eu não tinha vergonha e nenhum arrependimento por ser quem era. Daniel havia feito questão de me ajudar a aceitar e amar a mim mesma quando minha mãe me rejeitou. E agora eu fazia isso sozinha, mas continuava seguindo os conselhos dele. Eu sabia que não havia nada de errado comigo. Que não era uma escolha, um castigo, muito menos uma doença que podia ser tratada com terapia, remédio, reza ou exorcismo. Ainda assim, me abalava ouvir Marcia falando tudo aquilo. De qualquer forma, eu estava tão feliz com o jeito como as coisas estavam indo com a Bia que não queria perder meu tempo e me estressar com aquela conversa. Estava sem vontade de tentar argumentar como sempre fazia.

Eu só queria sair dali. Daquele ambiente tóxico e frio que, com o passar dos últimos anos, havia se tornado um túmulo enorme para meu pai e meu irmão. Um altar que Marcia havia criado para eles. E ali eu não era ninguém além da causa da morte dos dois. Era doentio.

— Certo. Tudo bem — falei, com um suspiro, sentindo a irritação crescer dentro de mim, mas a engolindo a seco, como podia. — Já terminou? Porque eu estou indo. — Eu não queria ouvir mais nada. E nem esperei uma resposta de verdade, já dando as costas para minha mãe para ir em direção à entrada.

— Helena. Não dê as costas para mim! — ela censurou, e eu simplesmente a ignorei, sentindo os olhos se encherem de lágrimas de raiva e mágoa enquanto eu saía. Abri a porta e a fechei com um baque atrás de mim, ainda a ouvindo gritar coisas de onde estava. Depois de sair, tudo se tornou apenas um chiado.

Eu esperava pelo dia em que entraria naquela casa e conseguiria sair sem sentir tanta tristeza. O dia em que conseguiria entrar no quarto do meu irmão, ver as coisas dele, e vir para o meu apartamento com o coração aquecido. O dia em que veria as fotos do meu pai, da minha família, e conseguiria sorrir e me sentir em paz por estar ali, onde as duas pessoas que eu mais amava viveram. Hoje, no entanto, eu só conhecia o julgamento. A opressão. O medo de entrar naquela casa e sair ainda mais machucada do que havia entrado.

Depois de cinco anos, a única coisa que havia pegado daquele lugar tinha sido uma foto do meu pai e do meu irmão, juntos, sorrindo, que agora enfeitava o meu quarto. O resto deixei para trás.

Por hoje eu tinha feito a minha parte. Voltei àquela casa, levei flores para minha mãe de presente de aniversário e tentei, mais uma vez, uma aproximação. E não havia mais nada que eu pudesse fazer para que ela me desse uma chance e tentasse me conhecer e me aceitar de verdade.

Apesar de toda dor e tristeza, ainda assim eu não conseguia me afastar e desistir dela. Marcia era a parte mais próxima da família que havia me restado. E no fundo eu ainda tinha esperança de que um dia ela abriria os olhos e entenderia que toda aquela raiva, julgamento e preconceito serviam apenas para afastá-la das pessoas que a amavam. E eu a amava. Mesmo com todo sofrimento que ela me causava. E era esse amor que vencia toda a minha razão e me fazia sofrer cada vez que ela abria a boca.

Respirei fundo tentando focar nas coisas boas que estavam acontecendo na minha vida. Preferia pensar em Abigail e na próxima vez em que a veria. Ou em Melissa e no pequeno Daniel, que eram o farol e a luz da minha vida. Até em Henrique, meu amigo fiel. Queria ir para casa, para o meu porto seguro, deitar em minha cama enquanto ouvia o vizinho de cima cantar com seu violão e tentar apagar da mente aquele encontro desastroso.

Perdida

"RELICÁRIO" — ANAVITÓRIA (NANDO REIS)

Sempre marcávamos nossos encontros de manhã. Não sei se pela vontade de começarmos o dia bem com a alegria de nos vermos logo cedo, ou a impaciência de esperar um dia inteiro para nos encontrarmos, ou talvez fosse pela junção dessas duas coisas. O que importava é que tínhamos adquirido este ritual matinal: quem chegava primeiro esperava a outra para dar bom-dia e seguirmos para nossos respectivos trabalhos.

Hoje, como estávamos de folga, marcamos de nos encontrar na praça perto da minha casa. Não passava do espaço de um quarteirão, mas eu adorava ir até ali de vez em quando para tomar um ar, ler e ver o movimento das pessoas curtindo aquele pedacinho de natureza no meio da selva de pedra.

Tinha prometido a Abigail que mostraria meu apartamento a ela, o que seria um grande passo em nosso recém-iniciado relacionamento, e isso me deixava um pouco ansiosa. Não que eu não quisesse que ela conhecesse minha casa, eu queria, mas é que boa parte da minha vida estava ali, exposta naquele pequeno apartamento, e protelar um pouco mais aquele momento, com uma paradinha em outro lugar antes de irmos para lá, me daria tempo para sentir se eu estava mesmo pronta para aquele passo.

Cheguei um pouco atrasada, apesar de morar a apenas dois quarteirões dali, já que tinha ficado até o último segundo limpando a casa toda. Depois de semanas sem organizar as coisas, um lugar podia rapidamente se tornar um caos. Prometi a mim mesma, depois de faxinar por horas, que nunca mais deixaria chegar àquele ponto.

Mesmo tendo esperado por quase vinte minutos, Abigail me recebeu com o sorriso brilhante de sempre e um beijo nos lábios cheio de carinho, que passava a se tornar um gesto habitual entre nós.

No caminho entre minha casa e nosso ponto de encontro havia um Starbucks, então comprei algumas coisinha para comermos. Para mim, pedi roll de canela e frappuccino de baunilha, que eram os preferidos do meu irmão e que nos últimos anos se tornaram os meus também. Já ela me mandou uma mensagem pedindo um de morango e um brownie.

Apesar da alegria de me encontrar com a Bia, ainda sentia uma ponta de tristeza desde o último encontro com minha mãe. Nossa conversa continuava ecoando na minha cabeça, e suas palavras duras e cheias de rancor haviam me tirado o sono nas últimas noites. Tentei esconder, mas Abigail logo percebeu que tinha algo errado.

Achei melhor não esconder dela o ocorrido na minha visitinha a Marcia para levar o buquê de flores de presente de aniversário. Quem melhor que ela poderia entender o que eu sentia quando o assunto era o preconceito? Mesmo não tendo se assumido para os pais, eu sabia que comentários cheios de julgamento e ódio podiam vir de qualquer pessoa. Por isso, não hesitei em me abrir sobre tudo o que tinha acontecido. E ela não pareceu nem um pouco chocada.

— É sempre assim, sabe? Não tem uma vez que eu não a encontre que ela não deixe clara a decepção que sente por ter uma filha homossexual. Chegou num ponto em que eu sei que, independentemente de onde e quando eu a encontre, sempre vou ter que lidar com esse tipo de coisa. Comentários maldosos, acusações sem fundamento e, o que mais dói, ver nos olhos dela a culpa que joga em cima de mim pela morte do meu pai e do meu irmão — desabafei, com um suspiro, mordiscando o último pedaço de roll de canela.

Abigail me encarava com o típico olhar de pesar que Henrique e Melissa me lançavam quando falávamos sobre a minha mãe. Mas, além disso, eu via compreensão nos olhos verdes dela. Dava para perceber que conseguia entender como eu me sentia, mesmo não tendo vivido algo parecido com seus pais.

— E parece que a cada ano ela fica mais intolerante. É... horrível. Terrível. E extremamente desgastante — continuei.

— Ela me parece... amarga — comentou, um pouco hesitante, e eu não podia dizer que Bia estava errada. Não havia como contra-argumentar sobre isso.

— Eu também estaria amarga se tivesse perdido tudo o que ela perdeu. Mas não é desculpa pra me tratar assim. Ela não é só amarga. É intolerante. Ignorante. Preconceituosa. Pode falar tudo isso. É a verdade. — Me senti um pouco exaltada ao falar daquilo, mas não podia evitar. Ainda lembrava com detalhes demais daquela noite. E de todas as outras conversas.

Abigail ficou em silêncio, me olhando com gentileza, com certeza percebendo que tudo o que eu precisava naquele momento era desabafar a mágoa que sentia. Eu precisava falar. Botar para fora. E ela estava me deixando fazer isso.

— Sabe... Se fosse o meu irmão, ela bateria palmas pra tudo o que ele faria. Mesmo que fosse só tocar num barzinho de esquina. Mas eu? Não é só o fato de eu gostar de garotas. É tudo. Ela rejeita e critica tudo o que eu faço — continuei. — Quando o Dani ainda estava aqui, pelo menos ela me tolerava. Convivia comigo. As coisas pareciam até estar melhorando nos últimos meses antes de ele partir. Mas depois foi tudo por água abaixo. E eu tenho certeza de que ela preferia que... — comecei, mas acabei me interrompendo no meio da frase, achando terrível demais para dizer em voz alta.

— Ei, ei... não fala isso... — disse ela, entendendo bem aonde aquilo iria chegar, se aproximando um pouco mais de mim e colocando a mão no meu braço. — Você é incrível, Helena. Se a sua mãe te aponta o dedo a cada coisa que ela acha que é errado, isso diz muito mais sobre os demônios que ela carrega dentro de si do que sobre você. — Acariciou meu braço devagar para tentar me tranquilizar.

Balancei a cabeça, voltando minha atenção para as árvores próximas de nós, com os galhos e folhas balançando levemente na brisa fraca do dia. Havia uma família mais à frente, observando os filhos brincarem no balanço velho da praça. Olhando para eles, não pude deixar de pensar que meus pais deviam ter sido assim um dia, me olhando brincar com o meu irmão, ambos com um sorriso no rosto. Hoje só havia tristeza, raiva e julgamento.

— Ela me faz sentir como se eu não fosse boa o suficiente. Como se eu devesse ser perfeita segundo os moldes que ela idealiza — admiti, ainda olhando na direção da família. — Mesmo que o meu cérebro saiba que você deve estar certa sobre os demônios dela, meu coração ainda pergunta se não tem mesmo alguma coisa que eu possa fazer para ser pelo menos um pouco da filha que ela queria que eu fosse. Ser melhor do que sou.

— Ser melhor pra quem? Pra ela ou pra você? — perguntou, o que me fez pensar um pouco. Não era uma pergunta tão fácil de responder, ainda mais naquele contexto. Mas talvez ambas as respostas dessem no mesmo. Ser melhor para mim tentando ser melhor para ela. Ser melhor para ela para poder ser melhor para mim. — Sabe... quando eu olho pra você, e quando te vejo falando dela, é como se uma luz se apagasse aí dentro. Quase como se envelhecesse cinco anos em uma única conversa. Isso não é nada bom — disse, deslizando a mão pelo meu braço para pegar minha mão. — Você tem que aprender a conviver com as expectativas frustradas da sua mãe sem se deixar afetar por ela. As frustrações são dela, Lena, ela que lide com isso. Você não tem como estudar medicina, estagiar no hospital, tocar em um bar e ainda se preocupar com o que mais você pode fazer pra impressionar a sua mãe. Porque, no fim, não há nada que você possa fazer para mudar o que realmente incomoda ela.

Abigail tinha razão. A raiz de todos os nossos problemas era minha sexualidade. Isso fazia Dona Marcia implicar com todo o resto. Mas eu não podia deixar de pensar que, se eu pudesse agradá-la ao menos em outros aspectos, ela me daria uma chance e abriria os olhos para ver a realidade. Ver que o mundo que ela criou na mente era completamente distorcido. Se eu fosse mais como ele, talvez... talvez ela me desse uma chance.

Até chegar aonde estávamos, Marcia tinha envenenado tantas coisas em minha vida. Coisas que eu adorava antes, e que agora estavam repletas de memórias ruins. Minha antiga casa, a igreja onde meu pai pregava, até minha fé ela conseguiu macular quando começou a falar que tudo o que tinha acontecido com meu pai havia sido culpa minha e do meu "comportamento pecaminoso". Que eu tinha me tornado amaldiçoada por me relacionar com pessoas do mesmo sexo. Até em meus hobbies. Tinha levado anos para criar coragem de cantar em público, e agora que havia vencido aquele medo, ainda não podia deixar de me lembrar dela chamando de "espelunca suja" o lugar onde eu sentia tanto prazer em tocar.

As palavras de Abigail, com certeza, ficariam na minha cabeça. Eu só precisava pensar. Precisava digerir tudo aquilo e tentar fazer meu coração entender. Eu já estava cansada de lutar contra a correnteza destruidora que minha mãe havia se tornado em minha vida. Era como se eu estivesse adoecendo aos poucos. Sem poder dormir, frustrada, cansada e esgotada emocionalmente. Não era fácil. Mas ao menos eu tinha pessoas importantes ao meu lado. E, vendo como Bia falava, isso só reafirmava o fato de que ela era uma delas.

Olhei de novo para Abigail, segurando de volta sua mão e me sentindo extremamente grata por ter aquela garota na minha vida. Ela me ouvia de verdade. E, agora, era tudo o que eu precisava. Não pude deixar de perguntar:

— Por onde você andou todo esse tempo? Eu não podia ter te conhecido antes?

Isso a fez sorrir, apertando um pouco mais minha mão na sua. Um sorriso. Quem diria que aquilo seria o suficiente para ao menos me distrair de todos os problemas da minha vida?

— Numa cidadezinha no interior. E depois enterrada dentro da faculdade — disse, ainda com um sorriso. — E você?

— Não tenho ideia — falei, sorrindo um pouco para ela também, me inclinando para apoiar a cabeça no seu ombro. — Obrigada por me ouvir — acrescentei, um pouco mais baixo agora que estávamos mais próximas.

— Não precisa me agradecer. — Passou os braços ao meu redor para me abraçar. — Você me escuta, eu te escuto. Você me ajuda, eu te ajudo. É como os relacionamentos funcionam. Ninguém luta sozinho — continuou, me fazendo sorrir um pouco mais com suas últimas palavras. "Relacionamento." Eu não seria nem um pouco contra. Apesar de ainda estarmos nos conhecendo, já conseguia me imaginar em uma relação séria com Abigail. Mas ainda não ia criar expectativas sobre isso. Melhor deixar as coisas acontecerem naturalmente.

— Você tem razão. Ninguém luta sozinho aqui — concordei, abraçando-a de volta, sentindo aquele calor tão agradável no coração. Era como se aquelas palavras fizessem tudo ficar um pouco melhor pelo simples fato de terem sido ditas.

Ficamos abraçadas por um tempo, só aproveitando a proximidade e o calor dos braços uma da outra, esperando até que uma de nós reunisse força de vontade para se mover. Demorou um pouco, já que parecia que aquele abraço era cheio de paz e tranquilidade. Enquanto continuássemos nele, nada poderia nos incomodar. Mas, como tudo que é bom dura menos do que gostaríamos, me afastei, ainda mantendo contato com ela ao segurar uma de suas mãos.

— Agora... me fala uma coisa — lancei, enquanto a admirava, vendo aquela leve vermelhidão em suas bochechas e nariz que ela chamava de "borboleta", escondida sob uma leve camada de base e bastante protetor solar. — Acha que eu tenho cara de quem vai conseguir manter uma planta viva se quiser? — perguntei, mudando da água para o vinho, e ela riu com a pergunta tão aleatória e repentina.

— Claro que acho. Vai até te fazer bem. Por quê? Quer se inspirar no meu apartamento e comprar uma pra você? Eu logo te aviso. É um caminho sem volta. Você compra uma, gosta. Depois compra outra pra fazer companhia, de repente acha que os lugares estão vazios demais e vai preenchendo com três, quatro, cinco plantas... — Ela ainda ria um pouco, o que me divertiu também.

— Eu acho que o meu apê precisa de um pouco mais de verde. Eu não diria não pra uma plantinha — admiti. — Passei por uma loja de plantas esses dias e não pude deixar de entrar. Me apaixonei por um vasinho de trevos-de--quatro-folhas que vi lá. Acho que eles ajudariam a trazer um pouco de sorte pra mim — disse, obviamente não contando a ela a parte de achar que eles tinham a exata cor dos olhos dela, e que eram ainda mais lindos por isso.

— Trevos-de-quatro-folhas, né? — comentou a garota, com um sorriso doce, antes de continuar. — Eu tenho certeza de que você dá conta. Se quiser eu te passo até algumas dicas.

— Eu vou precisar mesmo, já matei duas plantas e não quero que aconteça de novo. — Sorri ainda mais para ela. Com o tanto de plantas lindas espalhadas pelo apartamento de Bia, eu tinha certeza de que ela levava jeito para a coisa, e seria a melhor pessoa para me dar conselhos sobre isso.

— Então é só me chamar e eu vou com você comprar sua bebê. Vai ser uma honra te ajudar com tudo o que você precisa. — Ela se inclinou em minha direção para me dar um beijo na bochecha.

Eu adorava a forma como Abigail conseguia ser tão doce e cheia de afeto. Não imaginava que ela seria assim depois de termos começado a nos envolver. Lembro que em nosso primeiro encontro a achei direta demais, pensei que fosse o tipo de pessoa que não se apega a alguém. Talvez fosse apenas uma questão de se sentir mais confiante, menos insegura. Mas eu gostava disso. Eu mesma não era o tipo de pessoa que demonstra muito as coisas, e ela me equilibrava. Ela permitia que eu me abrisse, que eu me sentisse mais leve.

— Obrigada — falei, dando um beijo em seus lábios antes que se afastasse. — Mas eu acho que vou precisar da sua ajuda pra outra coisa — acrescentei, e ela levantou uma sobrancelha ao me olhar, curiosa. — Preciso escolher um lugar em casa pra colocar os trevos.

— Ahhh, então você quer uma ajuda com a decoração, é isso?

— Exato.

— Pra isso eu vou ter que conhecer a sua casa — retrucou, ainda com a sobrancelha erguida.

— Eu sei. Esse é o plano pra hoje, não? — questionei.

— É. Mas eu devo levar isso como um convite pra ir agora? — perguntou de volta, me olhando do mesmo jeito de antes.

— Bom, se você quiser, sim. — Levantei um pouco os ombros ao olhar para ela.

— Nesse caso eu aceito. O sol está ficando mais forte, de qualquer forma. Não posso ficar muito mais tempo exposta. — Ela olhou para o céu como um reflexo, e realmente o sol do meio-dia começava a aparecer entre as nuvens. Eu sabia que a pele sensível dela, por causa do lúpus, não resistiria por muito tempo ali.

— Então vamos. Se quiser, pode colocar a minha camisa nos ombros enquanto caminhamos até lá — ofereci, já passando para Abigail a camisa que eu trazia amarrada na cintura. E ela não recusou, amarrando-a nos ombros imediatamente enquanto pegávamos o caminho da minha casa.

— Tá! Tá! Tá! Ok! Não precisa ficar insistindo. Eu faço — falei, com as mãos nas bochechas para tentar esconder um pouco a timidez, enquanto estávamos as duas sentadas na cama.

Eu tinha apresentado todo o apartamento para Abigail, desde os banheiros até a cozinha. Ela havia observado e analisado cada detalhe com aqueles grandes olhos verdes, me perguntando sobre as pinturas, a cor das paredes e a foto que eu tinha de meu pai e meu irmão na mesinha ao lado da cama. Até sobre os vizinhos perguntou, olhando a vista de todas as janelas, como se analisando cada detalhe daquele espaço ela fosse descobrir mais sobre mim.

Era bom vê-la tão interessada, mesmo que abrir minha casa assim para alguém depois de tanto tempo fosse como se eu estivesse me mostrando nua. Aquele lugar tinha a minha cara, as minhas coisas, e fazia parte de mim. Sem filtros na bagunça organizada das estantes, e sem ordem nos livros de medicina espalhados em cima da mesa. Eu não sabia como arrumar a cama com perfeição. Sempre ficava um pouco torta, com os travesseiros sem nenhum volume e parecendo largados mesmo que eu tentasse afofá-los com cuidado. Além disso, eu não era a melhor decoradora do mundo, e tinha escolhido tudo sozinha. Eu não tinha uma casa digna de uma designer de interiores, mas era o meu espaço, e eu me orgulhava dele. E ficava feliz por ela parecer não se importar muito com nenhuma daquelas coisas.

Na verdade, depois de uma sessão de perguntas sobre o meu irmão, a que eu tinha feito questão de responder com alegria, ela percebeu o violão encostado no canto do quarto, perto do armário. E não perdeu a oportunidade, pegando-o sem a menor cerimônia e o trazendo para mim. Então, se sentou na cama sem timidez e me pediu para tocar alguma coisa para ela.

Insistiu por alguns minutos, mesmo que eu tivesse recusado algumas vezes, e no fim acabou por me convencer. Eu não tinha mais vergonha de tocar e cantar na frente de um bar, então por que teria medo de Abigail como minha plateia?

— Você quer uma música em específico? São cinco reais por pedido — brinquei, dedilhando as cordas do violão para ver se estava afinado.

— Nossa... nesse caso, prefiro deixar a artista escolher. Estou sem nenhum dinheiro aqui comigo — brincou de volta, observando cada um dos meus gestos, antes de continuar, um pouco mais séria. — Toca alguma coisa pra mim.

Havia muito dentro daquele pedido. Bia não estava simplesmente pedindo que eu tocasse uma música aleatória. Ela queria uma música *para* ela. E eu precisaria ter muito cuidado na hora de escolher, se quisesse passar a mensagem certa para a garota.

Não demorei muito para escolher uma música. Lembrava até hoje da época em que eu adorava pesquisar o significado de todas as músicas de que eu gostava, e não pude pensar em uma melhor do que "Relicário", do Nando Reis. Aparentemente, era a história de um casal apaixonado que passou apenas uma noite juntos, mas que vivia uma paixão intensa ainda assim. Na minha cabeça, diversos daqueles versos descreviam a hesitação e a confusão que trazia o início de um amor. Eu gostava bastante dessa música, e não tinha como não sentir que toda aquela hesitação e confusão não eram exatamente o que estava se passando no meu coração, enquanto o mundo todo parecia de ponta-cabeça.

Abaixei os olhos para o violão, como sempre fazia quando começava a tocar alguma coisa, principalmente quando estava nervosa. E, depois de aproveitar aquele momento de silêncio que vinha antes das notas, comecei a tocar. E continuei sem levantar o olhar enquanto cantava, me deixando levar entre as notas e os versos que recitava.

"O mundo está ao contrário e ninguém reparou", "Eu estava em paz quando você chegou", "eu trocaria a eternidade por esta noite", "por que está amanhecendo se não vou beijar seus lábios quando você se for?", "Desde que você chegou, o meu coração se abriu. Hoje eu sinto mais calor, e nem sinto nem mais frio. O que os olhos não veem o coração pressente. Mesmo na saudade, você não está ausente. Em cada beijo seu, em cada estrela do céu, em cada flor do campo, em cada letra no papel. Que cor terão seus olhos, e a luz dos seus cabelos? Eu não posso tocá-los, mas eu não vou esquecê-los."

Cada uma das partes da canção, tiradas de um certo contexto, tinha exatamente o que eu gostaria de cantar para ela. Eram mensagens misturadas que, juntas, continham palavras que descreviam exatamente o que eu sentia. Se eu não era tão boa com as palavras, ao menos sabia que era boa com a música.

E ela pareceu entender o que eu queria dizer. Mesmo que não fosse a música mais óbvia de todas, como "Alma gêmea" do Fábio Jr. poderia ser. Então, quando terminei de tocar, colocando o violão um pouco de lado, com aquele sorriso tímido típico no rosto, Abigail pegou minhas duas mãos, me trazendo para perto.

— Sabe, eu não vou sumir com a manhã — brincou, fazendo referência à música.

— Só tem um jeito de você me convencer disso. — Segurei suas mãos entre as minhas, apoiando o queixo nelas enquanto a encarava. — Não vai embora hoje. Me faz companhia — pedi.

Não era um pedido indecente, malicioso ou com qualquer segunda intenção. Eu poderia até dormir no sofá se ela quisesse. Só queria que ela ficasse comigo. Era como se eu sentisse uma paz reconfortante quando ela estava perto. Eu podia falar bobagem com alguém, podia conversar sobre plantas, beber o bendito chá que ela tanto adorava e, nesse meio-tempo, não precisava pensar sobre qualquer problema na minha vida.

— Eu te empresto um pijama, a gente pede uma pizza vegetariana pra janta e assiste *Grey's Anatomy* o dia todo — ofereci, o que a fez rir alto por causa da última parte, até inclinando a cabeça um pouco para trás. E é claro que eu ri junto com ela, porque era uma piada. Não que eu tivesse algo contra aquela série. Só era engraçado do ponto de vista de duas estudantes de medicina, como se viéssemos para casa e só assistíssemos aquele tipo de coisa.

— Como recusar um convite desses? Mas só aceito pela pizza de queijo — brincou de volta, ainda rindo.

— Ahhhhh, então seu problema é com o meu pijama e com a série? — perguntei, apenas para constrangê-la um pouco.

— Vai, admite que a pizza é o seu argumento mais forte — provocou, e não tive como discordar. Era mesmo. Qualquer um poderia me convencer usando uma pizza como moeda de troca.

— Ok. É mesmo — admiti, o que a fez continuar a rir.

— Não, mas agora é sério — começou Abigail, mesmo que ainda estivesse sorrindo, tentando se concentrar para falar com mais seriedade como parecia querer. — Eu acho que você não podia ter escolhido uma música melhor. É como eu me sinto também.

125

É claro que me derreti toda quando Abigail disse isso, passando os dedos pelo seu cabelo para tentar ajeitar aquela franja dela que estava sempre bagunçada, também querendo tirá-la da frente de seus grandes olhos esmeralda, a fim de encará-los de perto.

— Fico feliz que tenha entendido — falei, com sinceridade. — E... eu não quero que você vá embora. Na verdade, eu quero muito que você fique. Por bastante tempo — acrescentei, retomando o que havia dito antes, logo quando terminei a música.

— É o que está nos meus planos — respondeu Abigail, me encarando de volta. — Eu não sou do tipo que desiste fácil das coisas. Acho que você já percebeu.

E eu tinha percebido mesmo. Desde quando ela me passou o número naquele post-it, eu sabia que havia sido Abigail a dar a maioria dos passos para chegarmos até ali, mesmo que eu a tivesse afastado em certo ponto. E eu ficava muito feliz por isso. Sabia que, se fosse qualquer outra pessoa, talvez não tivéssemos tido uma chance de verdade. E seria tudo por minha culpa. Mas eu não podia evitar. Não era fácil me abrir para alguém, e era por isso que eu tinha tão poucos amigos. Na verdade... só dois.

Só que agora eu me sentia mais segura. Sobre ela e sobre o que estava acontecendo. Por isso queria fazer o possível para compensar minha falta de iniciativa de antes. Queria mostrar que desejava aquilo tanto quanto ela, e que eu não queria que fosse passageiro. Eu não costumava me envolver com alguém já pensando no fim. Pelo contrário.

— Percebi, sim. E eu sou muito grata por isso — falei. — Eu sei que, se fosse por mim...

— Se fosse por você, ainda estaríamos aqui — interrompeu ela, já vendo aonde aquela minha frase levaria. — É como disse a música, não? "O que os olhos não veem o coração pressente" — ela cantarolou. — E eu não teria corrido tanto atrás de você se não tivesse pressentido.

É claro que aquelas palavras me tocaram. Não havia como não tocar. Era como se, assim como eu, ela tivesse sentido aquela atração mesmo antes de nos falarmos. E não só atração física. Espiritual? De energias? Ou talvez nossos signos fossem compatíveis ao extremo. Haha.

— E agora você não precisa mais correr atrás de ninguém. Eu estou aqui. — Me inclinei um pouco mais em sua direção, pressionando um pouco suas bochechas, fazendo-a ficar com aqueles lábios de peixe espremidos, sorrindo um pouco por ela ficar tão fofa com aquela careta. — E eu não vou a lugar nenhum. Assim como você — acrescentei, parando de apertar suas bochechas um pouco depois e roubando um beijo dela.

126

— Acho bom mesmo. Se não eu vou ter que te amarrar em algum lugar pra não te deixar fugir — disse Abigail, com um sorriso contra os meus lábios, passando os braços ao redor dos meus ombros e me puxando para perto um pouco mais, sem deixar que eu me afastasse. Não que eu realmente quisesse isso, de qualquer forma.

— Ahhhh, você gosta dessas coisas de amarração? Eu não sabia — brinquei, colocando as mãos em sua cintura, o que a fez rir enquanto me beijava.

— Sim, claro. Eu só estava esperando o momento certo pra te revelar isso — respondeu ela, ainda rindo um pouco.

— E, obviamente, esse é o momento perfeito pra contar. Bem na minha cama — Brinquei de novo, fazendo-a cair para trás no colchão.

— Exatamente — ela retrucou, assentindo com a cabeça e apertando um pouco mais os braços ao meu redor para que eu caísse com ela, e eu não resisti.

— Quanta malícia nesse corpinho. E eu aqui, toda inocente — continuei, ainda de bom humor.

— Inocente... aham... — murmurou, com um sorriso, me puxando ainda mais para perto enquanto me beijava. Então, decidi que era a hora perfeita para calar a boca e só aproveitar o momento.

Perdi a conta de quantas vezes imaginei nas últimas semanas Abigail ali comigo, na minha cama. E, em nenhuma das vezes, a sensação de felicidade tinha chegado perto do que eu estava sentindo. Pela primeira vez em muito tempo, eu não tinha chegado em casa apenas para desabar na cama e me sentir triste pelo resto da noite. Agora eu tinha a companhia dela. Uma companhia que trazia luz ao ambiente. Paz. Ela tomava toda a minha atenção, e não deixava espaço no meu coração para nenhuma preocupação.

E foi como se eu não visse o tempo passar enquanto a beijava. Não havia lugar mais perfeito para estarmos agora do que o meu quarto, tê-la ali, naquele espaço tão meu, era incrível. Eu me sentia mais segura. Não só do mundo lá fora, mas até mesmo para estar com ela. Podia me deixar levar mais. Podia ser eu mesma e deixar que todos os meus sentimentos guiassem os meus gestos.

Mesmo com toda a brincadeira que havíamos feito, ainda havia doçura em cada um dos nossos toques. No passar dos seus dedos pelo meu cabelo, mesmo que estivesse cheio de nós entre os cachos, o ritmo lento da respiração dela, e o passear de uma das minhas mãos pela sua cintura. Cada uma dessas coisas com a maior calma do mundo, como se não houvesse limite para o nosso tempo. E realmente não havia. Ela não iria para casa essa noite. Ficaria comigo. Então não precisávamos correr.

— Se você continuar me beijando assim, não vou mais querer parar — sussurrou Abigail contra os meus lábios, o que fez um sorriso involuntário aparecer no meu rosto.

— E se eu não quiser parar também? — perguntei, também em um sussurro, como se estivéssemos trocando segredos.

— Aí não vamos parar nunca mais — ela respondeu, sorrindo um pouco.

— Então não vamos parar. — E eu sabia que era o que ambas queríamos.

Ela assentiu levemente com a cabeça, me trazendo para baixo com gentileza mais uma vez, com os dedos que estavam entrelaçados no meu cabelo, para que eu a beijasse mais uma vez como fazia antes.

Não era a primeira vez que eu tinha esse tipo de intimidade com alguém. O tipo de intimidade que eu sabia que ambas estávamos buscando com aquelas últimas frases trocadas, que davam permissão uma à outra para seguir em frente. Então não era algo que me deixava nervosa, ou o tipo de coisa que me fazia querer esperar para acontecer. E ela parecia tão decidida quanto eu. Mas eu sabia bem que Abigail era extremamente confiante com qualquer tipo de flerte, ainda mais pela forma como havia se aproximado de mim e pelas brincadeiras que fazia quando começamos a nos aproximar. Talvez fosse tudo fachada, é claro. Podia ser.

Nem todo mundo que aparenta ser confiante e brinca sobre esse tipo de coisa realmente é, mas eu podia sentir pelos gestos dela que Abigail sabia o que estava fazendo. E que ela sabia bem o que queria.

Então foi quase inevitável a forma como as coisas começaram a avançar. Mesmo que eu não tivesse certeza de que iria acontecer, não era uma surpresa, apesar de ser a primeira vez que ficávamos sozinhas desde o nosso primeiro beijo porque sempre havia alguém com a gente, ou olhares ao redor. Ali não havia nada que pudesse impedir a vontade de mais intimidade que tomava conta de nós duas. Éramos mulheres jovens, que sabiam o que queriam e sentiam uma atração muito forte uma pela outra. Não tínhamos que dar satisfações a ninguém. E a cada toque das mãos macias da Bia em meu corpo mais eu sabia que aquilo era certo. Não tinha medo e nem dúvida. Só a certeza de que eu queria, mais do que qualquer outra coisa no mundo, sentir todo o gosto do desejo que me consumia.

E, assim, exploramos "o relicário imenso daquele amor".

Eu sei

"COISAS QUE EU SEI" — DANNI CARLOS

Eu não tinha noção de quanto tempo havia se passado. Só sabia que a paz que eu sentia antes tinha crescido. Agora, ainda mais, era como se o tempo tivesse parado. Eu estava olhando para ela, que estava com os olhos fechados preguiçosamente, não por estar dormindo, mas sim por estar aproveitando o silêncio do meu apartamento. Ela havia dito que gostava disso apenas alguns segundos antes. Mal sabia ela o nível de barulho que enchia aquelas paredes sempre que os vizinhos de cima decidiam ficar um pouco mais animados. Ou estressados.

Mas os olhos fechados dela me davam tempo para que eu a admirasse. O rosto com leves sardas, as bochechas e o nariz rosados, a franja bagunçada, como sempre era, e o cabelo castanho-escuro espalhado pelo travesseiro. Era a primeira vez que eu reparava que Bia tinha uma pequena linha com três pintinhas no ombro esquerdo, como se fosse aquela constelação. Aquela, que era a única da qual eu sabia o nome: As Três Marias.

Me deixei passar o dedo suavemente por elas, aproveitando a brisa que entrava pela janela entreaberta. E só podia ser grata por estarmos no meio do dia. Isso fazia o quarto se iluminar com uma luz suave, o suficiente para que eu enxergasse todos os detalhes do rosto e da pele dela. Era quase hipnotizante.

Abigail sorriu quando toquei seu ombro, com os olhos ainda fechados, suspirando profundamente, como se estivesse no meio de uma sessão de meditação.

— Estou me sentindo observada. Será que é só impressão? — perguntou, ainda sem olhar para mim.

— Hummm, acho que é impressão. Tenho quase certeza. — Meu tom de voz deixava claro que eu estava mentindo. Mas não queria esconder isso dela. Eu a estava admirando.

— Ah, é? — questionou, abrindo apenas um dos olhos, e eu rapidamente fechei os meus por brincadeira, o que a fez rir. — Eu vi. Sua boba — disse, enquanto ria, e eu logo olhei para ela mais uma vez.

129

— Viu nada. Eu fui uma ninja.

Ela continuou rindo mais um pouco do meu comentário idiota, mas logo mordeu o lábio inferior e me encarou com mais seriedade, provavelmente formulando alguma pergunta.

— Tá tudo bem? — perguntou, finalmente, e eu sabia que se referia ao que tinha acabado de acontecer.

Eu não precisava nem pensar para responder aquela pergunta. Não me arrependia de nem um segundo. Se houve um único momento na minha vida ultimamente em que não senti nenhuma dúvida, preocupação ou incerteza, foi aquele. Foi como se, finalmente, eu desse um descanso para a minha alma. Então não pude deixar de assentir, com um sorrisinho idiota se abrindo, enquanto abraçava o lençol um pouco mais contra o meu peito, mesmo que eu estivesse deitada de bruços na cama, assim como ela.

— E você? — perguntei, e, assim como eu, ela respondeu com um gesto de cabeça e um sorriso.

— Bom, então acho que agora eu oficialmente conheço a sua casa — brincou.

— Foi uma boa apresentação. Tenho certeza de que você deixou uma boa impressão — respondi, deslizando meus dedos por seu ombro mais uma vez, desenhando todo tipo de figura imaginária que vinha à cabeça, sem pensar muito, só concentrada no rosto dela.

— Que bom. Então não vou hesitar em voltar mais vezes.

— Não hesite — confirmei, ainda olhando para ela como se visse uma obra de arte.

Talvez fosse tudo um efeito esquisito dos hormônios, ou talvez eu já estivesse agindo assim antes. De qualquer forma, não conseguia desviar o olhar, acompanhando cada traço de sua feição com atenção, para gravar cada detalhe na minha mente.

— Mas sabe... eu fico feliz de estar aqui com você. Mais cedo você parecia tão... abalada. Por causa da sua mãe — falou, me fazendo suspirar por ter que lembrar daquilo mais uma vez. — O quê? É verdade — disse, quando percebeu a expressão em meu rosto, quase como se eu tivesse acabado de chupar um limão.

— Eu só estou cansada. Só isso. Não queria ter que pensar nela de novo, sabe? Essa foi a primeira vez em dias em que eu consegui me distrair completamente. Toda vez, em tudo o que eu faço ou amo, consigo ouvir a voz dela na minha cabeça. Mas agora... agora foi só silêncio — confessei, levantando um pouco os ombros.

— Mas não devia ser assim. Sabe... você tem que tentar parar de se cobrar. De se julgar. Isso vai te adoecer. — Ela chegou um pouco mais perto de mim no colchão, enquanto eu continuava com meus desenhos intermináveis na parte de trás do ombro dela. — Me parece que você não tem paz.

— E eu não tenho. O único lugar onde eu encontrava paz de verdade foi justamente o primeiro do qual eu fui expulsa. — Meu olhar se perdeu em algum lugar das cortinas balançando ao lado da cama.

— E qual era? — perguntou ela.

Demorei alguns segundos para responder, sentindo que entrávamos em outro assunto delicado. Um assunto no qual eu evitava falar. Algo que mexia com uma parte que tinha sido muito importante durante boa parte da minha vida.

— A igreja onde meu pai era pastor — revelei, com a voz um pouco mais baixa. — Depois passou a ser qualquer igreja.

— Foi ela que te expulsou? — perguntou, também mais séria, vendo que era um assunto importante para mim.

Eu não precisava dar uma resposta em voz alta para aquela pergunta. Só pela expressão que fiz, o suspiro que escapou por entre meus lábios e a forma como meus olhos se encheram de lágrimas mesmo eu tentando com toda a força evitar chorar, ela percebeu o que eu queria dizer. Minha mãe tinha me expulsado, sim. E sua atitude também me levou a me afastar da fé que eu tinha quando era adolescente. Não importava o lugar onde eu estivesse, e tentei por muitas vezes reencontrar aquele pedaço de mim em vários templos, sempre parecia que sua presença acusadora me perseguia. Em qualquer lugar aonde eu fosse, ela parecia estar lá, no fim do corredor, só esperando para me julgar.

— Ela não pode fazer isso, sabe? É um lugar que pertence a todos. Pensando racionalmente, uma igreja é um lugar público. Ninguém pode expulsar ninguém que busque abrigo, paz, oração. Você tem o direito de ir a qualquer lugar, e de acreditar no que quiser. Você não pode deixar ela te impedir de expressar sua fé — disse Abigail.

— É fácil falar — respondi, me deixando deitar de barriga para cima, a fim de encarar o teto dessa vez, não querendo que ela visse a tristeza em meu olhar. — Mesmo que eu volte, sei que a única coisa que eu vou encontrar vai ser o ódio. Dela e de outras pessoas... Eu não tenho escolha.

— É claro que tem. Você só tem que encontrar um porto seguro em você mesma. Assim, nenhuma dessas pessoas vai conseguir te afetar — reforçou.

— Se você realmente não tem dúvidas sobre quem é, então não pode deixar que os outros te ditem regras ou o que você deve fazer da sua vida.

Eu sabia que Abigail estava certa, mas... ao mesmo tempo, sabia que ela também não achava tão fácil seguir o próprio conselho. Era só olhar para ela. Vinte e quatro anos escondendo dos próprios pais quem ela era de verdade. E isso por quê? Porque ela ligava para a opinião deles. Ela também não tinha um porto seguro dentro de si. Não para aquele assunto.

— Você acredita em alguma coisa? Que existe algo maior do que nós? — perguntei.

Ela balançou a cabeça negativamente, o que foi quase que uma surpresa para mim. Desde que havia contado que meu pai era pastor e sobre a minha ligação com a religião, ela não pareceu ter qualquer tipo de aversão ao assunto. Não fez perguntas ou comentários indiscretos, caretas ou qualquer coisa do tipo. Mas isso me alegrou. Mostrava ainda mais como ela parecia aberta a escutar e tentar compreender todos os lados da minha vida.

— Não. Não acredito. Mas eu sei um pouquinho sobre o assunto — contou.

— E acho que é uma prática bem saudável para quem sabe utilizar a crença para um bem maior — prosseguiu. — Sabe, eu acredito que todo mundo tem aquele lugar especial onde se sente em paz. Uma sensação de pertencimento a algo que considera importante. Como se fosse um pilar na vida. Para uns é o trabalho, para outros é algum hobby. Para alguns é a família, os amigos. O seu é a religião. E não há problema nisso. Muito pelo contrário.

Bia estava certa. Eu não tinha como contradizer aquelas palavras, e, quanto mais ela falava, mais encantada eu ficava com sua maturidade e discernimento sobre as necessidades do outro. Ela tinha um jeito de falar que me era tão familiar, e uma cabeça tão aberta... me lembrava o meu irmão. Era o tipo de conversa que eu poderia ter com ele naquele mesmo momento. Com as mesmas palavras, sem tirar nem pôr. Isso confortou o meu coração, como se, de alguma forma, eu tivesse parte dele ali comigo. Como se, mesmo que eu não tivesse sua presença, ainda tivesse suas palavras. Só que numa voz diferente da que eu me lembrava tão bem.

— E se o pilar caiu em cima de mim e me esmagou no chão? O que eu devo fazer? Continuar insistindo em tentar fazer parte de uma coisa na qual eu não sou aceita? — perguntei.

Abigail levantou a mão para pegar a minha, trazendo-a para perto de seu rosto enquanto entrelaçava os dedos nos meus. Eu podia senti-la me observando mesmo que eu estivesse olhando para o teto. Mas não ousava encará-la de volta. Não quando sabia que havia em seus olhos aquele olhar de pena que eu costumava odiar.

— Olha, eu não sei muito sobre religião, como eu disse antes. Mas tem uma coisa que eu ouvi uma vez de uma amiga, e que me marcou muito. — Respirou fundo antes de continuar. — Se você realmente acredita que Deus existe, tem que acreditar também que Ele é amor. Só amor. Que Ele te ama como você é. E que no fim, aqui na Terra, são as pessoas que te mandam pro Inferno antes do julgamento Dele. Não é Deus quem julga. São elas. Então, se você se sente expulsa do seu lugar, não pode pensar que a sua religião que te expulsou. Quem te expulsou foram algumas pessoas intolerantes dentro dela. Não foi Deus que te rejeitou.

Senti os olhos começando a se encher de lágrimas novamente enquanto ouvia Abigail, e precisei piscar algumas vezes para tentar me livrar delas, mesmo que elas não quisessem ir embora. Mas ela viu. Tinha visto que alcançara um lugar profundo do meu coração.

Era difícil pensar que o que ela dizia era verdade. Uma verdade que eu talvez tivesse negado por tempo demais na minha vida. Tempo esse que só serviu para me afastar de um lugar que me trazia extrema paz. Eu me lembrava da minha família como ela era antes de perder as pessoas que eu mais amava na vida. Pensar assim era como pensar que a culpa do afastamento tinha sido minha e não dos outros, e isso não era verdade. Mesmo com tudo aquilo, ainda continuava a ser torturante e triste se forçar a estar num lugar no qual você é indesejada.

Vendo como tinha me afetado, Bia me puxou para perto de si, passando os braços ao meu redor e apoiando a cabeça no meu ombro. Pousei uma das mãos no seu braço, que passava por cima de mim e me prendia junto dela, não conseguindo tirar os olhos do teto. Fazia tão pouco tempo que eu conhecia aquela garota, e ainda assim... ela sabia como acessar os lugares mais sombrios do meu coração. E isso podia ser tanto bom quanto ruim.

— Você tem uma amiga inteligente — murmurei, sem saber exatamente o que mais podia dizer, sentindo o coração ainda apertado no peito.

— Eu sei. — Ela me segurou um pouco mais apertado.

Passei o braço ao redor dos seus ombros, mantendo a outra mão em seu braço, começando a acariciar seu cabelo distraidamente. E ela me deixou ficar em silêncio. Me deixou pensar no que havia dito. Era o tipo de discurso que me fazia ter vontade de tentar de novo, como se eu tivesse a impressão de que não havia sido justa comigo mesma e com o Deus no qual eu acreditava. Talvez eu estivesse errada, quem sabe? Talvez eu devesse tentar de novo. Eu não sabia. Para falar a verdade, não sabia de mais nada. E também não sabia se estava mesmo com vontade de pensar nisso agora. Eu só queria aproveitar aquele momento com ela ali perto de mim.

Eu não queria pensar mais nos meus problemas. Queria só pensar na presença dela e na paz que ela me trazia. Então, a forma mais eficiente de tentar esquecer aquilo, provavelmente, como prometido para ela antes, seria assistir a uma série médica qualquer na TV e fingir que eu não tinha mais cérebro pelo resto do dia. Só coração. Um coração que só daria atenção a ela.

Confiança

"FALSE CONFIDENCE" — NOAH KAHAN

Eu não tinha conseguido me distrair. Naquele dia sim, mas nos dias e semanas que se passaram, eu não conseguia tirar aquela ideia da minha cabeça. Cada palavra que Abigail havia dito continuava latejando no meu cérebro como uma terrível enxaqueca.

Eu tinha conversado sobre aquilo com Melissa. Ela acreditava que Bia estava certa, e chegou a brincar dizendo que aprovava a garota mesmo sem a conhecer, só por ter me ajudado daquele jeito. Mal sabia minha cunhada que ela não tinha me ajudado. Tinha colocado uma pedrinha no meu sapato que me acompanhava a cada lugar aonde eu ia.

Eu sentia tanta falta da igreja do meu pai, das lembranças que havia ali, que não podia descartar a ideia de voltar algum dia. Era o único lugar, tirando a casa que hoje era da minha mãe, que tinha lembranças fincadas em cada tijolo que construiu aquele lugar. Só que no meu antigo lar eu não podia mais entrar sem ser chutada para fora. Não havia um cômodo no qual eu conseguisse entrar sem sentir o fantasma da minha mãe olhando por cima do meu ombro, como se não quisesse que eu encostasse em nada, já que aquele era o túmulo e o altar particulares dela.

Então, a igreja era o lugar que me restava. E fazia alguns minutos que eu estava em frente a ela, encostada na parede da casa do outro lado da rua, tentando convencer meus pés a irem até lá. Mas a simples visão daquela construção modesta, mas imponente, já me fazia sentir como se houvesse pesos amarrados em minhas pernas.

Respirei fundo, tentando encontrar coragem dentro de mim para me aproximar, tentando pensar na desculpa que poderia arrumar caso alguém lá dentro me perguntasse o que eu fazia ali. Eu sabia que provavelmente seria reconhecida assim que entrasse, mas... era um risco que eu já achava que estava pronta para correr.

Me desencostei da parede primeiro, sentindo como se esse gesto inicial para começar a me mover fosse equivalente a um exercício aeróbico de meia hora com o tanto que meu coração começava a bater acelerado.

Fazia tanto tempo... mais de quatro anos. Eu havia tentado continuar a frequentar o lugar mesmo depois da morte do Dani, tentando buscar alguma forma de consolo na igreja, me aproximando das lembranças dele e do meu pai como podia. Mas... com tudo o que ouvia da minha mãe e de outras pessoas, não demorou muito para que eu desistisse das minhas visitas.

Esperei até que o sinal ficasse verde, momento em que poderia atravessar a faixa de pedestres, e caminhei até a entrada da igreja, me sentindo minúscula em frente às portas de madeira. Eram apenas três degraus a subir para terminar aquela tortura e finalmente enfrentar o meu medo. Eu precisava ser forte para não me deixar ser esmagada pelo peso de todas as lembranças ruins que me fizeram deixar de ir até ali.

Será que era mesmo a hora de enfrentar aquelas coisas? Será que eu estava pronta para isso?

Juntei um pouco mais de coragem que havia restado em mim desde que me movera da parede na qual estava encostada antes, prestes a subir o primeiro degrau, quando ouvi meu nome sendo chamado do final da rua. Por um segundo pensei que fosse um sinal divino para que eu não entrasse. Uma voz do além me impedindo de dar um passo para o qual eu não estava preparada. Mas não. Com certeza era uma das últimas vozes que eu esperava ouvir, já que fazia anos que não a escutava, mas vinha de uma pessoa que estava longe de ser a que eu tinha mais medo de encontrar ali.

O nome dele era Rafael. O Rafa. Nós nos conhecíamos desde pequenos. Nossas mães eram amigas fazia muito tempo, e sempre nos levavam quando iam à igreja, e eu e Daniel não tínhamos nada para fazer além de brincar enquanto o tempo não passava. Quando nos conhecemos, Rafa rapidamente se tornou parte do grupinho de crianças entediadas que nós éramos. Não estávamos em grande número. Cinco ou seis pirralhos correndo no fundo da igreja e tentando ficar em silêncio para não atrapalhar o culto. Mas ainda assim eram bons tempos.

Depois disso, conforme crescemos, Dani e Rafael começaram a se apresentar no coro. E dessa vez era eu quem continuava no fundo da igreja, agora sozinha, só observando enquanto eles cantavam, sabendo que minha mãe desaprovava minha timidez e minha escolha de não fazer parte daquelas atividades.

Dani deixou de cantar lá depois de um tempo. Pelo menos deixou de cantar todos os domingos. Ele tinha a faculdade, coordenava os ensaios da apresentação de fim de ano que sempre faziam, e bem... aí veio a Melissa, e todo o tempo livre ele começou a passar com ela.

Mas o Rafa não. Ele continuou a cantar e se apresentar, apesar dos estudos. Era visível a fé e a conexão que ele tinha com aquela igreja. Além de cantar no coro, ainda ajudava meu pai na preparação dos sermões, e dos cultos. Sua fé era algo lindo de se ver.

— Lena? É você mesmo? — perguntou ele, apressando o passo para me alcançar em frente à entrada.

Sorri para ele, vendo-o chegar com sua mochila nas costas e o sorriso largo de sempre. Ele tinha a pele negra e o cabelo preto bem cortado, quase raspado. Era mais alto que eu, devia medir pelo menos um e setenta e cinco, mas era mais baixo do que a maioria dos caras que eu conhecia. Se bem que a personalidade alegre dele acrescentava ao seu tamanho.

— Ei. Oi! Nossa, quanto tempo... — respondi, talvez não tão feliz quanto ele parecia estar, já que eu ainda estava em parte no meu estado contemplativo de tentar encontrar coragem para entrar.

— Caramba... você sumiu! — disse Rafael, se aproximando mais de mim e me puxando para um abraço apertado, que levei um segundo para corresponder.

Quem sabe fosse mesmo um sinal divino. Mas de outro tipo. Do tipo que me encorajaria mais a entrar.

Dei algumas batidinhas nas suas costas enquanto o abraçava, rindo um pouco comigo mesma com a forma como me apertava, como se eu fosse um ursinho de pelúcia. Chegava até a comprimir um pouco as minhas costelas.

— Eu sei... desculpa. Eu só... tive alguns problemas — comentei, depois que ele deu um passo para trás. E o que eu devia fazer? Não iria entrar em detalhes com ele se não sabia sobre a...

— Dona Marcia, né? Eu sei. Imagino — ele interrompeu qualquer linha de pensamentos que eu podia estar seguindo. É. Ele sabia. Isso só provava que ela havia realmente reclamado de mim aos quatro ventos quando abandonei de vez a igreja. A oportunidade perfeita de reclamar e falar de mim pelas costas para suas amiguinhas. Nem todas eram como ela, mas havia umas três ou quatro que concordavam com todas as ideias absurdas da minha mãe.

Felizmente, a mãe de Rafael nunca foi assim. Assim como Dani, ele sabia quem eu era e minha orientação sexual. E nunca teve qualquer tipo de problema com isso. Infelizmente não foi o bastante para que eu me mantivesse confiante para continuar voltando até ali.

— Mas como você tá? Você parece muito bem — disse, não demorando muito para continuar depois de ter falado sobre a minha mãe, sabendo que não era um assunto agradável para tocar de primeira quando se encontrava alguém depois de mais de quatro anos.

— Eu tô bem. Tô indo. Estudando, trabalhando... tenho meu apezinho...

— "E estou até namorando. Olha só." Era o que eu queria dizer. Mas não sabia se Abigail e eu já havíamos chegado àquele ponto, mesmo após termos começado a passar cada vez mais tempo juntas.

Finais de semana uma na casa da outra, encontros, intervalos no hospital... Estávamos indo bem. Ela me fazia feliz. É claro que eu adoraria tornar tudo mais oficial, mas também gostava do fato de estarmos indo devagar. Talvez não tanto na parte física, mas sim na emocional. De qualquer forma, era onde eu tinha mais problemas. Meu emocional nunca chegou a ser exatamente o exemplo perfeito que Freud daria.

— Que bom... cara, eu lembro quando você comentava que queria morar sozinha. E olha agora. Toda independente. — Ele deu um soquinho de leve no ombro, me fazendo sorrir um pouco mais.

— Pois é. Mas e você? Vejo que o compromisso de domingo continua sendo o mesmo — brinquei. Ele vinha tooodo domingo. Com chuva ou com sol. Estando doente ou não. Não havia nada que pudesse parar aquele garoto e fazê-lo perder o culto da semana.

— É. E o resto não mudou muito também. Eu continuo morando com a minha mãe, ajudando em casa com os meus irmãos. Estou quase terminando a faculdade de teologia, e atuando aqui na igreja. Agora eu sou pastor — contou, todo animado.

— Não posso dizer que estou surpresa com essa notícia, sabia? Eu sempre achei que você acabaria seguindo por esse caminho — comentei.

— Pois é. Eu não conseguia me ver fazendo outra coisa. O chamado de Deus sempre foi forte em meu coração. E o seu pai foi quem regou essa sementinha plantada por Ele — concordou, arrumando a mochila nos ombros, antes de perguntar. — Mas me fala... decidiu nos visitar, finalmente?

Dessa vez o sorriso que abri foi bem amarelo. Eu esperava que ele fosse fazer aquela pergunta, é claro, mas... argh. Era como se eu tivesse feito uma hora de aquecimento para me exercitar e alguém tivesse me jogado um balde de água fria antes que eu começasse a levantar os pesos. Talvez eu pudesse deixar para outro dia, vai... já era bom ver o Rafa ali. Era um grande passo, certo?

— Não... Eu só estava dando uma passadinha. Olhando por fora, sabe? — falei, desistindo definitivamente da minha ideia inicial.

— Ah, sério? Você devia entrar um pouquinho, ver a reforma que fizemos no palco. Não tem mais as madeiras soltas. Você vai adorar — tentou me encorajar, mas não deu muito certo, e ele pareceu perceber. — Sabe, estamos com uma pessoa faltando no coro. Você podia se candidatar. Eu adoraria ouvir sua linda voz louvando ao Senhor nos meus cultos — acrescentou, mas... o argumento da reforma no palco estava muito mais próximo de me convencer do que aquele.

Entrar e olhar em volta era uma coisa, mas cantar era outra completamente diferente. Eu não estava nem um pouco pronta para aquilo. Cantar para Deus com dezenas de pessoas olhando. Conseguir unir a música, a fé e a voz em harmonia para tocar as pessoas por meio do louvor era uma coisa que poucos podiam fazer. E eu tinha certeza de que não fazia parte daquele grupo. E nem queria. Ainda mais sabendo que metade das pessoas que estivessem me ouvindo nem sequer aceitaria minha presença ali.

— Não. Não mesmo. Quem sabe outro dia — inventei, ainda mais decidida depois de sua nova sugestão.

— Tá certo. Mas vê se não some de novo, então. Você sabe que é muito bem-vinda aqui. — Ele me encarou como se me analisasse, tentando encontrar em meus olhos ou em minha expressão uma forma de tentar ler o que estava na minha mente.

Quase respondi: será mesmo? Será que eu sou bem-vinda?

Por ele eu sabia que era. Ele, sua mãe e talvez uma ou duas dúzias dos fiéis que frequentavam aquela pequena igreja. Mas... por mais que parecesse utópico pensar em ser aceita por todos no mundo em que vivíamos, era o que eu queria, no fundo do meu coração.

Mesmo assim, suas palavras foram bem importantes. Pelo menos eu sabia que não estava completamente perdida, ou largada de lado. Ainda haveria um ombro amigo ali, me esperando, se um dia eu decidisse voltar.

Flores de plástico
"FAKE PLASTIC TREES" — RADIOHEAD

— Eu não consegui! Só não consegui. Só isso — contei, me deixando cair sentada no sofá, coçando a cabeça.

Era o sofá do Starbucks mais próximo ao hospital, para onde eu tinha arrastado Abigail e Henrique comigo para me fazer companhia e me ajudar com a minha crise. Era segunda-feira, apenas um dia depois do meu fracasso, mas eu não conseguia parar de pensar que havia amarelado. Tinha nadado e morrido na praia. Meu pai sentiria muita vergonha da filha covarde que ele teve. De verdade.

— Lena... mas foi um primeiro passo! Você foi até lá, falou com o seu amigo... isso já é mais do que você já tinha feito em anos, não? — perguntou Abigail, tentando me tranquilizar, sentada ao meu lado no sofá, enquanto Henrique estava largado à minha esquerda. Eu tinha até algumas dúvidas de que estava me ouvindo de verdade ou se estava dormindo com os olhos abertos.

— Eu sei, eu sei... mas... poxa. Eu... eu congelei, sabe? Tive a chance de entrar. De conseguir mais. Só que... não rolou. Não deu certo. — Dei um suspiro.

— Não deu certo ontem. Mas pode dar certo depois. Pode dar certo amanhã — disse ela. — Não desiste, loirinha. Você está indo bem — continuou, pegando minhas duas mãos para segurá-las em seu colo. Como se eu não estivesse olhando, ela voltou o olhar para Henrique, fuzilando-o com aqueles olhos esmeralda, exigindo que dissesse alguma coisa.

Seria quase cômico se não fosse... cômico. Era cômico. Ainda mais quando Henrique pareceu tão perdido ao tentar encontrar o que dizer realmente, levantando uma das mãos até a cabeça como se aquele gesto pudesse ajudá-lo a encontrar as palavras certas.

— É! Ela tá certa! Você tá indo bem — disse ele, só repetindo o que Abigail havia falado, e ela se debruçou sobre mim para dar um tapa em sua perna. — O quêêê?? — reclamou, esfregando a coxa onde a garota havia batido, tentando aliviar a dor.

— Fala alguma coisa que preste! Alguma coisa que eu não tenha dito ainda! — Ela estava prestes a bater nele de novo, mas eu a segurei.

— Ei, relaxa. Não precisa me dizer nada. Nem você... — comecei, apontando para Henrique primeiro. — E nem você — acrescentei, apontando para Bia dessa vez. — Eu já sei que amarelei, e sei que você acha que eu devia tentar de novo. Eu só... não estou pronta pra isso ainda. Ontem já foi difícil o bastante.

Abigail sorriu com gentileza, me dando um beijo no cabelo, claramente feliz por ver que suas palavras tinham causado efeito em mim. Mas o fato de eu estar falando aquelas coisas não significava que eu realmente acreditava nelas. Quer dizer, eu sabia que podia voltar. Mas será que queria encarar aquele estresse de novo?

— E você merece um prêmio por isso — disse ela. — Eu te pago um roll de canela e o frappuccino de baunilha que você gosta.

— Obrigada — agradeci o gesto gentil dela, roubando um beijo de seus lábios rapidamente antes que pudesse se levantar.

— E eu? — perguntou Henrique. — Não vai perguntar o que eu quero? Não vai pagar nada pra mim?

Como resposta, Abigail apenas se levantou do sofá e mostrou o dedo do meio para o rapaz, debochada, antes de ir até o caixa fazer o pedido. Ri um pouco. Pareciam duas crianças. Dois irmãos.

— Essa aí eu não aprovo não — brincou ele, fazendo uma careta quando Abigail virou as costas.

— Que pena. Só que eu não me importo — retruquei, com bom humor, o que o fez me empurrar com gentileza pelo ombro.

— Não. Tudo bem. Mas falando sério. Eu gosto dela. Você devia... você sabe. Fazer ficar oficial — disse o rapaz, um pouco mais sério quando voltei a me ajeitar no sofá.

Fazer ficar oficial. Pedir Abigail em namoro. Eu queria fazer isso havia algum tempo, mas... tinha certa hesitação em mim ainda. Não hesitação, mas... insegurança. E se ela não quisesse? E se dissesse não? Parecia estúpido ter medo de uma coisa dessas a esta altura, mas era o que eu sentia. Mesmo tendo passado ótimos momentos juntas e tentando nos ver o máximo possível nas últimas semanas, ainda existia aquele medinho da rejeição. E o quê? Eu iria fazer um grande pedido? Ela gostava de coisas românticas assim ou eu deveria seguir o que eu queria?

— Você tem razão. Eu só... não sei se ela vai aceitar.

— É claro que vai. Ela adora você. Para com isso — censurou. — É sério. Ela aceitaria sem nem piscar os olhos — incentivou.

Olhei para Abigail com um reflexo quando ele falou aquilo, vendo-a se colocar na ponta dos pés enquanto falava com o caixa, como sempre fazia quando ia comprar alguma coisa. Eu adoraria pedi-la em namoro. Mas como poderia fazer isso sem que fosse algo exagerado? Algo que não fosse... nosso? Que não tivesse a ver com a gente?

Bia não era do tipo que gostava de clichês. Fazia caretas quando eu falava de buquês de rosas e chocolates. Achava meloso demais. Nisso ela era parecida comigo, mas não tornava mais fáceis meus questionamentos e minha jornada para ter uma ideia. Eu bem que podia roubar uma das flores de plástico que o Starbucks usava para decorar a frente da loja. Podia roubar, dar a ela e depois devolver. Seria um pedido cheio de aventura, certo? Mas não. Não seríamos nós.

Eu sabia que ela preferiria que eu cortasse um trevo da minha mais nova planta e lhe desse de presente junto com a pergunta tão importante que eu queria fazer. Mas pobre planta. Tão verde, tão saudável... e um trevo que morreria assim que fosse colocado no bolso?

Sorri ao divagar sobre o pedido, me lembrando da primeira vez que nos falamos, mesmo que indiretamente. E não pude deixar de pegar um papel do bolso. Era só o tíquete de compra do café onde eu tinha passado de manhã, assim que saí de casa, para pegar alguma coisa para comer, pois não queria chegar à faculdade de estômago vazio. Um daqueles comprovantes azuis, pequenininhos, quase do tamanho de um post-it, como o que ela havia me dado com seu número de telefone.

— Naaah... você não vai fazer isso — disse Henrique, vendo que eu procurava uma caneta na mochila. — Um bilhetinho, Helena? Que nem na quinta série? — Riu consigo mesmo.

— O quê?! Foi como nós começamos a nos aproximar! É bem mais criativo do que fazer alguma coisa nada a ver com a gente — retruquei, finalmente encontrando uma caneta azul e escrevendo no papel, fazendo o desenho quase desastrado de um trevo-de-quatro-folhas em cima da pergunta, já que aqueles trevinhos que eu tinha comprado haviam virado os nossos mascotes.

— Ahhhhh, mas você podia fazer bem mais. Pelo menos uma pilha desses no mínimo? — provocou Henrique, como se fosse o maior conquistador do mundo, cheio de planos e ideias de conquista.

— Ela me deu um post-it. Então, eu vou dar um... tíquete de cafeteria para ela — falei, certa da minha ideia.

— Um tíquete de compra. Que romântico — comentou ele, antes de fazer um gesto nada discreto para que eu não respondesse, e olhasse para trás.

Vi que Abigail voltava para a mesa com as mãos cheias. Coloquei o papel no bolso rapidamente, logo me levantando para ajudá-la a colocar tudo na mesinha em frente ao sofá no qual estávamos sentados.

— Mais uma vez colocaram meu nome errado! Olha só: Abgail. Por que eles sempre comem o I? — reclamou ela, felizmente não questionando ou desconfiando de nada.

— Você devia fazer uma coleção com os copos de todas as vezes que erraram o seu nome. Imagina uma exposição com cem copos com letras diferentes de vários funcionários. Seria bem legal — brinquei.

— Quer saber? Essa é uma ótima ideia. Vou começar a procurar um agente para patrocinar o meu projeto — ela disse, rindo.

— Vai fazer muito sucesso. Você vai ver. E aí eu vou ter que pedir direitos por ter te dado a ideia da exposição — continuei. — Você vai ter que me pagar muuuuuito dinheiro.

— Ah tá! Antes que você me processe, já vou estar morando no Japão. Vou ter sumido do mapa — brincou.

Eu estava tentando disfarçar o fato de o bilhete dentro do meu bolso estar parecendo pesar uma tonelada enquanto conversávamos. Não iria entregá-lo do nada, ainda mais na frente de Henrique, que já tinha feito o favor de caçoar da minha ideia um pouco antes. Ainda assim, me sentia extremamente ansiosa pensando que uma coisa dessas estava comigo. Sabia que Abigail não iria enfiar a mão no meu bolso e descobrir aquele papel ali, mas ainda assim... Vai que.

Peguei um pedaço do roll de canela, dando um gole em meu frappuccino logo em seguida enquanto olhava a garota ao meu lado, parecendo alheia a tudo ao redor que não fosse a comida que segurava. A franja estava bagunçada como sempre, e ela usava um suéter verde-claro que chamava ainda mais atenção para a cor dos olhos dela. Caramba... Será que algum dia eu conseguiria parar de admirá-la? Eu estava apaixonada mesmo, né?

— O que foi? — perguntou, quando viu que eu a encarava como uma boba, com o canudo de seu café gelado na boca.

— Nada. Você é linda — falei, com um sorriso, o que a fez levantar os olhos, rindo sozinha, toda constrangida, como fazia toda vez que eu a elogiava. O que era quase sempre.

— Bleeeeeeh! — reclamou Henrique, atrás de mim, provavelmente odiando ficar de vela. E eu o entendia. Também odiaria se fosse ele.

— Vira pra lá se está incomodado, bobão — disse Bia, se aproximando para me dar um beijo na bochecha e sussurrar: — E você é cega. Precisa de óculos.

— Nada disso. Eu enxergo muito, muito bem. — Bebi um pouco mais do frappuccino, ainda sorrindo, ainda mais depois do beijo que ela me deu.

Quando eu estava com aqueles dois, o tempo sempre passava mais rápido. Era incrível como isso acontecia. Henrique e Abigail podiam ser duas máquinas cuspideiras de palavras quando queriam. Um assunto depois do outro, todos sem descanso entre eles. Sem pausa. E eu os encarava, toda debochada, me perguntando como podiam ser tão sociáveis. Não me lembrava de já ter sido assim algum dia. Mas sempre quis.

Agora eu tinha um melhor amigo e uma quase namorada que me equilibravam, como uma balança. Eles me completavam, e tinham partes que faltavam em mim. Assim como eu tinha partes que faltavam neles. Depois de muito tempo, eu encontrara pelo menos em parte o meu lugar. Ainda faltavam coisas, mas, como dizia Abigail, aquele "pilar", ao menos, estava equilibrado. E parecia forte.

Então o intervalo acabou passando mais rápido do que eu esperava, e rapidamente o assunto que tanto me afligia antes foi esquecido. As coisas eram mais fáceis quando se estava em boa companhia. Mas, quando Henrique voltou para o hospital mais cedo, deixando a mim e Abigail para trás (para jogar todo o lixo dele fora, diga-se de passagem), uma conversa um pouco mais delicada se iniciou. E não posso dizer que não foi culpa minha. Eu que puxei o assunto. Mas não podia evitar. Ainda mais pensando no papel que carregava no bolso.

— Então... você... já chegou a falar de mim pros seus pais? — perguntei, enquanto andávamos devagar e tranquilamente de volta para o hospital, de mãos dadas.

Não queria dizer no âmbito "relacionamento", ou "namoro", mas sim se ela pelo menos já havia citado meu nome para eles, já que fazia semanas que tínhamos começado com nosso... rolo. E já fazia alguns meses que havíamos nos aproximado. Eu só queria saber se, ao menos, eu existia na cabeça deles.

O sorriso que Abigail tinha no rosto com o assunto do qual falávamos antes logo diminuiu, e ela desviou os olhos para a rua ao nosso lado. Lado oposto àquele onde eu estava. Com certeza queria esconder o rosto de mim. Só com aquele gesto eu já sabia qual seria a resposta para minha pergunta. Um bom, velho e simples não.

— Ainda não tive tempo pra conversar com eles sobre isso — murmurou, tão baixo que precisei que me inclinar para conseguir ouvir.

— Não teve... tempo? Mas já tem semanas, Bia... pelo menos falar um pouco de mim, sabe? Tipo... que você conheceu uma garota no hospital. Sem dar nenhum detalhe — falei, um pouco desanimada. Era como se, fora do nosso pequeno círculo, eu não existisse para as pessoas mais importantes da vida dela.

— Sei lá... só não entramos nesse assunto. Não sei bem como eu poderia introduzir isso — respondeu.

Aproveitei que ela não estava me olhando para fazer uma careta, nada convencida com aquele argumento. Desde quando precisávamos de contexto para simplesmente contar que havíamos conhecido uma pessoa legal com a qual estávamos passando a maior parte do nosso tempo nas últimas SEMANAS? Eram os pais dela. Eu sabia que ela falava com eles todo santo dia.

— Bia... — comecei, puxando sua mão um pouco com gentileza para chamar sua atenção de volta para mim. — Eu só... só queria que eles soubessem que eu existo.

— Mas pra quê? — Ela virou a cabeça em minha direção.

— Porque eles são importantes pra você. Quem sabe um dia eu chegue a conhecer eles? Eu sei que eles não sabem sobre você, mas... Seria legal conhecê-los quando... as coisas ficarem mais sérias. Sabe? — falei, tentando não fazer parecer que a estava pressionando. Porque não estava. Pelo menos não na minha cabeça.

— Não vejo por que temos que envolver eles nisso. É comigo que você dorme. Não com a minha mãe, nem com o meu pai. Felizmente. Então isso é entre a gente. Entre os nossos amigos, que a gente vê todo dia. — Ela estava visivelmente irritada. E, bem, a resposta dela não foi exatamente feliz.

Eu sabia que podia ser cedo, mas ficava imaginando para onde iríamos naquele caso. Ela mantendo segredo sobre mim durante todo o nosso relacionamento. E aí? Quando eles viessem visitá-la eu teria que fingir que era apenas sua amiga? Uma conhecida? Ou até lá eles ainda não saberiam sobre a minha existência? Era uma coisa delicada de se tratar, com certeza, mas também tinha a ver comigo, não?

— Tá certo. — Franzi um pouco o cenho por causa do jeito como ela falou comigo, e também do significado por trás daquelas palavras.

— Eu posso falar de você pra eles. Só não vejo que diferença vai fazer — ela disse, vendo que eu não havia ficado muito feliz com a resposta.

— Tá bom. A vida é sua. A escolha é sua. Eu não vou ficar te importunando com isso — respondi, não sabendo bem como reagir agora.

Abigail suspirou, voltando o olhar para longe mais uma vez, e não insisti em trazer sua atenção de volta. Ela sempre ficava distante, fria e mais ríspida quando falávamos de sua família, querendo me empurrar para longe daquele assunto todas as vezes. Mas eu não gostava disso. Sentia como se estivesse com as mãos atadas todas as vezes que aquele assunto surgia. Era como pisar em ovos. E, se eu não sabia como reagir, também não sabia como responder.

Assim como ela parecia não saber também naquele momento, enquanto uma parede de gelo parecia se formar entre nós, mesmo que ainda segurássemos a mão uma da outra. E, quanto mais nos aproximávamos do hospital, mais frio aquele gelo ficava.

— Bom, a gente se vê amanhã — ela anunciou, depois de chegarmos à porta do hospital, após termos passado metade do caminho sem dizer uma palavra.

— É. A gente se vê — murmurei, me aproximando para abraçá-la de forma hesitante. Pelo menos ela deixou que eu o fizesse, passando os braços ao meu redor também.

Nos abraçamos por algum tempo, ainda em silêncio, sem saber bem como terminar a conversa ou concluir o assunto. Conhecendo nós duas, provavelmente só daríamos aquele tchau frio e distante, e nos encontraríamos no dia seguinte sem discutir nada, fingindo que nada havia acontecido. Mas, naquele

146

caso, eu preferia fazer isso a ter que entrar em um território tão instável e desconhecido de novo. Foi por isso que não insisti quando ela se afastou para que nos separássemos e seguíssemos nosso caminho, apenas a encarando enquanto caminhava para longe, me perguntando se eu tinha sido a errada em perguntar sobre seus pais.

Trocando as pernas

"CHAMPAGNE SUPERNOVA" — OASIS

Eu estava sentada no sofá como se estivesse em um divã, e Melissa era minha terapeuta, me ouvindo enquanto eu abraçava uma almofada contra o peito, encarando o nada como se encontrasse ali um roteiro para minhas palavras. Mas não havia nenhum. Apenas uma quantidade enorme de frases que escapavam dos meus lábios conforme o que eu sentia. Nem sequer sabia se ela estava entendendo o que eu queria dizer, passando por um trilhão de assuntos em poucos minutos. Mas pelo menos eu estava sendo ouvida, e acho que aquilo era o mais importante.

— Ok... então... você está triste porque a Bia não quer falar de você pros pais dela? — questionou, resumindo tudo o que eu havia dito e as minhas reclamações em apenas uma frase. — Olha... Eu não tenho certeza se esse é um assunto que você deveria tratar comigo. Não é como se eu tivesse um lugar de fala aí. Mas, na minha opinião... eu acho que é ela quem deve decidir quando contar ou não. Afinal, é a vida dela — disse, sentada no mesmo sofá que eu, mas na ponta contrária, para a qual estavam virados os meus pés.

— Eu sei... sei disso. Mas... Não tem a ver com contar que nós temos um relacionamento. Seria simplesmente contar que... que eu existo, sabe? Mesmo que seja só como amiga. De um jeito que eu possa ao menos saber que, se acontecer de nos encontrarmos um dia, eles vão saber o meu nome — expliquei, com um suspiro. — Eu quero que o nosso relacionamento passe de nível, Mel. Quero mesmo. Mas aí... por quanto tempo vamos viver em segredo? Daqui a alguns meses, quando eles vierem visitá-la, se eu estiver lá, vou ter que me apresentar como se fosse só uma conhecida dela? — perguntei, com a cabeça funcionando a mil.

Estava tão cheia de perguntas, mas não podia evitar. Era a primeira vez que gostava de alguém daquele jeito. Também era a primeira vez que eu entrava num tipo de relacionamento com alguém que vivia em segredo. Não era fácil se adaptar a esse tipo de coisa. Você pensa que nem louca no futuro, e fica lem-

148

brando daqueles filmes bobos de sessão da tarde em que uma das personagens se esconde da família. Isso te deixa num estado meio... paranoico.

Melissa demorou algum tempo para me responder, me encarando como uma mãe que vê o filho preocupado com um possível monstro vivendo embaixo da cama. Eu não sabia se ela me achava inocente por estar tão confusa e tão cheia de dúvidas, mas podia ler bem em seus olhos escuros que, ao menos, existia um pouco de empatia ali. Para mim era o suficiente. Pelo menos ela não me encarava como se eu fosse uma egoísta idiota e tóxica.

— Você contou pra sua mãe sobre a Abigail? — lançou ela, finalmente. E aquele foi seu mais provável xeque-mate na nossa conversa.

É. Eu não tinha contado para minha mãe, e tínhamos relações bem diferentes com nossos pais. Mas o tipo de hesitação e medo de rejeição que Abigail sentia era bem parecido com o meu. E eu não precisava estar na pele dela para entender isso. Quando contei aos meus pais sobre mim, eu tinha Daniel. Tinha meu irmão comigo. Ele estava lá para segurar a minha mão. E ela... ela não tinha ninguém.

— Certo. Eu já entendi — murmurei, cruzando os braços um pouco mais enquanto segurava a almofada contra mim. — Mas eu posso contar pra ela, se esse for o caso! — acrescentei, levantando a cabeça do braço do sofá para olhar para ela, que revirou os olhos para mim.

— Helena, isso não é uma corrida. Poxa... Dá um tempo pra garota. Eu sei que você quer ter um relacionamento sério com ela, e não só um rolo. Mas você acha que ela vai arriscar a relação dela com a família por causa de um envolvimento com alguém que não tem cem por cento de certeza que será algo duradouro? — questionou. — Ela não está na sua cabeça, Lena. E mesmo assim não seria tão fácil. Você sabe bem disso.

Deixei a cabeça cair para trás mais uma vez. Bom, eu sabia que tinha sorte de ter Melissa na minha vida. Depois de anos, ela havia se tornado o meu oráculo, coisa que, quando nos conhecemos, me parecia impossível. Aquela garota mimada e cheia de preconceitos que ela já fora hoje era uma das pessoas mais pacientes e sábias que eu conhecia. E eu ficava feliz por vê-la criar tão bem o meu sobrinho. Daniel teria orgulho dela. Mas de mim... não. Provavelmente não.

— Para de agir de forma tão impulsiva. Pensa um pouco. Se coloca no lugar dela. Pensa como seria se você tivesse um relacionamento tão próximo com a sua mãe. Você sabe muito bem o quanto isso faz falta e quanto medo ela deve ter de perder isso. Sendo eles como a Marcia ou não. A gente nunca sabe o tipo de reação que as pessoas têm quando ficam sabendo disso — continuou, dando batidinhas de leve na minha perna. — E, Helena, abrir algo tão íntimo para alguém é uma decisão que cabe à pessoa. Ninguém tem o direito de forçar o outro a se assumir para quem quer que seja. Então, aperta o freio e pensa um pouco, gatinha — concluiu, com um sorriso para mim.

Droga. Mel tinha razão. Mas isso não tirava da minha cabeça a forma ríspida como Abigail havia falado comigo, quando eu só queria ajudar e falar com ela calmamente. Não foi nada legal o jeito como ela me respondeu. Eu sabia que podia estar parecendo uma idiota que só queria pressioná-la, e era fácil perder a paciência com esse tipo de gente. Mas ela me conhecia. Sabia que eu não era assim. Ou será que não me conhecia o suficiente ainda?

— Tudo bem. Mas agora, passando de um assunto difícil para outro: você sabe qual dia está chegando, não sabe? — perguntou ela, e dessa vez eu senti um peso enorme crescendo no meu coração, me lembrando da época do ano em que estávamos. Em breve seria o aniversário de seis anos da morte do meu pai.

Eu lembrava bem do dia em que o enterramos. Ele morreu durante a noite, e o dia seguinte se arrastou de forma tão lenta e dolorosa que parecia até proposital. Eu lembrava da igreja, de toda a cerimônia. O discurso que eu fiz, e a música que meu irmão cantou enquanto tocava piano. Foi terrível. Um dos piores dias da minha vida. E eu sempre me lembrava dele com detalhes quando chegava aquela época.

— Sei... eu sei — falei, com a voz um pouco mais baixa e abafada, esfregando as mãos no rosto.

— Sua mãe me disse que eles vão fazer uma homenagem na igreja. Como sempre. Eu devo adivinhar que você não vai? — perguntou.

— Hummmmm — foi tudo o que respondi, não sabendo bem como responder àquela pergunta.

Eu nunca comparecia. Nunca tinha ido, e planejava nunca ir no futuro. Assim como minha mãe, que nunca aparecia na tal homenagem, eu não gostava de ter que reviver todas as memórias daquele dia. Seria só mais um dia triste no ano, com uma homenagem triste e pessoas tristes. Naquele caso, eu preferia passar meu tempo com ele. Visitando seu túmulo, levando flores, dizendo o que quer que eu quisesse para ele e só para ele. Sem uma plateia por trás.

Ao mesmo tempo, aquela me parecia a ocasião mais propícia para tentar me aproximar da igreja mais uma vez, assim como Abigail tinha me aconselhado a fazer. Mas seria esse o melhor dia? Ser o centro das atenções em um momento tão delicado para mim não era nem um pouco encorajador.

— Hummmm. Entendi — disse Melissa, imitando minhas palavras, o que me fez sorrir um pouco. — Bom, a escolha é sua. Você sabe que eu vou estar lá se precisar de mim — acrescentou. — Ou posso ir com você, se quiser.

— Eu sei — falei, olhando para ela mais uma vez e me sentando no sofá para me colocar ao seu lado. — Eu te ligo se decidir ir.

— Tá bom. Quando quiser. Eu e o Dani vamos estar lá com você — sussurrou ela, me pegando nos braços para me abraçar. — Os dois Danis — acrescentou, fazendo meus olhos ficarem marejados, cheios de lágrimas que eu não deixaria cair.

— Obrigada... — murmurei, contra seu ombro.

Deus... como eu queria que ela estivesse certa... Mas, ao contrário de Melissa, eu nunca conseguia senti-lo. Ela sempre dizia que ele estava ali, que estava com a gente. E queria eu ter tanta certeza quanto ela. Isso me confortaria. Só que não era o caso, mesmo que eu quisesse que fosse. Então eu podia me emocionar e agradecer por suas palavras, mas não queria dizer que eu realmente acreditava nelas.

— Não tem de quê. — Ela me abraçou um pouco mais forte, enquanto ouvíamos pequenos passos se aproximando ao longe, chamando meu nome com aquela vozinha que eu conhecia tão bem.

— Titiaaaaa! — chamou o pequeno Daniel, enquanto eu me afastava do abraço de Melissa e tentava me recompor para que ele não percebesse a tristeza em meu olhar.

— Oi, meu amor... — falei, abrindo os braços para o garotinho que se aproximava correndo, e ele logo me abraçou com força, seus braços pequenos não conseguindo dar a volta no meu corpo.

— Titiaaaa, vem ver o carrinho que a mamãe comprou. É muito legal! — disse ele, deixando que eu o apertasse como se fosse um bichinho de pelúcia. O pobrezinho até fez um sonzinho reclamando que eu estava apertando muito forte. Ele era fofo demais. Não dava para resistir.

— Me mostra. Eu quero ver. Está no seu quarto? — perguntei, já recomposta, abrindo um sorriso depois de soltá-lo, me segurando para não esmagar aquelas bochechas que eu queria tanto morder.

— Simmmm, vamos! Ele é muito legal. É amarelo e abre as portas! — contou, já pegando a minha mão para me puxar com ele. Troquei um olhar com Melissa para agradecê-la outra vez por ter me ajudado com seus conselhos e deixei que o pequeno Daniel me guiasse para seu quarto, onde ele me mostraria o carrinho novo com o qual parecia tão empolgado. Quem sabe não era disso que eu precisava? Brincar um pouquinho com uma criança para tirar todo o peso das costas por algumas horas?

E todas as estrelas

"PODE SE ACHEGAR" — AGNES E TIAGO IORC

Eu tinha ido atrás dela. Abigail. Apesar de termos nos visto nos últimos dois dias no intervalo do hospital, ainda existia certa frieza entre nós. Não era um clima chato declarado, mas era um pouco pesado. E eu sabia que, em grande parte, a culpa era minha.

Então fiz a coisa mais clichê possível: convidei-a para um jantar na minha casa, que fiz questão de preparar, como se fosse uma grande chefe de cozinha. Escolhi fazer minha especialidade: macarrão. Claro, não era o prato mais complicado de todos, mas era um prato que eu sabia que ficava gostoso. E eu não iria arriscar. Não hoje.

Como decoração de mesa, coloquei entre nós o pequeno vaso de trevo-de--quatro-folhas que eu havia comprado. Não era o mais convencional, mas... na hora em que tive a ideia, mais nenhuma loja de flores estava aberta. Bia não era o tipo de pessoa que se importa muito com aquilo, então tinha certeza de que ela iria gostar. Ainda mais depois de ter dito que considerava aquela planta nosso bebezinho. Ou filho.

Quando ela chegou, estava simplesmente linda, com um vestido amarelo e uma jaqueta de couro marrom por cima, já que fazia frio.

Logo abriu um sorriso quando viu que eu tinha colocado algumas velas pelo apartamento. Não muitas, já que eu não tinha aquelas velas decorativas. Só aquelas comuns que compramos em supermercado, sem cheiro nem nada, que guardamos para o caso de a energia acabar. E valeu a pena gastá-las. Pelo menos dava uma vibe legal para o ambiente.

— Uau. Você que fez tudo isso? É decoração digna de um bufê — brincou enquanto olhava em volta, mas estava claro em sua expressão que tinha gostado da surpresa. E ficou ainda mais claro pela forma como ela me abraçou, ainda olhando em volta com curiosidade.

— Viu só? Sou uma mulher de vários talentos. Incluindo decoração — respondi com um sorriso, dando um beijo no canto de seus lábios enquanto ela estava com a cabeça virada, olhando em direção à mesa posta com os trevos-de-quatro-folhas.

— Eu tô vendo — disse, voltando a atenção para mim mais uma vez depois do meu beijo. — E é uma ocasião especial? — perguntou, se aproximando para apertar os lábios contra os meus com gentileza para me dar um "olá" mais pronunciado.

— E eu preciso de ocasião especial para fazer uma coisa dessas? Talvez você simplesmente mereça uma surpresa. — Segurei-a perto de mim pela cintura, com meus lábios ainda contra os dela.

A garota sorriu um pouco mais, prolongando nosso beijo por mais alguns segundos antes de afastar um pouco a cabeça a fim de olhar em volta mais uma vez. Parecia não acreditar que eu realmente tinha aprontado uma surpresa daquelas, por mais simples que fosse.

— Mas eu não fiz nada pra merecer uma surpresa. O que foi? Você aprontou? — perguntou, o que me fez rir.

— Não, bobona. Eu só fiz. Não é nada demais. Queria que você viesse, e decidi fazer o jantar. E depois de cozinhar o jantar, eu decidi que queria economizar na conta de luz — falei, obviamente brincando na última parte, o que a fez rir também.

Eu a guiei em direção à mesa, segurando sua mão e até puxando a cadeira para ela, como uma cavalheira, esperando que gostasse da cara do macarrão improvisado que eu havia feito. Modéstia à parte, estava parecendo muito bom. Ao menos para mim. Tinha até tido o cuidado de fazer algo completamente vegetariano para ela, deixando de lado o molho à bolonhesa que eu tanto adorava.

— Bom, você deveria economizar na luz sempre, nesse caso. Eu gosto das velas — disse, enquanto se sentava, me agradecendo por puxar a cadeira. — Aliás, esse macarrão tá com uma cara ótima — acrescentou.

— Ah, eu sei. Era exatamente o que eu estava pensando agora — falei, sem nenhuma modéstia, de bom humor, enquanto me dirigia à outra cadeira e me sentava à sua frente. — Só espero que o gosto esteja tão bom quanto a cara está — continuei, rezando para ter acertado no tempero.

— Tenho certeza de que está — afirmou, esperando que eu me sentasse para tomar um gole do suco de laranja que eu havia nos servido antes de ela chegar (porque era a única coisa que eu tinha em casa para beber). — Eu adoro essa roupa em você, aliás. Você tá linda. Como sempre — elogiei ao colocar o copo de volta na mesa, sorrindo de um jeito todo charmoso enquanto me encarava.

Não pude deixar de olhar para mim mesma como um reflexo. É claro que eu tinha me arrumado um pouco mais para recebê-la, colocando um jeans legal, com uma camiseta e uma jaqueta que eu curtia. Fiquei feliz que ela tivesse gostado da minha escolha.

— Disse ela, com um vestido amarelo maravilhoso — falei, com um sorriso, pegando sua mão para beijá-la, como um agradecimento silencioso pelo elogio. — Não é sempre que você usa um desses. Parece até que estava adivinhando que eu ia me esforçar o mínimo hoje — brinquei.

— Bom, alguma hora você tinha que fazer um esforço pra me agradar. Eu só tive esperanças de que seria hoje — respondeu, brincando também, antes de pegar o garfo, esperando que eu começasse a comer para que ela pudesse fazê-lo também.

Não hesitei nem um pouco, tendo passado fome as horas anteriores inteiras enquanto arrumava a casa e cozinhava, então dei uma bela garfada no prato. Felizmente eu tinha acertado no tal tempero. E Abigail pareceu concordar, assentindo com a cabeça enquanto experimentava o macarrão, como se estivesse aprovando o gosto.

— Isso tá ótimo. Sério. — Deu um pequeno sorriso enquanto comia. — Parece que pelo menos uma de nós é boa na cozinha.

— Bom, tinha que ter equilíbrio em alguma coisa — retruquei, levantando um pouco os ombros. — Mas não espere que eu cozinhe toda vez... Esse é o meu melhor prato. A partir daí, é ladeira abaixo. Não fica melhor — alertei.

— Tudo bem! Eu consigo viver com um prato só. Não enjoo fácil — disse, ainda sorrindo.

Balancei a cabeça, sempre gostando da forma como ela conseguia fazer uma piadinha em quase todas as respostas que me dava. Eu gostava do humor de Abigail. Nunca sabia o que esperar. Desde uma piada de pontinho até uma bela ironia com um toque de sarcasmo, Abigail tinha todas aquelas fases, e eu simplesmente não conseguia ficar entediada com ela. Mas bem. Talvez eu tivesse sim um motivo para tê-la convidado. É claro, tentar acabar com o clima frio que nos rodeava desde aquela conversa sobre seus pais. Mas aquilo parecia ter caído por terra assim que ela entrou no apartamento.

De qualquer forma, não é como se eu pudesse fingir que não havia acontecido. Tinha feito isso já por dois dias. Não seria bom continuar amargurando o assunto. Ainda mais depois de ter pensado tanto sobre isso após minha conversa com Melissa. Ela tinha razão em suas palavras, pelo menos para mim. Eu tinha parado para refletir. E eu queria me desculpar caso tivesse realmente feito Abigail se sentir tão pressionada. Era hipocrisia da minha parte esperar algo dela que eu mesma ainda nem havia feito, mesmo que a relação com minha mãe fosse claramente conturbada, e a dela com os pais fosse tranquila.

— Olha. Eu queria me desculpar. Não... não me desculpar. Mas queria esclarecer as coisas. — Deixei o garfo de lado por um segundo, assim como Abigail, quando viu que eu falava sério. Ela levantou uma sobrancelha, silenciosamente perguntando do que eu falava, e não hesitei em continuar o raciocínio. — Eu não queria te pressionar sobre os seus pais. Mesmo. E eu sinto muito se fiz você se sentir assim. É só que... eu quero ser importante na sua vida. E sei que existem outras formas de demonstrar essa importância. Eu só me esqueci delas por um momento — continuei.

Abigail olhou para mim enquanto eu falava, prestando atenção em cada palavra que dizia. E eu esperava que aquilo fosse o suficiente para que ela me entendesse, e visse que eu não tive a intenção de magoá-la. De certa forma, mesmo indiretamente, eu também estava querendo que ela soubesse que eu desejava que nosso relacionamento fosse pro próximo nível. Que tivéssemos algo mais sério.

Ela pareceu um pouco mais distante no início, logo depois de eu ficar em silêncio, pensando no que eu havia dito. Mas, após alguns segundos, seus lábios se esticaram em um sorriso gentil e agradecido, e ela deslizou a mão pela mesa para alcançar a minha, pegando-a e entrelaçando nossos dedos. Mesmo que não tivesse dito nada ainda, aquela já era uma ótima resposta para mim.

— Faz pouco tempo que a gente se conheceu. Quer dizer... Não tão pouco, mas é recente. E você já é importante na minha vida. Mesmo — disse ela, ainda segurando a minha mão. — E eu entendo o que você quer. Um dia isso vai acontecer. Eu te prometo. Mas, por enquanto, isso é entre a gente. Nossa relação não depende de eles saberem ou não. Porque, quando eu contar, eu quero poder dizer pra eles que eu estou feliz, que estou vivendo de forma estável com alguém que me ama e que eu amo, e eu quero mostrar pra eles que posso ter uma família como qualquer um, mesmo que seja diferente do que a sociedade considera o "padrão".

Aquilo tudo era mais do que justo. Afinal, quem era eu para dizer o que era certo ou não? Era a vida dela. Mesmo que algumas de suas escolhas me frustrassem, graças às minhas expectativas exageradas, ainda assim eu tinha que separar as coisas. Se era aquilo que Abigail queria, então eu seria paciente e esperaria por ela.

— E você tem todo o direito de querer fazer as coisas no seu tempo — comecei. — E, enquanto esse dia não chega, eu vou ficar muito feliz em te fazer companhia — acrescentei, segurando sua mão com um pouco mais de firmeza para mostrar a Bia que eu estava ali para ela.

— Que bom. Porque era mesmo a sua companhia que eu queria. — Ela sorriu para mim. — Mas agora... me fala de você. Você conversou com a sua mãe recentemente? — perguntou.

Franzi o nariz ao pensar naquilo, sabendo que em breve eu deveria mesmo falar com ela. Ainda mais por causa da data da qual Melissa havia me feito o favor de lembrar. Mesmo que não estivéssemos em bons termos, eu ainda me preocupava e me importava com ela. Queria saber como estava e o que queria fazer. Se queria que fôssemos à igreja, se queria que ficássemos juntas naquele dia ou se nem sequer desejava olhar na minha cara.

— Não, mas eu pretendo falar com ela em breve — expliquei, com um suspiro. — E já estou começando a me preparar mentalmente para mais uma discussão assim que colocar os pés naquela casa.

— Ei... olha, eu não acho que você já devia entrar nisso assim, esperando uma briga — ela aconselhou, soltando a minha mão devagar para que voltássemos a comer. — Isso atrai, sabia?

— Não é questão de atrair, é saber que todas os nossos encontros sempre acabam em briga. Não importa o que eu faça. Espero que pelo menos dessa vez a gente brigue por coisas bobas e não pelo assunto de sempre — admiti, encolhendo os ombros.

— E por que você acha que vocês brigam tanto? Quer dizer... qual você acha que é o maior motivo, que impulsiona todos os problemas? — perguntou.

— Pra começar, o fato de eu ser lésbica. O resto... tem diversas razões. Eu não sei bem o que dizer. Ela sempre me comparou ao meu irmão. Sempre o usava como exemplo do que eu devia ser, ou como devia agir. Ele era perfeito, e eu era sempre a errada — respondi.

— E você já pensou em sentar calmamente com ela e falar sobre como você se sente? — perguntou, mais uma vez me provocando uma careta.

Marcia e eu não éramos do tipo que tem muitas conversas sentimentais. Havia um abismo entre nós, e ele raramente podia ser atravessado apenas com palavras. Nem me lembrava de qual tinha sido a última vez que havia dito a ela o que sentia em vez de simplesmente sentar e esperar que me criticasse, devolvendo sua crítica com um comentário irritado.

— Pelo tanto que você está precisando pensar, acho que não foi nada muito recente, não é? — perguntou ela, achando graça.

— É. Com certeza não. Mas não é tão simples sentar e conversar com ela. Marcia não escuta nada do que eu digo — respondi, certa das minhas palavras, enquanto continuava a comer.

— Acho que vocês estão brigando há tanto tempo que você nem sabe o que esperar dela, e está preenchendo as suas respostas com suposições — disse a garota, lançando um olhar em minha direção.

Era fácil falar assim. Mas, bem, Bia tinha razão, de certa forma. Ainda que eu não tivesse o melhor dos sentimentos revirando meu estômago quando pensava em tentar conversar com minha mãe, não podia dizer que sabia exatamente qual seria a resposta e a reação dela se sentássemos para tentar resolver tudo calmamente, sem esperar por algum comentário passivo-agressivo de qualquer uma das partes.

— Mas sabe... eu acho que você já saberia tudo isso se procurasse um profissional para te ouvir — acrescentou, me fazendo revirar os olhos. — É sério! Lena, você passou por tanta coisa. Eu acho que conversar com alguém que está capacitado para te ouvir e te ajudar com o relacionamento com sua mãe, te faria muito bem. Você devia pelo menos tentar.

— Eu não tenho que tentar. Fiz terapia por tempo suficiente já. Ela me encaminhou pra uma psiquiatra, que me deu vários remédios, e nenhum deles me ajudou. Pelo contrário. Então eu prefiro continuar como estou — argumentei. Dessa vez... acho que fui eu quem entrou na defensiva. Mas Abigail não pareceu se abalar por isso.

— Pois então procure outra psicóloga, outra psiquiatra, e outros remédios — disse. — Tudo precisa de tempo pra ser resolvido. Não existe fórmula mágica que vai te ajudar com dois ou três comprimidos — continuou. — E eu sei bem como você dorme quando estamos juntas. Na verdade, como você "dorme". Eu nem sei como ainda consegue andar por aí! — exclamou. — Não é normal.

Fiz um grunhido baixo ao ouvir aquilo, passando a só brincar com a comida usando a ponta do garfo em vez de comê-la. Desde quando tínhamos entrado em uma sessão de aconselhamento? Ao menos ela era mais paciente do que a minha mãe quando o assunto era a terapia. Talvez fosse porque não era ela quem pagava as consultas.

— Tá tudo bem, Bia. Mesmo. Eu estou ótima. Não preciso de ajuda — falei.

Abigail não pareceu nem um pouco convencida com a minha resposta. Quase parecia fazer a mesma cara que Daniel costumava fazer quando olhava para mim, e não acreditava em nenhuma palavra que eu dizia. A expressão em seu rosto poderia me fazer rir se não estivéssemos falando de um assunto tão sério.

— Você é teimosa demais — murmurou, balançando a cabeça enquanto comia. — Essa conversa não está terminada. Eu ainda vou te mandar de volta pra terapia. Nem que tenha que te amarrar numa cadeira de rodinhas e te empurrar até lá.

Não pude deixar de sorrir ao ouvir aquilo, achando fofo como ela se preocupava comigo. Mas aquilo era em excesso. Eu sabia o que estava fazendo. Ok, talvez eu não dormisse tanto quanto deveria. Mas qual era o problema? Eu estava de pé, não? Trabalhava, estudava, me encontrava com Bia e com Henrique e ainda brincava com meu sobrinho sempre que o visitava. O que ela queria que eu fizesse? Me forçar a dormir para ter aqueles pesadelos terríveis e ficar derrubada a noite inteira? De forma nenhuma. Eu tinha mais o que fazer da vida.

— Que tal a gente conversar de novo sobre isso outro dia? Tipo... mês que vem? — propus, ainda com um sorriso, enquanto a encarava. — Ou no mês seguinte... Ou até depois. Depende da minha agenda — brinquei.

— Claro. A sua agenda suuuperocupada — disse Abigail, como se fosse óbvio. — Então a gente marca um horário. E aí você só vai me ver nesse dia.

— Não. Nada disso — respondi, rapidamente, quase não dando tempo para que terminasse. — O formal e o informal são duas coisas diferentes.

— Ah, sim. Ok. E o que é formal e informal pra você? — questionou, levantando uma sobrancelha, sorrindo com descrença, deixando o garfo de lado.

— Bom, o formal são essas conversas chatas. E o informal é o resto — expliquei, abrindo um sorriso charmoso para ela a fim de convencê-la a concordar com o meu argumento, e ela apenas riu com descrença.

— Idiota — murmurou, empurrando o meu rosto para o lado enquanto ria. — Para de brincar e come. Você quase não tocou no prato — ordenou, como uma mãe, ainda cheia de bom humor.

— Tá, mãe. Pode deixar. Vou limpar o prato todinho — brinquei, achando engraçado o jeito como falou comigo. Mas, bem, eu estava com fome e precisava comer. Então planejava realmente deixar aquele prato limpo, assim como planejava aproveitar todo o resto da noite com ela e esquecer aqueles momentos frios que aconteceram durante os dias anteriores, desde a nossa pequena discussão.

O início do fim

"EXIT MUSIC (FOR A FILM)" — RADIOHEAD

Enquanto caminhava para a casa dela, eu sentia como se estivesse escalando uma subida interminável, mesmo a rua sendo completamente plana. A mochila nas costas parecia pesar uns trinta quilos, e os meus pés se arrastavam pelo asfalto. Era como se todo o meu corpo gritasse para que eu não seguisse com aquele plano, e tentasse me impedir de ir em frente. Mas eu queria continuar. Queria tentar terminar com aquilo o quanto antes. Antes do aniversário da morte do meu pai, antes do fim da semana. Antes do fim do dia.

Eu tinha ensaiado todas as palavras em minha cabeça. Palavras que ecoavam em repetição eterna, e que se mantinham frescas na mente como se eu tivesse acabado de pensar em cada uma delas. E é claro que eram frescas. Eram o que eu sentia havia anos. E eu precisava botar para fora. Calmamente, como havia aconselhado Abigail. E quem sabe, em alguns dias, estaríamos bem para ficar juntas durante aquele dia que era o aniversário de um momento tão triste em nossas vidas?

Bati na porta, fui recebida pela governanta e logo entrei. Sem pensar, sem hesitar, sem dar tempo para o meu corpo travar. Estava ali para botar um ponto-final na nossa guerra sem fim. E ela precisava me ouvir.

E eu não tinha planejado ir até ali e surpreendê-la. Sabia que seria ainda pior para mim daquele jeito. Por isso, havia avisado com antecedência que iria visitá-la, e antecipei que esperava que pudéssemos conversar. Assim, ela poderia se preparar também, e não receberia aquilo como um ataque.

Graças ao meu aviso, é claro que ela fez questão de me receber em seu escritório. Como um colaborador que chega para uma reunião. Bem, eu não esperava menos de Marcia. Era o lugar onde ela se sentia melhor, no controle. Então, eu não iria deixar de dar a ela o gostinho de ao menos escolher o lugar onde se sentiria mais confortável.

Bati antes de entrar, suspirando quando vi o escritório por dentro depois do que pareciam anos. Nunca havia ousado voltar ali. Para falar a verdade, havia tempos que não visitava qualquer cômodo da casa que não fosse a sala.

Era frio, como todo o resto parecia ser. Não tinha vida. Apenas um amontoado de estantes de madeira escura e livros empoeirados. Era até, de certa forma, amedrontador e opressor, acho que transmitia bem o que minha mãe representava para mim. Mas eu não queria me concentrar naqueles detalhes. Abigail havia dito para eu chegar sem cinco pedras na mão. Peito aberto, e pronta para conversar civilizadamente. Era o que eu tentaria fazer, porque sabia que, se não nos entendêssemos daquela forma, não haveria mais nenhuma cura para o nosso relacionamento.

— Mãe — falei, como uma forma de dizer olá, vendo-a à espera em uma cadeira. Ao menos não estava em frente à escrivaninha de mogno do escritório, na cadeira de couro logo atrás que daria a ela ainda mais a cara de chefe. Só me aguardava em uma das duas cadeiras do canto do cômodo com, para variar, um livro na mão e os velhos óculos no rosto.

— Helena. Como vai? — perguntou, me observando enquanto eu me aproximava para sentar na cadeira em frente à dela, colocando minha mochila no chão.

— Vou bem. E você? — devolvi a pergunta, sentindo no ar quão desconfortáveis nós duas estávamos. Era quase palpável. Mas eu precisava ignorar aquilo e relaxar.

— Também vou bem. Você disse que queria conversar, certo? — questionou, indo direto ao ponto.

— Sim. Isso — falei, segurando as mangas do moletom nos dois punhos, sentando na cadeira como uma criança tímida, até um pouco encolhida. — Bom... eu queria contar uma coisa primeiro, na verdade — comecei, e ela se manteve em silêncio, esperando que eu continuasse. — Eu... conheci alguém — revelei. — Ela é muito especial pra mim. Uma pessoa com um coração enorme e cheio de amor. E ela me aconselhou a vir até aqui — disse. E sabia que estava começando de um jeito complicado, mas também queria mostrar que o tipo de relacionamento que ela criticava era também um encorajamento para mim, para que resolvêssemos as coisas. Não era de todo mal. Certo? Bom, aquele começo foi o suficiente para que Marcia se mexesse desconfortavelmente na cadeira, com a expressão se fechando, como sempre fazia quando eu falava dos meus relacionamentos. — Eu sei que o aniversário da morte do papai tá chegando. E eu queria que, uma vez na vida, nós passássemos essa data sem estarmos brigadas. Sem estarmos sem nos falar — continuei.

— E você achou que a melhor forma de começar seria vindo aqui e me contando sobre o seu relacionamento pecaminoso? — questionou, já cheia de ironia, e precisei respirar fundo para não reagir impulsivamente àquele comentário.

— Achei que seria bom você saber que o meu relacionamento está me ajudando a vir aqui pra conversar com você. Como mãe e filha — falei, calmamente. — Semana que vem será importante pras duas. Eu só queria tentar começar a resolver as coisas — admiti. — Eu sei que você não vai me aceitar com um estalar de dedos, e que eu não vou te perdoar por todos os seus comentários de uma vez. Mas, pelo menos, eu queria que déssemos esse primeiro passo para nos entendermos.

Marcia franziu o cenho ao olhar para mim, principalmente com as minhas últimas palavras, já que, na cabeça de realidade distorcida dela, eu não tinha que ser aceita como era. Eu precisava ser consertada; não era ela que devia se conformar com a minha situação. Mas não. Eu queria mostrar que esse não era o caso.

— Você sabe que eu nunca vou aceitar a forma como você escolheu viver. É condenável. É errado. E eu não tenho como aceitar isso debaixo do meu teto — disse ela.

— Não estou debaixo do seu teto, mãe. Eu tenho casa, tenho um trabalho e eu estudo — lembrei a ela. — E a forma como eu vivo está longe de ser condenável. Ela é uma pessoa boa. Tem um coração enorme. E eu... eu só quero me formar, poder ajudar os outros e ser amada. Não desejo nada de mal pra ninguém. Por que isso é errado? — questionei, tentando segurar o tom de raiva que já costumaria usar naquele ponto.

— Porque está na Bíblia. As palavras de Deus são absolutas. Esse seu relacionamento é uma aberração. Você tem uma doença que precisa ser curada — disse Marcia, certa de si, e eu experimentei, como sempre, aquela sensação horrível subindo pela boca do estômago quando ela soltou aquelas palavras terríveis.

Não é o tipo de conversa com o qual você se acostuma. Ou o tipo de frase à qual alguém consegue se tornar indiferente, mesmo com o passar dos anos. Mesmo que eu não estourasse mais ao ouvir aquilo, ainda me fazia mal. Me irritava. Me entristecia. Ainda mais porque vinha de alguém que era tão importante na minha vida.

— O que quer que esteja na Bíblia, mãe, foi escrito centenas de anos atrás. Se você quiser seguir à risca tudo o que está lá, então saiba que você já pecou um milhão de vezes, e tem tanta chance de ir pro inferno quanto eu — falei, não conseguindo segurar as palavras dessa vez. — Isso que você chama de doença é amor. O mesmo amor que você sentiu pelo meu pai. O mesmo amor que todos têm o direito de sentir.

Bem, mesmo que as minhas últimas frases fossem extremamente válidas, eu duvidava que ela tivesse ouvido qualquer coisa que tivesse vindo depois de "inferno". Sua expressão mudou como se estivesse vendo um demônio na sua frente.

— Eu pago pelos meus pecados todos os dias, Helena. Eu me arrependo deles. Você vive neles — cuspiu, visivelmente mais irritada. — Eu já paguei pelos erros de uma vida inteira depois de perder o meu marido e o meu filho. Paguei pelos seus erros também. Por causa da sua escolha de seguir em frente com isso.

Eu simplesmente odiava cada vez que ela falava a palavra "escolha" na minha frente. Sério. Não importava quantas vezes eu tentasse explicar. Quantos argumentos eu tivesse. Ela ainda achava que eu tinha escolhido amar quem eu amava. Ela achava mesmo que, se eu tivesse a opção, teria escolhido viver uma vida rodeada de ódio, de preconceito e de preocupação apenas para desafiá-la? Que eu tinha escolhido ser julgada pela minha família só para ser rebelde?

— Não adianta falar com você. Você não entende. Sua cabeça é fechada demais pra qualquer tipo de conversa — desabafei, já prestes a desistir de qualquer ideia que tivesse quando cheguei ali.

— Minha cabeça não é fechada, Helena. Eu só sei o que é o certo e o que é errado.

— E rejeitar uma filha, a única que te sobrou, é o certo?! Fingir que ela não existe, rebaixá-la de todas as formas possíveis, é o certo?! — questionei.

— Eu sei que o Daniel era muito melhor em tudo o que ele fazia. Todos os dias, em tudo o que eu faço, eu me lembro disso. Mas eu estou dando o meu melhor! E ainda assim não é o suficiente pra você! Às vezes eu até acho que você queria que eu fosse outra pessoa! Que... — comecei, e mais uma vez interrompi o pensamento no meio, me recusando a continuar o raciocínio, pois era terrível demais para ser dito em voz alta.

— O Daniel vivia direito — respondeu ela, com a rispidez de sempre voltando à sua voz. — Ele era o orgulho desta família. Um exemplo pra todo mundo. Principalmente pra você. Mas você falhou em seguir esse exemplo — disse, fazendo lágrimas aparecerem em meus olhos.

A forma como ela conseguia usar Daniel como uma arma contra mim, para me machucar, era extremamente cruel. Ela conseguia transformar a memória daquela pessoa que eu tanto amava em cicatrizes que demoravam a sarar, e que me lembravam da minha inutilidade todos os dias, a cada vez que eu pensava nele.

Se havia uma coisa que eu queria neste mundo era ser igual a ele. Eu tentava. Dava o meu máximo. Mas não conseguia. Não chegava aos pés dele. E eu não tinha mais ideia do que fazer.

— Ele vivia direito. Mas eu vivo também. E me desculpe se eu não sou o orgulho da família. Eu não tenho culpa de ser o resto indesejado do que sobrou de nós — falei, num tom um pouco mais duro, tentando segurar as lágrimas para que elas não caíssem das minhas bochechas, não querendo parecer fraca na frente dela. — Se você queria tanto que o Daniel estivesse aqui, então talvez você devesse ter rezado mais. Assim, quem sabe seria ele sentado na sua frente em vez de mim — continuei, mesmo que me machucasse dizer aquelas palavras. No fundo, mesmo que eu tentasse me impedir de dizê-las a cada vez que elas tentavam transbordar da minha garganta, eu sabia que era a verdade.

Para Marcia, não era o filho preferido que havia restado. E quem sabe, no fim, fosse melhor para todos se fosse ele quem estivesse ali no meu lugar. Seria melhor para ela, para Melissa e para o pequeno Daniel. Eu era só uma substituta que mal conseguia encher os sapatos do meu antecessor. Não importava quão boa eu tentasse ser. Nunca seria ele. Mas eu não tinha escolhido isso. Se pudesse, teria entrado naquele carro no lugar dele. Tomaria o lugar de Daniel naquela cama de hospital sem reclamar, e teria partido no lugar dele. Eu teria feito isso pelo meu irmão, porque ele era a pessoa que eu mais amava neste mundo. Mas eu não podia fazer isso. Na verdade, não servi nem para estar lá quando ele partiu. Não pude nem estar ao lado dele quando ele mais precisou. Então, no fim, talvez eu fosse inútil até mesmo para ele, que parecia ainda tão presente na vida de todos ao meu redor, menos na minha.

— É. Talvez eu devesse ter feito isso mesmo — disse ela, finalmente, com um olhar frio, enquanto me encarava com desprezo.

Enfim a verdade tinha vindo à tona. Havia sido eu quem precisava falar primeiro, para que ela pudesse admitir. Mas era, com certeza, tudo o que tinha pensado naqueles anos. E do que adiantava tentar conversar com alguém que preferia te ver morta no lugar do outro filho? Ela não queria que resolvêssemos as coisas. Não queria uma solução. A única coisa que Marcia queria eu não podia dar. Mesmo que, lá no fundo, eu quisesse o mesmo.

E não precisava gritar, espernear ou me chutar para fora de casa. Qualquer uma daquelas coisas, com toda a certeza, me machucaria bem menos do que aquela frase calma e fria que ela havia pronunciado, sem nenhum tipo de exaltação na voz.

— Certo. Então eu sinto muito por não ter morrido no lugar dele naquele acidente — falei, tentando esconder a mágoa em minha voz, e ignorar a sensação de vazio que preenchia o meu peito.

Não esperei uma resposta, mesmo que soubesse que nenhuma viria. Apenas peguei minhas coisas, as quais eu mal tive a chance de largar no chão. Me sentia tão idiota. Tão desprezada. Tinha ido até ali com esperanças. Queria tentar mais uma vez. Mas ela não me deu essa chance. E agora, pensando em todo o caminho que tinha percorrido para chegar até aquela casa, eu só conseguia sentir vergonha.

Quantas vezes mais eu precisaria ser tratada daquele jeito para abrir mão dela? Na teoria, nenhuma. Mas era difícil cumprir isso na prática. E aquela era só mais uma visita para a lista. Uma visita que nunca devia ter acontecido. Eu não fazia mais parte da família dela. Não desde o dia em que Daniel morreu. E não havia nada que eu pudesse fazer com relação a isso.

Senti o peso do olhar dela enquanto eu caminhava para a porta. Nem sequer ousou dizer qualquer outra coisa para me impedir de sair. Não havia mais o que dizer depois de ter admitido aquilo. Já era mais do que suficiente para que eu entendesse qual era o meu lugar naquela família.

Com os olhos cheios de lágrimas, nem sei como consegui descer as escadas. Não ouvi se alguém falou comigo ao me ver sair, e não percebi se havia pegado tudo comigo ao ir embora. Eu só queria andar. Só queria sair dali e respirar ar fresco. A casa parecia estar me sufocando.

Fosse qual fosse a rua à qual cheguei, a estação de metrô na qual entrei ou na que fui parar, já era bom estar distante daquele lugar. Até o pior lugar do mundo seria melhor do que ali naquele momento. Então, deixei que meus pés me guiassem sem pensar no caminho a seguir, mantendo os olhos no horizonte enquanto minha mente não parava de trabalhar por um segundo sequer.

Quando você percebe que seria melhor para todos se você não existisse, se não estivesse ali, muitas coisas passam pela sua cabeça. Ideias angustiantes, terríveis. Ideias que jamais seriam cogitadas por qualquer um em bom estado de espírito. E elas se tornam o que parece ser a melhor saída. A melhor resposta a qualquer pergunta. E, enquanto uma parte de você sabe que cada uma daquelas ideias é incabível e inaceitável, a outra grita que seria a melhor forma de acabar com o seu sofrimento e o de todos ao seu redor.

Eu me lembrava bem daquelas ideias. Tinham passado pela minha cabeça quando Daniel morreu. Um ano depois, e até dois. Quem sabe até antes disso também, da primeira vez que minha mãe me disse aquelas coisas horríveis, quando eu havia acabado de entrar no ensino médio. Sim. Foi a primeira vez. O dia em que ela me disse que a doença do meu pai era uma maldição que havia caído na nossa família por minha causa.

Esses pensamentos se tornaram tão frequentes que eram quase familiares. E eles sempre vinham acompanhados de tristeza. Raiva. Ansiedade. Todos na intensidade de um trator, que te atropela e te deixa em pedaços na terra.

Eu havia aprendido a conviver com aquelas ideias. Mas isso não as tornava mais agradáveis. Pelo contrário. Eram apenas uma tortura imposta por mim mesma a cada vez que alguma coisa parecia dar errado. Eu costumava afastá-las rápido. Mas em nenhuma das outras vezes eu tive a certeza tão clara na minha cabeça de que seria melhor se eu não estivesse ali.

Foram todos aqueles pensamentos que me trouxeram ao túmulo do meu pai e do meu irmão. O lugar onde eu deveria estar. E não ele. Se a culpa era minha ou dele, ou de Deus, ou de qualquer outra pessoa, não importava. Porque eu estava com raiva. Estava desolada. E não podia mais segurar aquelas lágrimas.

Larguei a mochila no chão, na grama, ao lado do túmulo dos dois, onde as malditas begônias que Marcia tinha deixado estavam ainda fortes e lindas. Ela tinha razão, eu não servia nem pra escolher flores decentes pros dois. Se eu tivesse deixado o vaso que eu havia trazido aquele dia, com certeza já estariam mortas.

Não pude deixar de chutar o vaso de flores, sentindo aquela raiva subindo pela minha garganta como um ácido que corrói tudo o que toca, até escapar em um grito sofrido enquanto eu caía de joelhos, sentindo meu corpo inteiro tremer. Deus, eu estava com tanto ódio. Tanta dor. Tanta mágoa. Era impossível segurar. Caso contrário, aquela pressão em meu peito se tornaria insuportável.

— POR QUÊ?! — gritei, dando um soco na grama à minha frente, logo abaixo do túmulo de Daniel. — Por que você morreu?! Por que você fez isso comigo?! — Senti as lágrimas quentes descendo pelas minhas bochechas incontrolavelmente. — Era pra ser eu. Era eu quem devia estar aí. E não você. Você tinha que estar aqui. Vivo. Devia estar cuidando deles. Da Melissa. Do seu filho. Da sua mãe — falei, enquanto chorava.

Eu não me importava se havia gente ao redor, se estavam me observando ou se eu estava sozinha. Era com ele que eu falava. Era só ele quem precisava me ouvir e entender o que eu dizia. Porque foi ele quem me abandonou ali. Quem me deixou sozinha com *ela*. Que foi embora do nada, sem se despedir. E nem naquela merda de túmulo Daniel estava. Era só o nome dele gravado na porcaria de uma pedra.

— Eu só tinha você... Só você. E você me deixou... — falei, segurando a grama com força entre os dedos. — Eu não sei o que fazer. Não sei mais... Não importa o que eu faça... o que eu fale... Eu não sou você. Não consigo ser — disse, finalmente desabando em um choro incontrolável. — E você nem me responde... Você só... me abandonou aqui. — Chorei, sentindo como se faltasse ar nos meus pulmões para falar depois daquele grito. — Só... só fala comigo... por favor... por favor, Dani... eu preciso de você — implorei, abaixando a cabeça para encostar a testa na lápide dele. — Por favor... só um sinal...

Eu não precisava ouvir a voz do meu irmão. Não precisava vê-lo. Nem sabia se isso era possível. Eu só... só queria sentir que estava ali. Que estava comigo. Fosse um calor, um arrepio, ou simplesmente a certeza no meu coração de que eu não estava sozinha. Era só disso que eu precisava. E era a única coisa que eu estava pedindo.

Já havia implorado aquilo a ele um milhão de vezes. A ele, à Deus... a quem quer que fosse. Quem pudesse me ouvir. Eu só não queria ficar sozinha.

Mas não havia nada. Nunca. Nem uma brisa numa direção diferente, ou uma voz na minha cabeça que se parecesse com a dele. Não importava o quanto eu pedia. Não importava quão grande fosse a dor no meu peito.

Aquela certeza que Melissa tinha, que minha mãe tinha... não estava presente no meu coração. Eu não podia senti-lo.

Estava sozinha. Completamente. Uma garota louca berrando para uma lápide no cemitério, implorando ao ar por ajuda. Por companhia. Por direção.

— Dani... — implorei, mais uma vez, por entre as lágrimas. — Me ajuda...

Não. Ele não ajudaria, porque não estava ali. Eu podia falar o que quisesse, fazer o que quisesse. Não adiantaria. Era como uma confirmação do destino de que era realmente eu quem deveria estar naquele lugar, porque eu sabia que, se Daniel estivesse vivo, ele nunca iria até o meu túmulo e gritaria assim. Nunca ficaria tão desesperado. Porque ele era forte. E eu não. Eu era fraca, era uma falha. Não era digna de ser uma parte da família nem mesmo aos olhos da minha mãe, que só tinha uma única filha restante e ainda assim se recusava a aceitá-la.

Eu era uma idiota, com ideias idiotas, que fazia coisas idiotas. Nunca devia ter escutado aquele conselho de Abigail. Nunca devia ter pisado naquela casa de novo depois da nossa última discussão. Por mais que os minutos passassem, eu não conseguia me convencer do contrário. Só queria fechar os olhos e dormir. Dormir para sempre, até tudo aquilo desaparecer. Queria parar de sofrer. De sentir dor. De sentir medo.

E, principalmente, de me sentir sozinha.

Palavras

"PALAVRAS AO VENTO" — CÁSSIA ELLER

Era segunda-feira.
 Eu não havia conversado com ninguém sobre o que aconteceu quando falei com minha mãe, ou sobre o tempo que passei no cemitério chorando no túmulo do meu irmão. Precisava de um tempo para mim. Um tempo sozinha, para pensar.
 Não ajudou muito a clarear minhas ideias, mas foi o suficiente para que eu juntasse o mínimo de força para me levantar de manhã e me arrastar até a faculdade. E, depois, foi o suficiente apenas para que eu fosse para o hospital.
 Só queria fazer o meu trabalho e depois ir para casa. Só isso. Não queria conversar, não queria enrolar durante o intervalo em um Starbucks qualquer. E logo deixei isso claro para Henrique. Falei que não estava me sentindo bem, e que preferia ficar no gramado atrás do hospital desta vez. Tomar um ar, um sol, olhar para o céu e ler alguns e-mails. Não era muito para pedir, certo?
 Mas Henrique não era a única pessoa que eu encontraria lá. Havia Abigail também. E, ao mesmo tempo que eu não queria contar sobre outro fracasso depois daquele da igreja, também não estava muito a fim de conversar com ela. Não estava com raiva da garota, de forma alguma. Mas estava com raiva de mim mesma por ter tentado escutar uma pessoa que mal tinha ideia do que se passava no meu núcleo familiar. Havia sido muita inocência da minha parte pensar que sentar e conversar com minha mãe resolveria todos os meus problemas. Ainda mais por ser um conselho vindo de alguém que tinha uma relação relativamente boa com os pais.
 Aquilo podia até funcionar para ela. Mas não funcionava para mim. E eu tinha falhado em perceber isso.
 Não cheguei a encontrá-la pelo hospital. Nem quando cheguei, nem quando saí para o intervalo. E, de certa forma, eu ficava feliz por isso. Evitava que eu tivesse que lidar com qualquer outro confronto.

Então, me sentei no lugar mais vazio que pude encontrar na grama, peguei uma garrafa de suco que comprei na lanchonete e esperei. Esperei o tempo passar, tentando distrair minha mente enquanto observava as pessoas indo de um lado para o outro. Saindo do hospital, entrando. Só passando pelo gramado. Qualquer coisa.

Mas não demorou muito para que eu visse Abigail se aproximando de mim. E não estava sozinha. Havia um casal que parecia ter a idade da minha mãe. Eles conversam de forma descontraída e parecia que não tinham me visto, mas eu estava no meio do caminho para onde ficava o banco no qual costumávamos sentar, então vinham diretamente em minha direção.

Não precisei de muito para reconhecê-los, mesmo que nunca os tivesse visto na vida. O pai de olhos verdes, a mãe de cabelo castanho e o mesmo nariz da garota que eu passava a conhecer tão bem. Eram os pais dela. Pareciam felizes, falando sobre o lugar, apontando para todos os lados e gesticulando, com movimentos grandes das mãos. Pareciam gente simples, com roupas simples. O típico casal mais velho do interior que visita a filha no trabalho, na cidade grande.

Abigail não tinha comentado que eles viriam, o que me fazia pensar que, talvez, tivessem aparecido de surpresa. O que era bom para ela, com certeza. Devia estar muito feliz. Era o que parecia, pelo tamanho e o brilho do sorriso no rosto dela, quase pulando um pouco ao mostrar todos os lugares e todos os cantos do gramado para eles.

E eu estava em um dos cantos, então ela não demorou muito para me ver, já perto o suficiente para que eu quase achasse que iriam me atropelar. E perto o bastante para eu ver em seus olhos que ela não esperava aquele encontro.

— Lena! — exclamou Abigail, me fazendo sorrir um pouco para ela. Ao menos não estava fingindo que não me conhecia. Para mim, isso já era um ótimo começo.

— Eu! Oi! — falei, vendo-os parando em frente a mim, e me senti pressionada a ficar de pé para cumprimentá-los.

— Mãe, pai, essa é a Helena. Helena, esses são meus pais. Cinthia e Beto — apresentou, assim que me coloquei em frente a eles, e não me demorei a estender a mão para os dois e me apresentar propriamente.

Cinthia foi a primeira a pegar minha mão, com um sorriso gentil, e depois foi Beto. Com um aperto forte, mas uma expressão simpática ao murmurar "olá". Era esquisito vê-los assim. A mãe dela era tão pequena, e o pai era tão alto... chegava a ser engraçado. E fofo. Ambos pareciam ótimas pessoas. Aquele tipo de gente que você vê na cara que tem um coração bom.

— Prazer em conhecê-los — falei, tentando parecer o mais sociável e aberta possível, não querendo deixar transparecer que aquele não era o meu melhor dia.

— O prazer é nosso, Helena. Eu adoro esse nome. Helena. É tão clássico, atemporal... era o nome da minha avó! — disse Cinthia, empolgada, e parecia que ela havia acabado de conhecer uma pessoa importante.

— Obrigada. Devo admitir que acho que a minha mãe escolheu bem mesmo. Era o nome da minha avó também — contei, dando uma olhada rápida para Abigail, sem saber muito como reagir ou como agir perto dela. Eu sabia que eles não tinham ideia do tipo de relacionamento que eu tinha com a filha deles. Mas, do mesmo jeito, continuava sendo uma situação desconfortável.

— Já gostei dessa menina, Bia! Olha, parece o destino! — disse a mãe de Abigail, o que me fez sorrir um pouco mais genuinamente, percebendo a ino-cência que havia nela. — E é tão bonita... olha esse cabelo, Beto! Era o cabelo que a Laura tinha quando era pequena. Igualzinho! — acrescentou para o marido. Mesmo que eu não tivesse ideia de quem era Laura, percebi que era uma pessoa pela qual ela nutria certo afeto. Caso contrário, não pareceria tão impressionada ao pegar no meu cabelo.

Deixei que o fizesse, ainda que não fosse habitual deixar qualquer um pegar no seu cabelo do nada. Mas ela conseguiu me fazer rir com aquele jeito ani-mado. Não tinha como recuar. Ainda mais sendo a mãe da garota de quem eu gostava. Falando em Abigail, ela parecia a pessoa mais constrangida do mundo, com as bochechas vermelhas, balançando a cabeça como se desaprovasse o comportamento da mãe ao mesmo tempo que achava graça nele.

— É igualzinho mesmo. Pena que ela perdeu todos os cachinhos — con-cordou o marido.

— Ai, minha filha. Ela parece um anjinho — disse Cinthia para Abigail, e precisei pressionar bem os lábios um contra o outro para segurar uma risada.

— Ok, ok, mãe. Já entendi que você gostou da Lena. Não precisa fazer trancinha no cabelo dela — reclamou a garota, pegando as mãos da mãe com gentileza para fazê-la largar minha mecha de cabelo.

Algo me fez sentir que Cinthia não estava agindo assim por um motivo qualquer. Mesmo que ela fosse uma graça, me parecia... solícita demais. Como se quisesse provar algo para Abigail mostrando como estava aberta para gostar de mim. Isso me fazia perguntar o motivo de ela ter tanta hesitação ao falar de si mesma para seus pais. Eles não se pareciam nem um pouco com Marcia. Pelo menos não à primeira vista.

— Desculpa. Mas, olha, eu tô muito feliz em conhecer alguém que faz parte da vida da Bia nesta cidade. Ela nunca apresenta ninguém! — explicou Cinthia, enquanto Beto fazia o papel do marido mais caladão, logo atrás dela.

— Imagina. Eu fico feliz em conhecer vocês também. A Bia fala muito dos dois — respondi, ainda sorrindo com gentileza para a mãe da garota.

— Espero que ela fale bem. Somos muito legais. Né, filha? — perguntou a mulher, quase me fazendo rir mais uma vez.

— São mesmo. Superlegais — concordou Abigail, ainda olhando para a mãe do mesmo jeito de antes. — A Helena também é superlegal. Ela é a melhor amiga que eu tenho aqui — acrescentou, quase me fazendo engasgar com a própria saliva. Ali estava. Ninguém tinha perguntado nada, mas ela precisava me reafirmar como *melhor amiga* dela. É claro.

— Bom, então ficamos felizes por ter alguém aqui pra cuidar da nossa bebê. — Cinthia beliscou de leve uma das bochechas da filha.

— Não precisam se preocupar. Eu juro que ela está em boas mãos. Não levo ela em festas, não levo ela pra beber. Sou a pessoa mais careta que ela poderia encontrar — brinquei um pouco, ainda lançando um olhar discreto para Abigail, não muito contente por ela ter me chamado de amiga. Mas era o que eu esperava que fizesse, de qualquer maneira.

— Você não é nem um pouco chata. Para com isso — respondeu Abigail, beliscando meu braço de leve.

Eu discordaria. Mas, se ela estava dizendo, então eu não iria falar nada. De qualquer forma, eu sabia que, ao menos nesse momento, não era a melhor companhia de todas para se ter. Mas eu estava dando o meu melhor para parecer aceitável para os pais dela.

— Eu concordo. Não é chata. Não precisa de festa e bebida pra se divertir — incentivou Beto, como qualquer pai protetor poderia responder.

— Exatamente! Uns encontrinhos nuns lugares legais, mas simples, são bem melhores. Foi assim que seu pai me conquistou, sabe? Me levando pra restaurantes, pra jardins... nada de festas — acrescentou Cinthia, e foi ali que ela confirmou todas as perguntas e teorias que eu tinha na cabeça.

Encontrinhos, conquistar, os elogios... Ela sabia muito bem o que estava acontecendo ali. Cinthia sabia quem Abigail era, e provavelmente sabia quem eu era também. Talvez fosse pela forma como eu olhava para ela, como Abigail beliscou meu braço ou a reação da garota quando me viu. Qualquer uma dessas coisas. Era só a Bia que pensava que guardava segredo. E isso era até fofo, por um lado. Estava tão óbvio que a mãe dela estava pronta para aceitá-la. Que ela a apoiava, e só queria que a filha se abrisse e confiasse nela... Mas minha "melhor amiga" não parecia ver isso. Ou parecia não querer ver.

— Encontrinhos, mãe? Que nada a ver. Sério. — Abigail franziu o cenho.

— O que foi? É só pra se divertir! Foi maneira de dizer! — Cinthia se explicou, vendo que a filha estava empurrando para longe qualquer oportunidade de admitir algo ou de ao menos dar a ela uma pista.

— Bem nada ver essa maneira de dizer — respondeu a garota. — Se você quer tanto, eu posso te apresentar os outros amigos. Mas não vai poder vir com essa historinha de encontro para eles também.

Como se eu fosse como qualquer um dos outros amigos dela... Segurei um suspiro, me mantendo ali, de pé ao lado dela, esperando quantas vezes mais ia falar que eu era como qualquer outro amigo, só para reafirmar seu pequeno conto de fadas.

— Tudo bem, já parei então. Nada de encontrinho. Desculpa. — Cinthia levantou as mãos ao lado do corpo para se mostrar inocente. — Mas fala pra gente. Há quanto tempo vocês se conhecem? — perguntou ela, toda interessada.

— Três meses — respondi, com um sorrisinho para a mãe da garota.

— Ah, é pouquinho. E ela já é sua melhor amiga? O santo de vocês deve mesmo ter batido — disse Cinthia, me fazendo sorrir um pouco mais.

— É. Foi amizade à primeira vista — concordou Abigail, até assentindo com a cabeça para confirmar as próprias palavras.

Será que Abigail não percebia que dava mais bandeira tentando esconder sua sexualidade do que provavelmente daria se apenas a admitisse? Era quase cômico. Na verdade, seria bem cômico se fosse uma cena de algum filme. Mas no meu caso, para mim, não era muito. Ainda mais porque ela parecia estar dando seu máximo para eliminar qualquer tipo de associação romântica que poderia ter comigo, mesmo sendo visível que não havia problema nenhum da parte dos pais dela.

— Mas agora vamos, vamos! Tem outros lugares pra mostrar no hospital pra vocês. E depois a gente se vê em casa. Ok? — perguntou a garota, antes mesmo que sua mãe ou seu pai pudessem abrir a boca para comentar sua afirmação anterior.

— É claro. Tudo bem. Então vamos — Cinthia disse, um pouco hesitante, percebendo a necessidade súbita de Abigail de cortar a conversa e fugir dali. Eu não tinha motivos para imaginar que havia feito qualquer coisa que pudesse envergonhá-la, já que mal havia aberto a boca. Mas não pude deixar de me perguntar se eu era a razão de ela querer fugir tão rápido dali.

— Foi um prazer conhecer vocês — falei, com sinceridade, oferecendo a mão mais uma vez para os dois para dar a eles um "tchau" educado.

— O prazer foi nosso, Helena. Espero te ver mais vezes — disse a mãe de Abigail, apertando a minha mão.

— Faço das palavras dela as minhas — acrescentou Beto, com um sorriso no rosto, tomando o lugar da esposa no aperto logo depois.

— Talvez vocês se vejam por aí. Em breve, quem sabe? Mas agora vamos, vamos. Eu quero mostrar o Starbucks onde eu passo meu intervalo — chamou Abigail, pegando a mãe pelos ombros e me lançando um olhar discreto para se despedir. Mas... alguma coisa naquela última frase me incomodou. Não alguma coisa. Uma palavra. Aquele "eu" desnecessário, como se não tivéssemos passado quase todos os intervalos dos últimos três meses juntas.

Eu a observei enquanto se afastava, deixando meus sentimentos transparecerem na expressão quando tive certeza de que eles se distanciaram e que não olhariam mais para trás. Agora eu entendia melhor o que se passava naquela família. Ou na cabeça de Abigail.

Tudo podia muito bem ser um plano mirabolante da mãe dela para parecer legal na minha frente e tentar arrancar informações de mim antes que Bia pudesse se defender e continuar a manter seus segredos. Mas eu duvidava muito disso. Ainda mais vendo que a inocência de Cinthia era extremamente genuína. E Beto não havia sequer lançado um olhar torto para mim. Sem falar na forma como ela usou as palavras "melhor amiga", "amizade" e "eu" como se fossem escudos fortíssimos para se proteger. Ela não parecia insegura. Parecia... impaciente. E aquele momento, apesar de ter sido em parte agradável, com certeza era a última gotinha-d'água que faltava para o meu copo transbordar.

Não consegui resistir. Só naquele dia. Assim que me encontrei com Abigail na terça-feira, durante o nosso intervalo no hospital, precisei botar para fora. Ela não havia tido a decência de me ligar ou mandar uma mensagem no dia anterior. E eu entendia que ela estava com os pais. Provavelmente tinha passado o dia com eles. Era exatamente por isso que eu havia evitado mandar qualquer coisa para ela. Mas eu esperava uma mensagem pelo menos antes de dormir, tarde da noite. Qualquer coisa. E nada veio. Isso só fez crescer um pouco mais a minha frustração.

— O que foi aquilo? — perguntei, assim que a encontrei do lado de fora, perto do Starbucks, já que preferia conversar ali a estar no gramado, perto de todos os nossos colegas de trabalho que poderiam nos ouvir.

— Aquilo o quê? — perguntou ela, como se não fizesse ideia do que eu estava falando.

— Aquilo de ontem. O showzinho pros seus pais — expliquei, já irritada por ela se fazer de desentendida com a minha pergunta. — Sério, Bia. Aquele papo de melhor amiga até que passava. Mas você precisava tanto assim esfregar na cara deles a nossa "amizade"? Sério. A sua mãe não fez uma pergunta sequer sobre a gente. Parecia até que ela sabia sobre você.

— Ah... fala sério... Você vai invocar com isso? — perguntou ela, com um suspiro, passando a mão pela franja nervosamente. — Eu fiz o que precisava fazer. Só isso. O quê? Você queria que eu me assumisse pra todo mundo ali? Na frente do trabalho? Apresentando uma pessoa que eles nunca viram antes na vida?

— Não vem com essas desculpinhas. Eu não estou reclamando que você não contou sobre a gente. Eu tô reclamando porque você parecia desesperada para sair dali. Parecia aflita pra impor uma amizade que nem precisava ser explicada — expliquei, como se fosse óbvio, porque a parte de esperar para se assumir nós já tínhamos discutido, e já estava bem clara para mim. — Você parecia até estar com vergonha, louquinha pra tirar eles da minha frente. Ou me tirar da frente deles — acrescentei.

Abigail cruzou os braços, olhando para o lado como sempre fazia quando a conversa ficava mais tensa. Ela nunca me encarava naqueles momentos. Quase dava para ver a fumacinha e os pensamentos voando dentro da cabeça dela, enquanto tentava montar um milhão de argumentos. Para me responder.

— Eu não acredito nisso. Toda vez a gente vai voltar nesse assunto? — questionou. — Cada hora você vê um problema? O que foi? O que deu em você pra vir pra cima de mim desse jeito hoje?

— Que jeito? Eu só estou questionando uma coisa que eu não entendi. E você está fugindo completamente da pergunta — falei, vendo o que estava tentando fazer.

— Questionando que nem uma cavala, você quer dizer. No meio da rua, e sem a menor delicadeza — corrigiu a garota, me irritando ainda mais, porque era óbvio que ela estava tentando ganhar tempo ou me fazer desistir de seguir em frente com o assunto.

Certo. Estávamos sim no meio da rua, mas era um lugar vazio, e estávamos num canto. Eu não ia pagar um hotel para conversarmos com privacidade, se era o que ela queria. E, depois daquela semana de merda, eu estava sem paciência nenhuma para enrolar. Ou para me deixar ser escondida daquele jeito por ela. Porque, quanto mais o tempo passava, mais eu me convencia de que ela não tinha medo de não ser aceita pelos pais. Era ela quem não se aceitava. E isso, para mim, era ainda mais complicado.

— Eu só quero saber o porquê de você parecer tão envergonhada ontem. Quase arrastou seus pais pra longe de mim! — tentei explicar mais uma vez, usando um pouco mais de delicadeza para que ela não pudesse usar isso contra mim.

— Eu não fiz nada disso. Foi impressão sua — respondeu, ainda de braços cruzados. — Se você ficou irritadinha porque eu falei que você é minha amiga, então devia me contar logo, pra evitar ficar enrolando em volta do assunto.

— Droga, Bia! Não é esse o problema! — exclamei, porque parecia que ela estava fazendo força para não entender o que eu dizia.

Eu não sabia até que ponto a irritação que eu estava sentindo tinha a ver com o que havia acontecido com a minha mãe por eu ter seguido aquele conselho furado que ela havia me dado. Ou se minha frustração tinha a ver com o fato de ela ter uma sorte que eu não tivera com relação aos pais dela? Eu não conseguia entender o turbilhão de pensamentos controversos e confusos que estava passando pela minha cabeça.

— Eu só queria que você entendesse o meu lado — comecei. — Eu...

— Eu o quê, Helena? Eu o quê? Que lado você tem nessa história? São os meus pais. A minha vida. Tá bom, eu cortei rápido a conversa. Empurrei eles pra longe. Reafirmei demais a nossa amizade. E daí? Eu não fiz isso porque tenho vergonha de você. Fiz isso porque eu não quero que eles saibam de nada. Não quero contar. Ponto-final! Que droga! — exclamou. — Eu não sou você. Não tinha um irmão do meu lado pra me ajudar. E eu sinto muito te dizer isso, mas você também não pode fazer o papel dele, pegar na minha mão e agir como minha salvadora, porque não é assim que funciona.

Abri a boca para responder, mas, quando vi que eu não tinha o que dizer, fechei novamente. Meu irmão não era o tipo de assunto para o qual eu estava pronta para falar depois da minha última visita ao cemitério. E as palavras dela provavelmente me machucaram mais do que deveriam. Abigail tinha razão. Eu não era como ele. Não podia agir como salvadora de ninguém. Ela nem sequer precisava da minha ajuda. Enquanto isso, eu insistia e insistia e insistia em cumprir um papel que não era o meu.

— Você não é ele, Helena — continuou. — Não importa quantos frappuccinos você peça. Não importa o quanto você insista. Não importa. Você é você. E eu sou eu. A história não vai se repetir. E, se você quer saber, é ainda mais errado você exigir esse tipo de coisa de mim quando a sua relação com a sua mãe é uma merda, principalmente depois que você se assumiu.

Aquele foi o meu limite. Eu não podia e não queria escutar nada dela. Tudo bem surtar quando eu só queria tentar ajudar. Mas falar sobre a minha mãe e sobre o meu irmão, naquele momento em que eu estava tão mal, era demais. Ainda mais tratando o assunto daquele jeito. Ela podia até estar certa sobre eu precisar parar de insistir, mas não era assim que precisava ser dito.

Eu sabia que estava mais sensível que o normal, mas aquilo não foi fácil de ouvir. E é óbvio que me machucou. Ainda mais quando ela jogou na minha cara a merda que era meu relacionamento com minha mãe, por mais que eu tentasse consertá-lo. Então, tudo bem. Eu não insistiria mais. E nem ficaria ali para escutar qualquer outra coisa.

— Quer saber? Vai pro inferno — falei, irritada, já começando a andar para passar por ela e voltar pelo caminho por onde eu tinha vindo.

Abigail não tentou me impedir, nem me respondeu. E, mesmo que respondesse, eu duvidava de que conseguiria ouvir. Minha mente já estava muito longe dali, e meu coração completamente destroçado.

Sozinha

"O SILÊNCIO DAS ESTRELAS" — LENINE

Foi... como ficar doente. Assim que cheguei em casa naquele dia, só me deixei cair na cama. E lá fiquei, por um tempo que não sei mensurar. Vi o sol nascendo pela janela, e vi a hora da minha aula passando, e passando, e passando. Só cheguei a me mover para ligar para o hospital para avisar que não iria, porque não estava me sentindo bem. O que era verdade. Só de um jeito diferente do que dei a entender.

Não estava com cabeça para encarar Abigail mais uma vez. Não queria encarar ninguém. Só o lado vazio da minha cama.

Me levantei, tomei banho e me troquei. Coloquei um pijama. E depois voltei para a cama de novo. Só a cama. Não queria mais nada.

Nem tenho certeza se comi, ou de quanto tempo passei com a cabeça fora do cobertor.

Era como se tudo tivesse se acumulado dentro de mim, me deixando sozinha com aquelas ideias que me autossabotavam tanto. Quanto mais pensava nelas, mais triste eu ficava.

Porque não era só a briga com a Bia. Era o fato de eu me sentir sozinha no mundo. No fim, quem eu tinha? E, das pessoas que estavam na minha vida, quantas não iriam preferir que fosse o meu irmão no meu lugar? E eu não as culpava. Não culpava ninguém. A questão era que Abigail estava certa.

Por mais que eu quisesse e tentasse tomar o lugar dele, me parecer com ele e fazer as coisas como ele fazia, Daniel e eu éramos pessoas diferentes. Não era um frappuccino, como ela disse, que mudaria aquilo. Nem uma dúzia deles. E também não era uma montanha de frases de efeito e a minha vontade de ajudar que me tornariam metade do que ele era.

E isso doía em mim.

Doía porque aquela também era a minha forma de me sentir mais próxima dele. Mas do que adiantava se, no fim, o que me restava era um vazio daqueles?

Era naqueles momentos que eu me sentia como se tivesse dezesseis anos de novo, no momento em que recebi aquela ligação da minha mãe, no dia em que ele morreu. Parecia que eu ainda era aquela adolescente imatura e insegura. E isso era porque várias partes de mim ainda haviam ficado naquele dia. A minha parte irmã, a minha parte filha, a minha parte melhor amiga. Nos últimos anos, tudo o que eu conheci foi o julgamento e a intolerância da minha família quando mais precisei deles. E a pessoa que não sentia nada disso por mim, além de ter sumido em outro país com a única lembrança viva que havia restado do meu irmão, também era um símbolo de como seria melhor se eu estivesse naquele carro no lugar dele.

Eu sabia que as minhas "exigências" e os meus questionamentos para Abigail eram mais do que ela podia me dar. Mas, com ela, era como se aquele meu lado adolescente que recebia atenção e afeto só tivesse a oportunidade de evoluir e crescer agora, depois de cinco anos. Porque não era sempre que eu tinha colo. E, quando tinha, eu voltava a ser a versão mais alegre de mim, que nunca chegou a sair do quarto depois da perda do meu irmão, até finalmente conhecê-la.

Isso não era desculpa para despejar nela toda minha carência emocional, com toda a certeza. Mas a avalanche de sentimentos sombrios que dominava minha mente era tão forte que, mesmo eu tentando resistir, ainda conseguia me engolir a ponto de fazer eu me perder dentro de mim mesma.

E agora eu havia estragado tudo. Não porque Bia tivesse me falado, mas porque eu não conseguia conviver comigo mesma. Tinha consciência de toda a minha culpa e dos meus defeitos. E ela também tinha. Ainda mais pela forma como falou comigo durante a nossa discussão. O que mais eu podia dizer? Tinha descoberto onde ficavam minhas feridas e colocado o dedo em todas elas.

Eu nunca seria tão boa quanto poderia. Nunca seria tão boa quanto ele era como pessoa. Não havia nada que eu pudesse fazer com relação a isso. Exceto sentir pena e raiva de mim mesma enquanto estava deitada naquela cama.

Não conversaria com Melissa, porque não seria justo fazê-la me consolar pela perda de Daniel. E não seria justo fazê-la sentir a obrigação de me consolar por estar viva no lugar dele.

E depois? Com quem mais eu poderia falar? Henrique não tinha muita ideia dessa parte da minha história, Abigail estava com raiva, minha mãe era minha mãe e... até a presença onipresente e onipotente para a qual eu recorreria num momento daqueles tinha me abandonado.

Eu me sentia como uma criança que tinha ficado confiante demais ao andar de bicicleta sem rodinhas e que tombava no chão na primeira curva com a qual se deparava. Toda a minha energia, toda a minha vontade de viver... tudo afundava no colchão com o meu corpo, se perdendo em todas as dobras dos cobertores. Aquele era um mix de emoções que eu sabia bem como funcionava. Em um minuto tudo está bem, e no seguinte parece que o mundo todo está desabando na sua cabeça. E, quando essa tristeza profunda te dá folga por um momento, você cai na armadilha de acreditar que tudo vai ficar bem e que não vai mais passar por aquilo.

São dois estados que parecem eternos, e que são extremamente intensos. Você não tem controle algum sobre qualquer um deles, e nem sempre pode prevê-los. Era como estar em uma montanha-russa, no meio da maior das quedas. Você sente todas as forças te puxando para baixo, e ainda assim o seu corpo se levanta do banco, como se uma parte de você lutasse para se manter no topo.

Quando você está no ponto mais baixo, não há nada que possa fazer contra isso. É difícil sair. E nada importa mais do que essa vontade intensa de se encolher, e se encolher, e se encolher, até desaparecer. Se tornar um pontinho minúsculo e indetectável, para o qual o mundo não pode mais fazer nenhum mal. Se eu pudesse, ficaria invisível. Escaparia de todas aquelas pessoas, escaparia das responsabilidades, e escaparia de mim mesma.

Havia horas em que era até difícil respirar em meio às lágrimas e à dor que eu sentia no peito. Em outras, eu mal piscava, encarando o nada como se pudesse ver o infinito nele, perdida em meio aos pensamentos, não movendo um dedo sequer por não ter energia para fazê-lo. Eu não sentia fome, não sentia tédio, não sentia nada além de ondas de tristeza profunda que iam e voltavam.

Tão silencioso quanto o meu apartamento estava o meu celular. Eu não esperava qualquer mensagem, mas isso me fez perder a noção do tempo. Se dormi, não percebi. Chegou ao ponto em que, o que quer que fossem as luzes passando do lado de fora da janela, não importava a cor, não passavam de borrões para mim.

Não sei depois de quanto tempo tive coragem de me levantar para ir em direção ao banheiro e me apoiar na pia com as duas mãos, encarando a mim mesma no espelho. Eu parecia... pálida. Vazia. Com os olhos fundos, sem cor nas bochechas e nos lábios. Nem sabia se um dia conseguiria pentear o cabelo e desfazer os nós que haviam se formado naquele emaranhado de cachos disformes depois de tanto revirar na cama. Mas não me importava com isso. Agora, eu só precisava de um banho.

Fiquei parada embaixo do chuveiro por longos minutos, sentindo a água descer pelo meu corpo e buscando algum tipo de conforto naquela sensação. Quando o vapor tomou conta do banheiro, com a janela e a porta fechadas, o ar se tornou quase sufocante e então eu decidi sair do box. E comecei a tentar desembaraçar o cabelo molhado, me encarando no espelho com uma toalha ao redor do corpo, sem prestar muita atenção no que estava fazendo. Assim como fazia antes, enquanto encarava a parede ao lado da cama, por mais que meus olhos estivessem fixos, eu tinha a cabeça tão cheia de coisas que não via nada à minha frente.

Mas os nós... eles atrapalhavam o fluxo de pensamentos. Quanto mais eles atrapalhavam, com mais força eu passava a escova. E mais difícil ficava me livrar deles.

Foi só quando percebi que estava chorando de agonia por não conseguir desembaraçar o cabelo que eu desisti. Deixando a escova cair no chão, me apoiei na parede atrás de mim, com as mãos nos joelhos, me concentrando em manter um ritmo na respiração para me acalmar. Mas eu não conseguia. Mal tinha forças para ficar de pé por causa da tontura que o vapor havia causado.

A onda de agonia, de tristeza, de raiva e de ansiedade foi o que guiou os meus gestos. Enchi o pulmão de ar e procurei por uma tesoura no móvel ao lado da pia, revirando as gavetas o mais rápido que conseguia. Assim que a encontrei, comecei a cortar fora todos os nós. Era uma tesoura velha, já meio cega, e eu usava mais força do que precisava para puxar cada uma das mechas e cortá-las. Eu queria me livrar daquilo. Me livrar dos nós. Dos pensamentos. Da agonia.

Só fiquei satisfeita quando a sensação de cansaço e a tontura tomaram conta do meu corpo. Havia tanto cabelo no chão... eu mal sabia até que ponto havia cortado. Quando me dei conta do que havia feito, foi o momento em que todas as emoções voltaram, e eu entrei em desespero de novo. O que eu tinha feito? Estava... fora de controle. Merda...

Sentei no chão do banheiro, apoiando os cotovelos nos joelhos, deslizando os dedos pelo meu cabelo, agora bem mais curto do que eu estava acostumada, segurando-o com força dentro dos punhos. Tinha que sair dali. Nem que fosse só do banheiro. Mais uma vez, eu precisava me esconder do mundo embaixo dos meus cobertores. Assim que recuperei um pouco das forças, me arrastei engatinhando para fora e escalei a cama. O celular estava tocando quando passei pela porta do quarto, mas eu ignorei.

Nem sequer olhei o que havia na tela por um bom tempo. Tempo suficiente para que o sol subisse e descesse no céu de novo. O aparelho tocou mais algumas vezes nesse intervalo, mas não tive coragem de olhar. Isso porque eu sabia que, dependendo de quem estivesse do outro lado da linha, eu não conseguiria recusar as ligações. Naquele momento eu não conseguiria fingir que estava tudo bem, e a última coisa que eu queria era que alguém soubesse que eu estava no fundo do poço.

Quando finalmente peguei o celular na manhã seguinte, arrastando o braço pelos travesseiros e espiando para fora do cobertor, vi que as ligações eram de Abigail e de Melissa. A segunda tinha deixado bem claro o motivo de seu contato, pois, além de ligar, mandara dezenas de mensagens perguntando se eu iria amanhã. O que aconteceria amanhã? No caso, hoje?

Minha atenção se voltou para a data no celular. Julho... Dezoito de julho.

Era o dia do qual tanto havíamos falado na última semana: o aniversário da morte do meu pai. A data da homenagem na igreja. Deus... eu tinha dito que pensaria no assunto. Mas não tinha pensado. E agora o dia havia chegado, no pior momento possível. Mais uma vez, comecei a chorar. Era desesperador se sentir assim. A pior coisa do mundo. Tão ruim... tão difícil...

Eu precisava de ajuda. Não queria mais me sentir como uma casca vazia, que só sentia dor e desamparo. Mas para onde eu poderia ir?

Agora, só havia um lugar no qual eu conseguia pensar. O único lugar onde um dia eu tinha conseguido um pouco de paz. Onde me sentira segura. Feliz. Mesmo assim, eu não sabia se estava pronta para ir até lá.

Fechei os olhos e respirei fundo, tentando encontrar forças para lutar contra todas as amarras mentais que me prendiam naquela cama, como garras de um monstro invisível que prende você em uma teia para te devorar aos poucos. Eu precisava sair dali antes que não conseguisse mais.

Respirei fundo, colocando em prática um exercício de respiração que tinha aprendido com a psicóloga, tentando controlar as batidas aceleradas do meu coração causadas pela crise de ansiedade que começava a querer tomar conta de mim de novo.

Inspira, Helena... Controla suas emoções.

Expira, Helena... Foca nas batidas do seu coração.

Inspira... um, dois, três.

Expira...

Seria agora ou nunca! Eu ia conseguir!

Então eu me levantei, tantos sentimentos amarrados como pesos nos meus pés, tornando cada passo até o guarda-roupa um desafio enorme. Me vesti. Nem cheguei a escolher muito. Uma calça jeans, uma camiseta branca e uma jaqueta. Meu cabelo cacheado, que agora chegava à altura do queixo, parecia ainda mais bagunçado que o normal. Mas eu não me importava. Precisava sair da cova, mesmo que sozinha. Não por mim. Pelo meu pai, porque o dia era para ele. Se eu ficasse nesse apartamento, não honraria nem um pouco sua vida. Aquela não era a Helena que ele tinha criado com tanto amor e dedicação.

Mandei uma mensagem para Melissa avisando que eu iria, sim, calculando pela hora do celular que tinha pouco tempo para chegar à igreja. Saí correndo de casa. Não respondi mais nada. Nem às ligações de Abigail.

Simplesmente corri para a rua, sem pensar. Porque, se eu parasse, nem que fosse por um segundo, sabia que não conseguiria seguir em frente.

SEIS ANOS ANTES

"EU NÃO EXISTO SEM VOCÊ" — OSWALDO MONTENEGRO

Meu pai tinha morrido naquela madrugada. A ELA havia vencido finalmente. Não sei que horas eram, só lembro de ter sido acordada por Daniel, que se sentou ao meu lado na cama e disse que nosso pai tinha partido. Chorei por um longo tempo em seus braços. Depois, tentei correr para o quarto onde meu pai devia estar, mas fui impedida pelo meu irmão, que disse que o corpo já havia sido levado para ser preparado para o velório.

Minha mãe entrou sem se preocupar em bater antes, e pediu que nós nos arrumássemos. Ela lembrou a Daniel que Melissa ainda estava no quarto dela e que devia ser avisada. Meu irmão saiu em seguida, não sem antes me dar um beijo e pedir que eu fosse forte como só sua irmãzinha podia ser. Que ele precisava de mim, e nossa mãe também.

Olhei para Dona Marcia parada na porta, me encarando com o rosto abatido e os olhos vermelhos. Foram poucas as vezes que eu tinha visto minha mãe daquele jeito. A última de que me lembrava havia sido um ano antes, quando descobrimos que Daniel era portador da mesma doença do meu pai.

— Helena, preciso que você tome um banho e se troque o mais rápido possível. Temos que ir até a igreja para preparar o velório — falou, em tom firme, mas que não escondia a dor que estava sentindo. — Coloque uma roupa discreta, por favor, e nada de chamar nenhuma daquelas suas "amiguinhas" para te acompanhar.

Antes que eu tivesse tempo de pensar em uma resposta, ela saiu do quarto, fechando a porta atrás de si. Eu não conseguia acreditar que nem no momento mais triste da nossa vida minha mãe deixava de lado o seu preconceito.

Respirei fundo e fechei os olhos, tentando relacionar aquela fala infeliz à dor que ela estava sentindo. Que todos nós estávamos sentindo. Pensei no que Daniel havia pedido: eu tinha que ser forte. Mas a dor era tão grande, e minha mãe tinha conseguido piorar tudo ainda mais. Como nós viveríamos sem meu pai unindo nossa família? Como eu viveria sem ouvir suas palavras de amor, sua sabedoria, sem ver o seu olhar cheio de ternura?

Sentei na cama, sentindo as pernas perderem as forças. Parecia que um peso de cem quilos tinha sido colocado nos meus ombros sem aviso. Olhei para a escrivaninha ali ao lado, perto da janela que tinha vista para o jardim. O mesmo onde eu costumava brincar com meu pai quando era criança.

Fui até ela, peguei um papel de carta e comecei a rabiscar algumas palavras. Não tinha tido tempo de dizer ao meu pai tudo o que queria. Não tinha me despedido. Mas precisava colocar para fora o que o meu coração gritava.

Entrei na igreja um pouco atrás de minha mãe e logo vi os olhares das pessoas que já estavam por ali. Algumas choravam e sussurravam coisas como "sinto muito" ou "lamento a sua perda". Mas haviam aquelas que me olhavam torto, como se eu fosse uma aberração que não devia estar presente. Olhares que eu havia começado a receber desde que contara para meus pais sobre minha orientação sexual, e que minha mãe tinha compartilhado com suas "irmãs" da igreja.

Será que nem naquele momento elas eram capazes de sentir empatia? De colocar de lado todo o seu ódio gratuito e serem solidárias com a dor alheia? Respirei fundo, baixei a cabeça e continuei andando em direção ao palco, onde estava o caixão preto do meu pai, rodeado de grandes coroas de flores e de cavaletes com fotos de nossa família e dele quando era jovem.

Parei a um metro de distância do caixão, sem coragem para prosseguir e ver meu pai deitado ali dentro, sem vida. Era a primeira vez que eu o veria depois de morrer, e fazer isso tornaria tudo real.

— Vai, Helena — ouvi a voz da minha mãe atrás de mim. — Se despeça do seu pai. Ele iria gostar que você fizesse isso.

Ergui a cabeça e vi que seus olhos estavam marejados. Por mais dura que que Dona Marcia fosse, ela o amava muito e estava sofrendo mais do que se permitia transparecer. Assenti e voltei a encarar o caixão a minha frente.

Parando ao lado dele, olhei para o meu pai, deitado de olhos fechados, com a expressão tranquila, como se estive apenas dormindo. Confesso que algo em minha mente tinha pintado um quadro muito pior. Eu, não sei por quê, achava que o veria com uma expressão de sofrimento, ou sei lá como. Mas tudo o que vi foi a fisionomia que eu tanto conhecia. Ele estava em paz.

Fiz um carinho em seu rosto e afaguei seu cabelo. Dei-lhe um beijo na testa e disse que o amaria por toda a minha vida. Nunca imaginei que poderia doer tanto perder alguém que a gente ama. Parece que tudo fica sem sentido. A constatação de que nunca mais poderemos ouvir a voz daquela pessoa, ou sentir seu abraço, receber seu amor, é algo devastador.

Precisei reunir todas as minhas forças para me manter de pé e ir em direção ao banco onde minha mãe estava. Sentei ao lado dela e de Diana, melhor amiga do meu irmão, no primeiro banco da igreja, logo em frente ao palco e perto do caixão. Não conseguia mais controlar as lágrimas. A dor era tão intensa que pensei que meu coração iria explodir.

Estava de cabeça baixa quando vi que Daniel chegou e parou ao lado do banco. Ele estava com Melissa, sua nova namorada.

Abri espaço entre minha mãe e eu para que eles se sentassem entre nós. Desde aquela manhã em meu quarto, nós duas tínhamos trocado poucas palavras, em sua maioria para falar sobre as providências a serem tomadas na cerimônia. Nem sequer tínhamos nos abraçado, ou consolado uma à outra. Havia um muro tão grande entre nós duas que nem mesmo a dor de perder alguém que amávamos tanto foi suficiente para derrubá-lo.

Daniel se sentou e logo pegou minha mão. Apoiei a cabeça em seu ombro e ele me deu um beijo na testa, sussurrando que ele estava ali e que ia ficar tudo bem. Como eu queria acreditar naquelas palavras.

Um amigo de meu pai, que agora era o pastor responsável pela igreja, subiu ao púlpito e começou o sermão. Não ouvi metade das palavras que ele falou, porque o choro descontrolado voltou a quase me sufocar. Só consegui parar alguns minutos antes de ele fazer um gesto sinalizando que me chamaria em breve. Depois de mais algumas palavras, o pastor pediu que eu fosse até o palco e falasse algumas palavras.

— Você consegue, Leninha — disse Daniel, dando um beijo na minha mão, que ele não tinha soltado nem por um minuto desde que chegara. — Eu te amo e estou aqui.

Me encaminhei em direção ao local que antes era ocupado pelo pastor. Tirei do bolso da calça o papel de carta, desdobrei-o e ajeitei o microfone. Olhei para o mar de rostos na igreja lotada e hesitei. Aquela tinha sido uma péssima ideia. Eu não conseguiria enfrentar tantos olhares de reprovação.

Dei um passo atrás, já querendo sair dali, mas olhei para Daniel, que fez um gesto com a cabeça me encorajando. Depois olhei para meu pai, aquele homem que me deu tanto amor em vida. Que me aceitava como eu sou. Ele merecia saber tudo o que eu sentia por ele.

— É compreensível que todos vocês pensem que eu vou falar sobre como me senti quando meu pai foi diagnosticado com sua doença, ou como foram difíceis os anos em que aconteceram grandes mudanças, como a vinda da cadeira de rodas e do aparelho que ele usava para falar — comecei, com a voz ameaçando falhar. — Mas eu não vou falar disso, porque não era a doença que definia quem o meu pai era ou não era. Não era um rótulo ou um limite imposto por essa doença, a ELA, que fazia dele quem era, mas sim todas as coisas incríveis que ele fez. Toda a bondade, todas as piadas, toda a coragem e todo o amor. — Respirei fundo, tentando encontrar forças para continuar. — Era isso que o definia, e é isso que nunca mais vai se repetir, em pessoa nenhuma, em todo o universo. Porque ninguém nunca vai dizer as mesmas palavras da mesma forma, e ninguém vai conseguir preencher o buraco que ele deixou nos nossos corações. — Balancei a cabeça, sorrindo entre as lágrimas. — Porque assim é a morte, não é mesmo? Ela é imprevisível e cruel, e leva embora não só as pessoas que amamos, mas todos os sentimentos bons e ruins que aquelas pessoas nutriam por nós, deixando apenas o vazio irreparável no lugar. Mas, se há uma coisa que eu realmente quero dizer, e que eu diria pra ele agora se ainda pudesse, é "perdão". Perdão por todos os "eu te amo" que deixei de dizer, e por todas as vezes que deixei de te abraçar e de agradecer por me apoiar em cada idiotice que eu decidia fazer. Perdão por não poder ter sido companheira na sua dor e no seu sofrimento a cada vez que eu pude. E perdão por não poder acompanhá-lo nessa jornada nova que você vai ter que traçar sozinho. — Fechei os olhos, me apoiando no púlpito e tentando me manter de pé. — Nada é eterno, era o que você costumava falar, mas eu sinto dizer que estava errado, papai. O amor que nós sentimos por você é. Tenho tanta certeza disso quanto sei que ainda vamos nos reencontrar, e que vou poder te dizer tudo isso pessoalmente.

Dei alguns passos para trás, escondendo o rosto com as mãos, porque não consegui mais impedir que as lágrimas tomassem conta do meu rosto. Não queria chorar em cima do palco, na frente de tantas pessoas que não desejavam que eu estivesse ali. Foi quando senti os braços do meu irmão me envolvendo.

— Calma, Leninha. Vai ficar tudo bem — disse ele, antes de me dar um beijo na testa. — Agora vai sentar que chegou a minha vez de tentar superar a linda homenagem que você fez pro nosso pai.

Eu sorri. Aquele era Daniel, sempre tentando fazer todo mundo se sentir melhor, mesmo no momento mais terrível. Mesmo eu sabendo que ele sofria tanto quando eu. Ele sempre conseguia fazer tudo ficar bem. E só por isso não desabei, porque sabia que meu irmão sempre estaria ao meu lado, me ajudando a enfrentar tudo de ruim que se colocasse na minha frente. Ele nunca me abandonaria.

Primeiro passo

"I WENT TOO FAR" — AURORA

Parada em frente à igreja, com o celular na mão e o coração na boca, me vi no mesmo lugar daquela outra semana: bem em frente às grandes portas de madeira, sem conseguir subir os degraus da entrada. Me sentia fraca, desprotegida e pequena. Mas pela primeira vez isso não me amedrontou. Porque agora eu sabia que isso tinha a ver inteiramente comigo. O medo que eu sentia de ficar sozinha, de sucumbir ao sofrimento do qual eu tinha me rodeado nos últimos dias, era maior do que qualquer coisa.

Subi os degraus devagar, sentindo o coração acelerando a cada passo que dava em direção à entrada. Um passo de cada vez, devagar, respirando fundo, reunindo coragem. Mais um passo e finalmente eu estava lá dentro. Continuei caminhando, sem conseguir olhar para nada que não fossem os meus pés, ouvindo os murmúrios das pessoas. Não sabia se alguém já tinha percebido a minha presença, e eu esperava que não. Queria encarar tudo aquilo sozinha, do início ao fim. Por ele. Por eles. Porque não era só a memória da despedida de meu pai que eu tinha naquele lugar. Eu também tinha a memória do meu irmão. Da coragem que ele teve, naquele dia, de subir ao palco e cantar com toda a sua tristeza, e todo o seu coração. Ele era forte. E eu podia ser também. A força estava no sangue da família Lobos, como ele gostava de dizer para me encorajar sempre que eu dizia que estava com medo.

Olhei para cima, sentindo uma bola de emoções crescer dentro de mim. Ainda não havia dado mais do que alguns passinhos, mas era o suficiente para que eu me sentisse... diferente. Vitoriosa. Porque, por menor que fosse aquele avanço para quem via de fora, era enorme para mim.

E não havia um monstro terrível ali dentro. De forma alguma. Apenas fileiras de bancos de madeira dos dois lados, com um palco, um púlpito, um altar, um coro e instrumentos musicais lá no fundo. Nada assustador. Muito pelo contrário, parecia um lugar cheio de paz.

Olhei para as pessoas em volta. E essa era a parte assustadora. Eram elas as julgadoras. As que apontavam dedos. As que ditavam regras que, na sua opinião, tornavam as pessoas dignas de entrar no Reino do Céu.

Por muito tempo elas conseguiram me amedrontar. Me tiraram o direito de estar ali, naquele lugar que sempre fora meu porto seguro. Mas por algum motivo, nesse instante, não importava mais o que pensavam de mim. Eu precisava daquele lugar. Porque eu finalmente conseguia sentir de novo que estava em casa.

Comecei a caminhar devagar pelo corredor entre os bancos, ouvindo aos poucos o meu nome em vozes conhecidas. Era óbvio que eu não passaria despercebida. Aquele era o dia da homenagem ao pastor George. Eu era filha dele. É claro que me reconheceriam. Ainda mais porque todos sabiam que fazia anos que eu não pisava naquele lugar. E, acima da certeza de que me conheciam, havia a certeza de que eles sabiam muito bem *quem* eu era. Porque, ao contrário de mim, minha mãe se fazia muito presente ali. E era fato que ela havia choramingado suas mágoas com todos os que estivessem dispostos a ouvir seus lamentos por ter uma filha como eu. Deve ter praguejado sobre a minha vida. As minhas "escolhas", como costumava dizer.

Foi só quando parei em frente ao primeiro banco, em busca de um espaço para sentar, que escutei o que um grupo de pessoas falava. Eu as reconheci. As amigas da minha mãe. As mesmas das quais eu e Rafael havíamos falado no nosso último encontro. "Desgosto", "vergonha", "maldição", "doente". Era como um discurso gravado pela minha mãe, e repetido com as vozes de cada uma de suas amigas.

— Não devia estar aqui. Uma vergonha para a família. Pro pai dela. Uma coisa dessas entrando na casa de Deus... é o fim dos tempos — disse a que estava atrás de mim, fazendo meu estômago embrulhar. Mas mantive o queixo erguido. Tinha ouvido coisas assim a vida inteira. Não seria agora que deixaria isso me afetar. Ainda mais depois de ouvir coisas piores da minha própria mãe.

Elas continuaram a cochichar entre si, mas fazendo questão que fosse alto o suficiente para que eu escutasse, até que uma delas decidiu se levantar. Acompanhei a senhora com o olhar enquanto ela caminhava em direção a Rafael, que estava um pouco mais à frente, num canto, conversando com um dos membros da banda, provavelmente para acertar os últimos detalhes da apresentação.

Ela chamou a atenção dele, e os dois trocaram algumas palavras. A mulher não parecia nem um pouco feliz, considerando a expressão que tinha no rosto. Principalmente quando viu que eu a encarava. Rafael, por outro lado, mal pareceu ouvir. Quando seguiu o olhar da mulher e me avistou, um sorriso iluminado apareceu em seu rosto, e ele não se demorou em se aproximar, já abrindo os braços para mim.

Meu sorriso foi um pouco mais tímido, contido, e ainda assim me levantei e deixei que me abraçasse, passando os meus braços ao redor dele discretamente. Por cima do seu ombro, vi o olhar de choque na cara da cobra vestida de mulher a alguns metros de nós. Poderia até mostrar o dedo do meio para ela bem ali, se não estivesse em um lugar santo.

— Helena... você veio... — disse Rafael, dando um passo para trás e pegando minhas bochechas com as duas mãos. — Não acredito nisso... Que surpresa maravilhosa — continuou, visivelmente feliz por me ver.

— Eu precisava vir. Eu devia isso a mim mesma — expliquei, certa das minhas palavras, determinada a plantar os pés naquele lugar e a não sair mesmo que me pedissem.

— Eu imagino. — Ele me olhou com ternura, provavelmente vendo em meu rosto que eu estava longe de estar na minha melhor forma. Sabia que eu precisava de segurança agora, e que tinha vindo procurá-la ali. — Seu pai ficaria muito feliz por ver a garotinha dele voltando para casa.

Assenti com a cabeça, incapaz de responder de primeira. Senti os olhos começando a ficar marejados só de pensar no meu pai. Quase conseguia imaginá-lo ali, naquele púlpito, quando ainda podia andar. Havia me cansado de assisti-lo falando por horas em seus sermões. Cheguei a um ponto em que implorava para minha mãe para faltar a alguns cultos. Na época eu só queria ficar em casa, jogando videogame. Mas hoje eu daria qualquer coisa para ouvir um dos sermões dele mais uma vez. Qualquer um. Queria poder ouvir sua voz novamente. Queria que ele sentisse orgulho de mim. Ver seu sorriso só mais uma vez ao me ver entrar pelas portas daquela igreja.

Eu tinha perdido tanto, tanto tempo. Tinha ido tão longe com essa história. E agora percebia isso. Devia ter ido até ali antes. Devia ter ignorado o medo e enfrentado o que quer que fosse para estar naquele lugar, que eu tanto amava. Pelo meu pai, por Daniel e por mim. Mas não. Eu havia esperado chegar até o meu pior momento para me arrastar até a igreja. Só esperava que não fosse tarde demais para ser aceita de volta.

— E quanto às senhoras, se se sentirem incomodadas, fiquem à vontade para se retirar — Rafael disse, subitamente, para o grupo de mulheres sentadas atrás de mim. As mesmas que falavam pelas minhas costas. — Todos são bem-vindos na casa do Senhor. Quer vocês queiram ou não.

A expressão de espanto no rosto delas foi impagável. Quase me fez voltar a sorrir. Tinham ido até o pastor para tentar convencê-lo a me expulsar dali, e só conseguiram um convite para se retirar. Isso provou um pouco mais para mim que nem todo mundo é do mesmo jeito. Acho que eu sempre soube disso, só passei muito tempo deixando que as palavras cheias de ódio e preconceito que eu ouvia de algumas pessoas ecoassem mais alto do que as de amor que eu escutava de outras. Agora, porém, eu havia decidido que não as ouviria mais. Tinha ficado claro que algumas frutas estragadas não apodrecem uma árvore inteira.

Havia dezenas de pessoas dentro daquela igreja que pareciam felizes em me ver. E outras dezenas que pareciam tão desgostosas quanto aquelas mulheres. Não existe o claro sem o escuro. Nem o dia sem a noite. Há o amanhecer e o anoitecer, e eu teria que aprender a lidar com todas essas nuances sem deixar que elas me afetassem tanto. Seria difícil e provavelmente eu precisaria de muita ajuda, mas iria conseguir.

Por sorte, nenhuma das mulheres abriu a boca para falar mais nada. Bom para elas, porque, se o fizessem, minha resposta nem de longe seria tão educada quanto a de Rafael.

Olhei para meu amigo com gratidão, percebendo pelo canto do olho parte do grupinho se levantar para ir embora. Que fossem. Só abririam mais espaço para gente com um coração melhor. Meu pai não precisava ser homenageado por nenhuma daquelas víboras; nenhuma delas o representava.

Meu pai era um homem bom, compreensivo, tolerante — tudo o que elas não eram. E aquele tipo de presença estava envenenando um lugar que sempre fora extremamente importante para ele.

— Olha só... ela guardou lugar pra gente! Que ótimo! — ouvi alguém falar atrás de mim. Uma voz que eu já conhecia bem, e que sempre me fazia sorrir quando a escutava.

— Mel... Oi — falei, voltando minha atenção de Rafael para ela. Nem esperei para me aproximar e abraçá-la, precisando de um pouco de sua força agora.

E ela não estava sozinha. Vinha acompanhada de um rapazinho lindo. Olhos azuis, cabelo preto cacheado e pouco mais de um metro de altura. Um baixinho extremamente charmoso, e com um sorriso encantador. Ele se aproximou de mim também, abraçando nós duas pela cintura, o rostinho se enterrando em minha jaqueta.

É claro que eu tive direito a um comentário sem nenhuma crítica construtiva sobre meu novo corte de cabelo, mas nem cheguei a me importar. Só estava feliz que os dois estavam ali por mim e pela nossa família. Mas Melissa não tinha vindo de mãos vazias. Ao menos não figurativamente. Assim que nos sentamos no banco, ela soltou a bomba.

— Eu contei pra *ela* que você vinha. A dama de ferro.

Não me zanguei com Melissa. De forma alguma. Apesar de ser uma surpresa, não era exatamente ruim saber disso. Na verdade, era até uma notícia boa. Aquela seria a minha chance de ver qual o efeito que nossa última conversa tinha surtido sobre ela. Quem sabe, depois de tudo o que falamos, ela tivesse caído em si e percebido que só restávamos nós duas na família, que tinha chegado a hora de acabar com aquela guerra? A esperança é a última que morre, não é o que dizem?

De qualquer forma, minha mãe só tinha duas escolhas: aparecer e se sentar ao meu lado para prestar uma homenagem a uma pessoa que nós duas amávamos muito, ou se recusar a aparecer para evitar o encontro com a filha que ela tanto tinha renegado perante aquelas pessoas. A escolha era dela. E, dependendo do que fizesse, eu teria uma resposta definitiva do que seria nosso relacionamento dali em diante.

— Agora vamos ver se ela aparece — comentei, com um suspiro, voltando minha atenção para o palco enquanto Rafael subia nele, pronto para começar o sermão e o discurso que provavelmente havia preparado para aquela tarde tão importante.

As correntes em mim

"WHOLE HEART (HOLD ME NOW)"
— HILLSONG UNITED

Melissa segurou minha mão o tempo todo. Ela me dava força enquanto Rafael ia avançando em seu sermão, intercalando-o com as músicas que meu pai adorava. Eram as que mais tocavam quando ele ocupava o púlpito, no lugar de quem estava lá agora.

Aquele garoto o conhecia tão bem que às vezes quase parecia que era meu pai que estava ali pregando, usando as mesmas palavras que ele costumava usar. Era reconfortante. E me emocionava, mesmo que eu tentasse me fazer de durona. Não havia como segurar. Não era só o fato de ele estar falando do meu pai, mas também porque era a primeira vez que eu pisava na igreja em cinco anos. Era a primeira vez que eu ouvia aquelas palavras depois de tanto tempo. Parecia uma lembrança distante ganhando vida novamente. Era como um reencontro.

Era daquilo que eu precisava. Depois de uma semana tão ruim, cheguei a sentir que não havia mais saída para tanta angústia. Eu havia me enterrado nos meus piores pensamentos. Nos meus próprios medos. Minhas inseguranças. Tinha prendido meus braços e pés em correntes e ficado presa à cama. Mas naquele dia eu tive força para me levantar e me dirigir àquele lugar.

Só que, apesar de tudo, eu sabia que havia mais uma coisa a fazer, porque era o tipo de coisa que Daniel faria se estivesse ali. Mesmo que eu não pudesse senti-lo junto a mim, eu ainda o conhecia melhor do que ninguém, e sabia o que gostaria que eu fizesse.

Eu estava com medo, minhas mãos tremiam e meus dedos estavam gelados. Só de pensar na ideia, eu congelava no banco e sentia que iria perder o controle do meu corpo. Mais uma vez eu lutava contra muitos sentimentos para conseguir me levantar e seguir em frente.

Quando Rafael parou para beber água, depois de falar bastante, senti um calor no coração. Como um chamado tão forte que eu não podia mais ignorar. E eu soube que a hora havia chegado. Eu precisava disso. Precisava me dar a chance de tentar. Porque aquela seria a última vez que eu pediria para ser ouvida. Para que me respondessem.

Então, quando me levantei e caminhei, as palavras escaparam da minha boca antes de o meu cérebro cogitar impedi-las. Foi rápido, como fazemos quando tiramos um curativo para evitar a dor. Eu não podia ter tempo para desistir. Rafa pareceu entender o que se passava, pois nem sequer hesitou quando olhou para mim. E, enquanto ele anunciava o meu nome e o que eu faria em seguida, olhei por cima do ombro para Melissa, que me encarava com os olhos castanho-escuros arregalados de surpresa e um sorriso no rosto. Acho que nem ela acreditava no que estava acontecendo.

Havia anos, todas as sextas-feiras, eu ia até um bar no meu bairro. Chegava com meu violão, vez sim, vez não, e me sentava num banco de madeira em um palquinho que havia ali. E então eu tocava, acompanhada de mais dois músicos que mal conhecia. Dezenas de pessoas iam e voltavam em apenas uma noite. Centenas em um mês. Para elas eu conseguia fingir que não tinha medo de tocar. Mas isso era porque elas não me conheciam. Elas me viam naquele dia, iam para casa e se esqueciam de mim. E às vezes elas nem sequer me ouviam. Ficavam tão entretidas em suas conversas, em suas bebidas, que nem notavam a minha presença. E eu gostava que fosse assim.

Minha mãe também não ouvia. Não me entendia. Eu tinha me acostumado com aquilo durante uma vida inteira. Era como falar com uma parede. Não vinha resposta nenhuma de volta. Ao menos não uma que me fizesse sentir ouvida de verdade. Sempre tivera meus sentimentos emudecidos. Não importava quantas vezes eu tentasse, minha mãe nunca estivera disposta a me ouvir.

Na verdade, eu mesma parecia não me escutar. Meu corpo gritava e chorava, pedindo ajuda. Mas eu ignorava. Passava as noites em claro ouvindo os vizinhos, me entupindo de café. Fazia mais do que podia suportar, e, quando meu corpo e minha mente finalmente se quebravam de tanta negligência, eu me sentava e esperava que recuperassem a energia sozinhos para poder começar tudo outra vez.

Mas hoje não. Eu estava cansada. Tinha ido além de todos os meus limites.

Hoje eu precisava ser ouvida. Ouvida por mim, pelas pessoas naquela igreja, por Melissa, por Deus, pelo meu pai e pelo meu irmão. Se nenhuma resposta viesse disso, então eu saberia que meu destino realmente era aquele. Viver uma vida de silêncio, em que eu perdia as pessoas que mais amava, e tinha que lidar com isso durante todos os outros dias que me restavam.

Não foi difícil escolher uma música. Eu tinha uma em mente, que meu pai adorava. Daniel a cantava às vezes, mas não era por isso que eu a tinha escolhido. Era porque aquela canção se encaixava bem no que eu precisava dizer.

— "Whole Heart." Do Hillsong — falei, enquanto subia no palco com o microfone desligado na mão. — No mesmo tom do Dani — acrescentei, já que a banda toda tocava ali desde que eu me entendia por gente. Pela quantidade de vezes que meu irmão havia cantado naquele palco, eles sabiam bem qual era o tom dele. Que, no fim, sempre foi o mesmo que o meu.

Eles assentiram, virando algumas páginas de suas enormes pastas de cifras, enquanto eu seguia até o meio do palco, entre o coro e os músicos, sentindo o coração bater acelerado no peito enquanto erguia a cabeça, encarando a igreja lotada que se estendia à minha frente. Pessoas que me conheciam, mas que tinham emoções diferentes sobre mim. Algumas gostavam, outras me toleravam, outras me odiavam. Para as que não me queriam ali, só restava deixar aquela igreja, porque eu não iria a lugar nenhum.

Liguei o microfone quando escutei os músicos ao meu lado direito começando a tocar, sentindo e vendo minhas mãos tremerem enquanto eu o segurava e o aproximava da boca para cantar os primeiros versos. Baixei o olhar novamente para o chão enquanto começava, tentando encontrar coragem naquele gesto.

Hold me now
In the hands that created the heavens
Find me now
Where the grace runs as deep as Your scars.
You pulled me from the clay
You set me on a rock
Called me by Your Name
And made my heart whole again.

Enquanto ia me lembrando dos versos, eu sentia as batidas do meu coração ficando cada vez mais fortes. Estava tão nervosa... uma sensação inexplicável. Mesmo que aquelas palavras conversassem comigo, eu ainda não podia me desprender dos olhares que sentia em mim. Então, eu precisava me lembrar do motivo de estar fazendo aquilo. Precisava me lembrar para quem estava cantando. Então, quando veio a parte seguinte, tentei cantar um pouco mais alto, com mais confiança.

Lifted up
And my knees know it's all for Your glory
That I might stand
With more reasons to sing than to fear
You pulled me from the clay
Set me on a rock
Called me by Your Name
And made my heart whole again.

Eu tinha mais razões para cantar do que para sentir medo. Ali, naquele momento, tudo o que eu queria era que ELE conseguisse me ouvir. Eu precisava deixar claro tudo o que queria dizer. Tinha que cantar mais alto. Tinha que fazê-lo me ouvir.

Como a letra da música dizia, eu precisava que Ele entendesse que naquele momento eu estava totalmente entregue e precisava que pegasse meu coração em suas mãos e o curasse. Eu clamava desesperadamente por isso. Gritava para que Ele colasse todos os pedacinhos do meu ser. Perdoasse meus pecados e me cobrisse com sua graça eterna.

Cantei, começando a erguer os olhos para o teto da igreja enquanto passava pelos versos, olhando para o lugar de onde eu esperava que viesse a minha resposta. Porque era isso. Eu precisava Dele. Precisava de ajuda. Precisava que me ouvisse, e que pegasse a minha mão para me guiar pelo caminho tortuoso que era a minha vida. Eu queria chegar a um lugar onde finalmente conseguisse a paz com que tanto sonhava. Aquela era a minha última esperança. E eu podia ouvir a minha voz se misturando com o coro. Por isso, sabia que ainda não era o suficiente. Precisava de mais. Muito mais.

And that grace
Owns the ground where the grave did
Where all my shame
Remains left for dead in Your wake.

You crashed those age-old gates
You left no stone unturned
You stepped out of that grave
And shouldered me all the way.

Dei um passo para a frente, levantando mais a voz, me concentrando nas batidas da música, no coro atrás de mim, ainda olhando para o teto. Eu segurava o microfone nas mãos cada vez mais forte, sentindo aquela energia crescendo dentro de mim quanto mais eu me concentrava na letra, tentando, a cada verso, usar ainda mais fé. Porque eu a tinha. Eu tinha fé de que receberia a minha resposta. De que Ele me ouviria. De que Daniel podia me ouvir. De que meu pai tinha orgulho de mim. Eu só precisava dar mais de mim. Mais uma vez: muito mais.

— Por favor... por favor... Por favor... — pedi, entre uma estrofe e outra, afastando o microfone da boca por um segundo antes de continuar.

So here I stand high in surrender
I need You now
Hold my heart now and forever
My soul cries out.

Cada frase era um pedido. Era eu implorando. Minha alma chorava, meu coração gritava.

"Eu *preciso* de você. Eu *preciso*. Você é tudo o que eu tenho agora. Você é tudo em que eu tenho fé, é tudo em que eu acredito. Se não for você, não há mais nada que poderá me levantar. Porque você é a minha força. Sempre foi. E eu nunca devia ter deixado este lugar. Deixado você. Nunca devia ter te abandonado, porque foi isso o que aconteceu. Eu deixei de acreditar. Mas eu estou tentando agora. Com todo o meu coração. Mas, por favor... eu preciso de você... por favor..."

Healed and forgiven
Look where my chains are now
Death has no hold on me
'Cause Your grace holds that ground.

E foi ali. Foi ali que eu recebi a minha resposta. Depois de tanto... tanto tempo. Eu finalmente pude ouvi-lo. Junto à minha voz, às vozes do coro, da igreja cantando comigo e dos instrumentos. Era como se ele estivesse ali comigo. Do meu lado. Era a voz do meu irmão, cantando com a minha. E não havia nada que pudesse me fazer duvidar disso. Ele estava me ouvindo. Estava ali comigo. Ele não tinha me abandonado... Por Deus... Ele podia me ouvir...

Meus olhos se encheram de lágrimas, e, ainda que minha garganta doesse por tentar contê-las, eu continuava a cantar, porque sentia que, quando parasse, não o ouviria mais. Não assim, como se estivesse ao meu lado, cantando comigo para toda aquela gente.

And Your grace holds me now
Your grace holds me now
Your grace holds me now
Your grace holds me now.

E, quanto mais alto eu cantava, mais claramente eu podia ouvi-lo, mesmo que eu falhasse um pouco nas notas por causa das lágrimas que marejavam os meus olhos. Era ele. Era o Dani. Com aquela voz que tanto me fazia falta, e de que eu achava que não me lembrava mais.

Mas que boba eu fui... Precisei de cinco anos para perceber que não era falando com um pedaço de pedra que ele me responderia.

Precisei de cinco anos para pisar naquele palco que pertencia a ele para me lembrar de quão livre Daniel era. Do que ele amava. Ele amava cantar, e não havia qualquer outro lugar onde ele poderia estar.

Aquele palco era dele. Sempre foi, desde a primeira vez que pisou ali. E agora eu sentia como se, cantando comigo, ele o estivesse passando para mim.

E então veio o silêncio. Dele e da música. E eu não pude mais conter uma lágrima sequer, sentindo como se o vazio em meu coração finalmente tivesse se preenchido. Porque eu não estava mais sozinha. Eu ainda tinha a minha família, mesmo que não pudesse mais vê-la.

Vi as portas da igreja começando a se abrir mais uma vez, e uma parte de mim, uma parte idiota de mim, pensou na minha mãe. Ela era a única que faltava ali. Meu pai estava nas palavras de Rafael. Meu irmão estava presente em todo aquele palco. E ela... ela tinha que vir. Porque Deus estava me escutando. E eu só queria a minha família. Inteira, completa. Mesmo que ela me machucasse, me rejeitasse, eu ainda era parte dela. E meu coração ainda tinha espaço para o perdão.

Mas não era ela quem entrava. Ela não tinha vindo. Mesmo que Melissa tivesse pedido. Mesmo com aquele dia. Marcia não conseguia me aceitar, e imaginar que isso aconteceria tão cedo seria esperar um conto de fadas.

Na verdade, quem entrou, provavelmente fruto das ligações misteriosas que minha melhor amiga e cunhada havia feito antes de vir, foram Henrique e Abigail, olhando para os lados, como se entrassem escondido em uma festa para a qual não haviam sido convidados.

Eu tinha brigado com Bia. Ela havia dito coisas dolorosas, mas que, no fim, eram verdadeiras. Aquilo não era o fim da discussão, nem de longe. Mas era um começo. Um primeiro passo para alcançarmos nosso ponto de encontro. Assim como cantar naquele palco tinha sido para eu me reencontrar com o meu Deus. E eu tive ainda mais certeza disso quando a vi sorrir para mim, se encolhendo num canto com meu amigo, atrás de todos os bancos, para me assistir com discrição naquele lugar onde só tinha entrado por minha causa. Ela não acreditava em Deus. E com certeza não estava ali pelo culto. Ainda assim, tinha vindo. Mesmo que as coisas não estivessem boas, e mesmo que ela não tivesse fé. Ao contrário da minha mãe, que tinha todos os motivos do mundo para estar ali.

So here I stand, high in surrender
I need You now
Hold my heart now and forever
My soul cries out.

Ouvi o coro e a igreja cantarem junto comigo enquanto eu ainda os encarava de longe, lançando um olhar cheio de gratidão para Melissa, que me assistia da primeira fileira, chorando de soluçar tanto quanto eu. Não consegui nem levantar o microfone para cantar aquelas duas estrofes com eles. No entanto, ouvindo todos assim, cantando com tanta força, me seguindo na música, eu só podia me sentir ainda mais encorajada a voltar a cantar. Eu via diversas pessoas com as mãos levantadas para o céu, que era a sua forma de conversar com Deus. De orar. De pedir a Ele assim como eu havia feito.

Here I stand, high in surrender
I need You now

Hold my heart now and forever
My soul cries out... here I stand.

Me juntei aos outros, olhando para o céu mais uma vez enquanto cantava. E agora eu não tinha mais o que pedir. Finalmente me sentia completa. Então, o que me restava era agradecer. Não era dar tudo de mim para receber algo em troca. Era dar tudo de mim para agradecer pelas duas melhores coisas que haviam acontecido comigo naqueles cinco últimos anos.

Once I was broken
But You loved my whole heart through
Sin has no hold on me
'Cause Your grace holds me now
Healed and forgiven
Look where my chains are now
Death has no hold on me
'Cause Your grace holds that ground

And Your grace holds me now
Your grace holds me now.

Cantei com todas as forças, com tudo o que eu tinha, olhando para cima. Porque ainda era para Ele que eu cantava. Só que agora eu sabia que estava sendo ouvida. E não havia mais nada para me segurar. "Olhe onde as minhas correntes estão agora." Era nisso que eu pensava. Nada mais podia me parar. Não enquanto eu cantava. Não enquanto eu estava naquele palco, e não enquanto a minha família estivesse comigo. Curada e perdoada? Talvez não totalmente. Aquele era o meu milagre, mas não daqueles que curam por completo, porque eu sabia que ainda tinha um caminho longo a percorrer. De qualquer forma, era o melhor primeiro empurrão que eu poderia pedir.

Agora, finalmente, eu me sentia mais leve, como se todas as amarras que me prendiam no fundo daquele lago escuro de solidão, medo e tristeza tivessem se desfeito naqueles poucos minutos de oração.

Cantei mais, sozinha dessa vez, sentindo toda aquela energia ainda em mim. Porque, além de tudo, eu sentia que o que estava acontecendo era mais uma prova do que Abigail tinha me falado, e do que eu tanto havia duvidado. Deus é amor. E eu não era uma vergonha. Uma maldição. Uma aberração. Eu era filha Dele, e Ele nunca tinha deixado de me amar. Eu podia ter cometido muitos erros durante aqueles anos, mas nenhum deles tinha a ver com quem eu era.

Há momentos em nossa vida em que achamos mais fácil culpar o mundo por nossas dores e esquecemos de ouvir a voz que ressoa dentro do nosso coração, sempre tentando nos dizer o quanto somos especiais e amados. Nem sempre essa voz é tão clara quanto a que eu tinha ouvido agora, durante o louvor. Mas ela está lá, sempre esteve; eu só precisava prestar um pouco mais de atenção.

Nem todo mundo acredita em Deus. Nem todos pensam que precisam Dele. Mas quer saber? Tudo bem. Aquele era o **meu** pilar. Pode não ser o de outras pessoas, assim como não era o de Abigail. Isso não faz nenhum de nós melhor do que o outro. No final, acredito que o amor é o que nos liga a algo superior. Existem tantas pessoas no mundo que são boas, que ajudam os outros sem esperar nada em troca e não são cristãs. E existem tantas outras que passam o dia inteiro pregando a palavra de Deus e não fazem nada para diminuir a dor de seus irmãos. Para mim, a fé Nele e em seu imenso amor por seus filhos é a força que me move todos os dias para tentar ser minha melhor versão. Para quem não é crente, o amor cumpre essa função.

Quando a música acabou, e todos começaram a aplaudir, não esperei um segundo para descer do palco. Não queria os aplausos. Queria um abraço. E foi isso o que Melissa e o pequeno Daniel me deram assim que os alcancei, sentindo mais duas pessoas se juntando a nós depois de alguns segundos; sem olhar, eu soube que eram Henrique e Abigail.

Naquele abraço, eu senti que não precisava de mais nada. É claro que ficava triste em saber que minha mãe não estava ali comigo, mas... se parasse para pensar, talvez não fosse para ser. Porque a melhor parte da minha família estava ali. Um tinha o meu sangue, os outros não. Uns eu conhecia fazia mais tempo. Havia anos. Outros eu conhecia havia meses. Mas todos eles tinham sido escolhidos por mim, e eu havia sido escolhida por eles.

Então, eu não precisava de Marcia. Não precisava de seu preconceito. Da sua intolerância.

Com toda a certeza, ainda doía ser rejeitada. Mas agora eu sabia que não estava sozinha. E que não são só os que usam o mesmo sobrenome que compõem uma família. Afinal, quando mais precisei, minha própria mãe não estava lá para me estender a mão e me apoiar. Mas os meus amigos sim. E isso vale muito mais do que qualquer laço de sangue.

No mesmo pacote

"TRISTE, LOUCA OU MÁ"
— FRANCISCO, EL HOMBRE

Depois que o culto em homenagem ao meu pai acabou, senti como se tivesse tirado um peso de cem quilos dos meus ombros, e meu coração finalmente encontrou um pouco de paz depois de todos aqueles dias de turbulência.

Passei alguns minutos conversando com Melissa, Henrique e Abigail do lado de fora da igreja. Agradeci a cada um deles com um abraço apertado pelo apoio imenso que tinham me dado. Aquela era a minha família, mais um pilar que tinha se erguido para me dar o suporte de que eu precisaria dali por diante.

— Então, meninas, que tal darmos uma esticadinha? Uma noite especial como esta não dá pra desperdiçar — propôs Henrique, e só naquele momento percebi um olhar um pouco atirado para o lado de Melissa.

— Dessa vez vou passar. Tenho que levar este mocinho pra casa — respondeu Mel, apertando as bochechas do Danizinho, agarrado na minha cintura. — Já tá quase na hora dele ir para a cama.

— Ah, não, mamãe. Eu quero dar uma esticadinha. Por favor! — pediu Daniel, fazendo todos caírem na risada.

— E por acaso o senhor sabe o que é "dar uma esticadinha"? — Eu queria muito saber o que ele achava que era.

— Não sei, mas deve ser uma coisa muuuuuito legal, né? — falou o pequeno, sem medo de admitir que não fazia ideia do que era aquilo.

Engraçado como perdemos a capacidade de assumir que não sabemos as coisas. As crianças fazem isso com tanta naturalidade... Conforme crescemos, vai ficando cada vez mais difícil reconhecer nossas limitações. É como se nos tornássemos grandes sabedores de tudo, quando na verdade não sabemos nem a metade do que achamos que sabemos. É confuso, eu sei, mas é a realidade.

— Nada de esticadinha pra nenhum de nós — falei, apertando Dani forte contra mim. — Vai cada um pra sua casa.

Tudo de que eu precisava agora era um bom banho, um prato de comida gigante e cama. Estava exausta, física e mentalmente, e precisava muito descansar.

Nos despedimos, e fiquei muito feliz quando Abigail perguntou se poderia ir comigo até o meu apartamento. Eu não queria voltar sozinha, sentar naquele sofá sem ninguém e encarar o vazio. Ainda sentia medo de não conseguir me levantar de novo. O primeiro passo que dei ao cantar aquela música, ao sentir o meu irmão próximo a mim e conseguir enxergar que não tinha sido abandonada naquele mundo não era suficiente para que tudo se consertasse de uma vez. Eu tinha passado por uma semana terrível. Tinha discutido com minha mãe, com Abigail... e fizera uma grande merda no meu cabelo. Então, sim. Eu precisava de companhia.

E não era só isso.

Precisava começar a resolver as coisas.

Principalmente com Bia.

Nossa discussão tinha machucado demais nós duas. Mesmo quando não há gritos e ofensas, às vezes uma palavra pode magoar muito mais do que um tapa na cara. E eu sabia que tínhamos que conversar para tirar o gigantesco elefante que havia se colocado entre nós.

Em casa, fui direto para o chuveiro, e quando saí do banheiro Bia me esperava com um enorme sanduíche. Eu sabia que estava com fome, mas não imaginava que era tanta. Depois de dias comendo quase nada, parece que todo o apetite do mundo se acumulou para aparecer naquele momento.

Nem me preocupei em vestir uma roupa; enrolada na toalha, peguei o prato com o sanduíche e sentei no pequeno sofá em frente à janela e perto do vaso com o trevo-de-quatro-folhas que agora era nosso bebê.

Enquanto eu comia, Abigail se sentou ao meu lado em silêncio, e ficou ali, olhando para o vaso e fazendo uma trança fina em uma mecha do seu cabelo, distraída. Parecia tão concentrada que por um breve momento não tive certeza se ela estava realmente ali. Até que coloquei o prato na mesinha ao lado do sofá e ela voltou sua atenção para mim.

— Estava com fome mesmo, hein? Nem consigo imaginar o tamanho do buraco que tinha no seu estômago — brincou, o que me fez sorrir.

— Era gigante, pode ter certeza, mas agora ele tá todinho preenchido com esse sanduíche maravilhoso que você fez. — Passei a mão na barriga, estufando-a o máximo que consegui.

Nós duas rimos, mas em seguida um silêncio incômodo se colocou entre a gente. Sabíamos que o momento da conversa tinha chegado. E, quando ambas abrimos a boca ao mesmo tempo para falar, nos interrompendo e rindo ao mesmo tempo pelo timing perfeito, eu soube que não estávamos tão mal assim.

— Deixa eu começar — pedi, pegando sua mão e a trazendo para o meu colo. E ela assentiu de leve com a cabeça, me deixando ter a palavra primeiro.

— Eu queria agradecer por você ter ido até lá hoje. Foi muito importante pra mim. Ainda mais depois do que aconteceu na semana passada — comecei.

— Eu sei que errei por ficar insistindo pra você contar pros seus pais antes de se sentir pronta. Sei que é a sua família, e você tem o direito de se abrir quando quiser. Eu entendo. Não devia ter te pressionado. E, a partir de agora, não vou mais fazer isso. Eu gosto de você, quero ficar com você, e se ficar do meu lado já vai ser o suficiente. Não precisa anunciar pro mundo com um megafone — soltei tudo de uma vez, aproveitando a coragem.

É claro que um dia, quando ela se sentisse pronta, seria ótimo que se abrisse para os pais e para quem mais quisesse. Eu ficaria extremamente feliz. Mas não iria obrigá-la a nada. Esperaria por ela.

Não estávamos no mesmo pacote. Ninguém estava. Não existe fórmula ou padrão para os sentimentos e comportamentos dos outros. Não era por que eu havia contado aos meus pais — com ajuda — quando era mais nova que Bia tinha que fazer o mesmo.

Abigail pareceu grata ao ouvir isso, segurando minha mão com mais força e se aproximando para apoiar a cabeça no meu ombro.

— Obrigada... — disse, em voz baixa. — Eu sei que não devia ter sido tão grossa e tão dura com você naquele dia. E peço desculpas também. — Voltou a falar, agora um pouco hesitante, como se aquelas palavras exigissem muito dela. Eu sabia que exigiam. — É que eu passei anos travando uma luta interna sobre assumir ou não para os meus pais minha orientação sexual. Ao mesmo tempo que eu quero falar, eu também sinto medo. Medo de que eles mudem o jeito como me tratam. O jeito como me veem. Tenho medo de perder a segurança que eu sinto quando estou com eles — continuou. — Pra falar a verdade, eu até acho que eles desconfiam, e já deram sinais de que talvez fique tudo bem, só que é justamente esse "talvez" que me apavora — falou, agora olhando dentro dos meus olhos. — Mas, olha, eu quero que você saiba que não é porque eu tenho medo agora que eu vou ter pra sempre. Vou contar pra eles. Só não chegou o momento pra mim.

— Eu sei. E não tem problema. Você tem o seu tempo — respondi, soltando sua mão para passar os braços ao seu redor, trazendo-a para mais perto.

Estava feliz por ela também ter pedido desculpas pelo que me dissera no dia da briga. Foi golpe baixo falar daquele jeito, mas no fundo ela teve razão em muitas coisas. A verdade muitas vezes dói, e a gente teima em não querer ouvir.

— As coisas que eu falei não foram legais. Eu me arrependo delas — disse. — Espero que possa me perdoar.

— Eu já perdoei, Bia. Mesmo. Assim como você me perdoou pelo jeito que eu te cobrei — afirmei, com a maior sinceridade que pude, e a abracei mais apertado.

Abigail passou os braços com ainda mais força ao meu redor, e voltou a encostar a cabeça no meu ombro. Mais uma vez nesse dia, senti alívio. Alívio porque parecia que as coisas finalmente estavam se encaixando de novo. Ao menos aquele conflito nós tínhamos começado a resolver. Eu não queria perdê-la. Não queria que uma infantilidade minha estragasse tudo. Ainda mais por ser um dos únicos relacionamentos bons que tinha na minha vida. Abigail me fazia bem, me fazia feliz, e eu queria fazer o mesmo por ela.

— Fiquei muito orgulhosa de você hoje. O que você fez naquele palco foi incrível. — Ouvi Bia dizer, ainda com a cabeça apoiada no meu ombro. E isso me fez sorrir um pouco mais.

— Ah, é? Foi melhor que um show de pop? — perguntei.

— Bem melhor. — Pelo tom de voz que usava, eu sentia que ela estava sorrindo também. — Mas, dona moça, você ainda tem muito o que fazer. Sabe disso, não sabe? — perguntou, e eu sabia bem do que estava falando.

Eu sabia bem o que Abigail queria dizer. Tudo o que eu tinha passado naquela última semana abalara os alicerces muito frágeis que eu havia levantado nos últimos cinco anos para me manter em pé. Toda a dor que eu tentava manter controlada dentro de mim transbordara, e por muito pouco não me afoguei nela.

A coisa mais difícil quando você está no fundo do poço é admitir que está lá. É olhar para aquela escuridão, que engole todas as suas forças e te deixa indefeso, e encontrar coragem para buscar um jeito de sair dali. E eu finalmente tinha entendido que, por mais que tentasse, nunca conseguiria sair sozinha.

Um pedaço do meu coração havia sido restaurado no momento em que pisei no palco da igreja. Estar na presença de Deus era algo muito importante para mim e que tinha feito muita falta. Mas cada minuto de paz que passei ali só me fez entender o quanto eu queria sentir aquilo todos os minutos da minha vida. E para isso eu precisava olhar para todos os pontos de dor do meu coração e buscar a cura para cada um deles. A fé, a relação com minha mãe, com Abigail. E o mais importante de todos: minha relação comigo mesma.

Agora eu tinha de volta um dos meus principais pilares, só que ainda precisava de um chão. De um teto. De paredes e móveis. E eu tinha um caminho longo a seguir até conseguir montar um lar seguro dentro de mim. Mas valeria a pena. E seria bem mais fácil agora que não estaria mais sozinha.

— Eu sei. E prometo que amanhã sem falta vou marcar uma consulta com uma psicóloga nova e voltar para a terapia — falei, apoiando a cabeça na dela, aproveitando a proximidade que tinha feito tanta falta naquela semana terrível. — Eeee... além de uma terapeuta, acho que vou precisar de um cabeleireiro também — acrescentei, para quebrar um pouco o gelo e me aliviar daquele assunto que ainda era difícil.

— Ah, com certeza. Mas nisso eu posso ajudar. Corto a minha franja desde os doze anos. — Ela se afastou um pouco para me encarar.

— Eu... acho que não é bem a mesma coisa, Bia... — comentei, não muito convencida, mas ainda achando graça na sua autoconfiança em matéria de franjas.

— Quê? Cabelo é cabelo! Você vai ver. Eu dou um jeito nisso — afirmou, me fazendo rir. Confesso que, mesmo não tendo muita fé nas habilidades de cabeleireira dela, ainda a deixaria tentar, porque qualquer coisa seria melhor do que o que eu havia feito na minha cabeça. — Mas hoje, só por hoje, vamos nos concentrar nisto aqui — continuou, pegando o resto do meu sanduíche do prato pra dar uma mordida. — Na comida, no sofá e na presença uma da outra. Porque eu quero pôr um sorriso ainda maior neste rosto. O resto... pode ficar pra amanhã.

Não havia como discordar. Era tudo o que eu queria e precisava agora. Um pouco de paz, amor... e quem sabe... tentar mais uma vez começar a nossa maratona de Grey's Anatomy.

Epílogo

"POR ENQUANTO" — CÁSSIA ELLER

Já fazia alguns meses desde a nossa conversa, e do acontecimento na igreja. Eu tinha prometido a Rafael que voltaria, e que faria parte do coro. E isso estava nos meus planos, com certeza. Mas, por enquanto, eu ainda tinha coisas a resolver.

Como a terapia. Ah, a terapia. Eu tanto tinha corrido dela, e agora corria atrás. Sempre repito que o que aconteceu no dia da homenagem ao meu pai não foi um milagre. Eu tive uma mão que me foi estendida. Mas agora precisava de ajuda para continuar de pé. Então, na manhã seguinte ao sanduíche com Bia, peguei um cartão que estava guardado fazia muito tempo em uma gaveta e liguei para uma psicóloga que tinha conhecido durante um evento na ABrELA, anos antes. Ela ficou feliz em me ajudar, e agora não havia uma semana que eu pulasse no meu tratamento. E tomava rigorosamente todas as medicações que meu psiquiatra receitou. Até porque, se eu não seguisse tudo à risca, Melissa iria me pegar de porrada.

E Abigail? Tínhamos nos entendido definitivamente. Ela me abriu os olhos para algo em que eu nunca tinha parado para pensar. Por anos eu tentara ser Daniel. Para mim e para os outros. Nunca tinha deixado a verdadeira Helena crescer, a Helena que perdeu tudo aos dezesseis anos. E agora eu dava espaço a ela. Aos poucos, porque é difícil abrir mão dos velhos hábitos e amadurecer. Nenhuma mudança é feita assim, da noite para o dia. E eu nem queria que fosse; precisava do meu tempo. Removeria uma muleta primeiro, depois a outra. E mesmo assim andaria mancando por um tempo, para depois correr como uma atleta olímpica, com certeza.

Eu ainda não havia tido coragem de pedi-la em namoro de verdade, assim como ela não tivera coragem de conversar com os pais. Mas estava tudo bem. O tíquete continuava guardado no bolso, só esperando pelo momento certo. Se essa hora nunca viesse, eu a criaria por conta própria. Hoje mesmo, provavelmente.

— Você já decidiu onde nós vamos jantar? Porque eu não tenho ideia — perguntou Abigail enquanto entrávamos no Starbucks perto da minha casa (pra variar).

— Você está mesmo me perguntando o que vamos comer daqui a doze horas? Nem tomamos café ainda e a sua cabeça já está no jantar? — perguntei de volta, com um sorriso. Ela às vezes parecia ter um buraco sem fundo no estômago.

— Exatamente. Isso se chama "planejar com antecedência" — disse ela, toda confiante, o que me fez rir e balançar a cabeça com descrença. — Aliás, falando em planejar com antecedência, a Melissa já marcou a data do casamento? — questionou, toda engraçadinha.

Por incrível que pareça, naquele dia na igreja, quando Melissa conheceu Henrique, os dois acabaram se aproximando muito. Era inacreditável. Eu mesma pensei que Henrique estava tirando uma com a minha cara quando começou a tecer elogios cheios de segundas intenções sobre a Mel. Ele sempre foi muito mulherengo e nunca deixaria passar a oportunidade de tentar ficar com uma mulher, ainda mais uma tão linda como a Melissa. Mas eu tinha uma pequena ponta de esperança de que ele não se atreveria a dar em cima da mãe do meu sobrinho. E ele se atreveu e o pior, estava sendo correspondido!

Melissa chegou a me stalkear nas redes sociais até encontrar o perfil de Henrique para conseguir o telefone dele, porque ela sabia que, se me pedisse, com certeza ouviria um enorme NÃO. A partir dali eles ficaram de conversinha. Flertando que nem dois idiotas. Era a coisa mais esquisita do mundo. Credo. Meus dois melhores amigos? De jeito nenhum! Eu sei que ela estava apenas se divertindo, afinal fazia anos que não se permitia ser paquerada por ninguém, tamanho o amor que ainda sentia pelo meu irmão. Chegou a me dizer que não era nada demais, que era só de brincadeira. Um passatempo. Mas mesmo assim eu ainda achava esquisita a situação. E Abigail adorava me encher o saco sobre isso, porque percebia que eu sentia ciúme dos dois.

Eu me preocupava um pouco mais com meu amigo. Não tinha certeza se ele só queria ficar com a Mel, ou se estava realmente se envolvendo com ela.

Melissa era uma mulher linda, inteligente, e aquele ar cheio de marra era quase irresistível. Eu tinha medo de Henrique se apaixonar e se machucar. Principalmente agora, quando ela se preparava para ir embora do país de novo.

Ela havia se candidatado a uma vaga numa companhia de balé nos Estados Unidos. Mais uma vez viajando para longe e levando meu sobrinho embora. Era uma oportunidade imperdível para a carreira dela, e eu entendia que não tinha como perder. Mesmo assim, não conseguia conter a tristeza por precisar me afastar novamente das duas pessoas mais importantes do meu mundo. Ela me prometera que, se conseguisse a vaga, viria me visitar sempre que possível, e isso acalmava um pouco o meu coração, pois eu sabia que não viveria sem notícias dela ou do meu pequeno fofucho de olhos azuis.

— Já. Já marcou, sim. Pode ter certeza. Eu carrego o convite no bolso pra todo lugar — respondi, fingindo procurar o convite nos bolsos. Em vez de tirar algo de dentro deles, mostrei o dedo do meio, provocando nela uma gargalhada. — E você não foi convidada.

— Olha que menina grossa. Coisa feia. — Ela pegou meu dedo para escondê-lo das pessoas em volta, como se alguém estivesse olhando. — Desse jeito eu nunca vou te apresentar oficialmente pros meus pais — acrescentou.

Ao menos agora conseguíamos encarar aquele assunto com mais leveza, depois da conversa que tivemos no meu apartamento no dia da homenagem ao meu pai. Colocamos tudo em pratos limpos e entendemos as razões uma da outra, então estávamos bem. Ela teria o tempo dela. E eu esperaria tanto quanto fosse necessário, mesmo que no fundo sentisse que não demoraria muito mais. Bia parecia bem mais confiante ultimamente, e tinha até me convidado para a festa de aniversário do pai, que aconteceria naquele final de semana. Isso só me encorajava ainda mais a dar a ela o tíquete... E olha só aquele sorriso... ela não desconfiava de nada.

Porém, enquanto ela se dava bem com os pais, havia minha relação com Marcia. Não liguei mais para ela. Não mandei mensagem, não fui mais até sua casa. Melissa, Abigail, Henrique e até eu mesma estávamos convencidos de que eu fizera tudo o que estava ao meu alcance. Não iria mais tentar. Se ela quisesse, que viesse falar comigo. Eu sabia que podia levar mais algumas semanas, meses ou até anos. Talvez nunca acontecesse. Mas eu havia decidido esperar, porque tinha fé de que um dia ela repensaria suas ações. E eu estaria ali para recebê-la de braços abertos e mostrar, mais uma vez, que a vida só é completa quando nos permitimos perdoar e abrir espaço para o amor. Eu só não ficaria mais aprisionada ao sentimento de necessidade de aceitação dela. Se ela mudasse, seria bem-vinda de volta à minha vida; se não, eu seguiria tendo certeza de que tentei tudo o que pude para tê-la ao meu lado.

— Desculpa, desculpa. Vou me comportar a partir de agora — falei, rindo e guiando-a até um sofá no canto do café, onde poderia me esperar enquanto eu iria ficar na fila. — E você, tenta não ler o livro todo enquanto eu vou comprar as coisas — acrescentei, me referindo ao exemplar que ela carregava consigo. Tinha acabado de comprá-lo, no caminho para o Starbucks. Ainda estava na sacola, mas Bia parecia bem ansiosa para abri-lo.

Na capa havia a silhueta de duas garotas olhando para uma cidade destruída ao fundo. Acho que era algo sobre um apocalipse. Não prestei muita atenção quando ela me falou sobre a sinopse do tal livro, só lembro que tinha um vampiro envolvido e era de uma autora brasileira. Ela recentemente havia descoberto a literatura nacional contemporânea e estava apaixonada. Desde que viu a capa desse livro, ficara tão empolgada para começar a ler que tive que convencê-la a parar para comer algo antes de voltarmos para casa.

— E você, tenta não se perder sem mim — brincou a garota, que, depois de se sentar, me puxou para baixo pelo casaco e me roubou um beijo, o que me fez sorrir como uma boba.

— Vou tentar. — Beijei-a uma segunda vez, apenas por um segundo, antes de me afastar. Já sabia exatamente o que ela queria, porque era sempre a mesma coisa.

Parei na fila e fiquei olhando para ela de longe. Abigail abriu o plástico do livro com impaciência para já dar uma olhada no primeiro capítulo enquanto ainda tinha tempo, exatamente como eu esperava que fizesse. Vendo-a ali, sentada com o olhar curioso, analisando todos os detalhes das páginas, não pude deixar de pensar em como ela ficava linda concentrada daquele jeito, com a franja bagunçada e um livro nas mãos. Era assim que eu a via fazer durante meses antes de ter coragem de falar com ela (ou antes de ela vir falar comigo, no caso).

Mesmo que nós estivéssemos bem, e eu estivesse bem, paguei um preço pelo que aconteceu na semana em que me tranquei dentro de casa. Eu havia sido dispensada do hospital. Era justo. Passei dias sem comparecer e sem dar qualquer satisfação. Perder meu estágio não foi nada legal no começo, pode ter certeza. Mas isso me deu tempo para fazer outras coisas. A terapia, os trabalhos da faculdade que tinham acumulado... Dormir... E até arrumar a casa (de vez em quando). Então, não foi de todo ruim. E eu logo me formaria na faculdade, podia me dar aquele tempo para cuidar de mim, para estar bem o suficiente para poder realizar um dos meus maiores sonhos, que era cuidar de outras pessoas.

Por enquanto eu só tinha que ter paciência e esperar. Pela formatura, pelo momento de largar minhas muletas e pela coragem de pedir Abigail em namoro em algum momento do dia. E, me concentrando no agora, eu esperava pela minha vez de ser atendida.

Pela primeira vez em muito tempo, quando o atendente me perguntou o que eu queria, não respondi que era um frappuccino de baunilha com um roll de canela. As únicas quatro palavras que saíram da minha boca foram, com toda a certeza, as que mais me fizeram ter orgulho de mim nos últimos anos. Porque elas eram o meu recomeço. O segundo passo em direção ao fim de todas as expectativas de me parecer com meu irmão que eu tinha me imposto. Que palavras foram essas?

— Um café, por favor.

Bolo de mel com canela da Bia

Ingredientes

120 g de açúcar
80 g de margarina ou manteiga
100 g de mel
3 ovos
300 g de farinha de trigo
300 ml de leite
1 colher (sopa) de canela em pó
2 colheres (chá) de fermento

Modo de preparo

Coloque a margarina e o açúcar na batedeira e bata bem. Acrescente o mel e bata mais um pouco até misturar. Junte um ovo por vez e bata até virar um creme homogêneo.

Com a ajuda de uma colher, vá despejando a farinha peneirada e intercalando com o leite, misturando até incorporar bem. Faça isso até acrescentar todo o leite e a farinha.

Acrescente a canela e misture bem.

Coloque o fermento e mexa delicadamente.

Transfira a mistura para uma forma untada e enfarinhada e leve ao forno pré-aquecido a 180 graus por aproximadamente 30/40 minutos, ou até furar com um palito e ele sair seco.

Desenforme morno.

Regue o bolo assado com um pouco de mel e, se preferir, polvilhe açúcar peneirado.

Agradecimentos

Em 2015 tive um sonho com um carinha encostado na parede perto da porta do meu quarto. Ele me encarava com um olhar doce e tinha um sorriso maroto no rosto. Aquele tipo de sorriso que nos deixa apaixonados sem nem conhecermos o dono dele.

Junto com o garoto, ao lado da minha cama, tinha uma garota marrenta, brigando comigo e me dizendo que queria contar uma história. Ele olhava para ela brigando comigo e ria. Eu, assustada, olhava para a menina. Quem eram aqueles dois? Daniel e Melissa.

Passei quase dois anos protelando a escrita dessa história. Não me sentia madura o suficiente, afinal só tinha quinze anos quando tive o tal sonho. E confesso que precisei de um tempo para conseguir processar todos os acontecimentos que eu sabia que aquela história envolvia.

No dia em que coloquei o ponto-final no livro, senti um alívio imenso de missão cumprida, como se, com o livro, eu tivesse dado a Mel e Dani a chance de reviverem sua grande paixão. O que eu não sabia é que a pessoa que seria presenteada com uma nova forma de encarar a vida seria eu.

Melissa e Daniel provocaram uma transformação profunda em mim, e, agora, outra integrante da família Lobos chegou para me ensinar a importância de nos aceitarmos como somos. Essa pessoa me ensinou também que a fé e o amor andam juntos no coração daqueles que se permitem olhar para todos, sem exceção, com compaixão.

Dedico este livro a Angélica Lima, leitora que me acompanha desde 2014 — que me segue, me apoia, me incentiva e conquistou um lugar especial no meu coração sádico. Aliás, foi ela quem me apelidou de sádica. Graças a você, Angel, e aos seus pedidos desesperados por um conto da Helena, agora temos um livro todinho dela. Não me peça mais nada... Brincadeira, pode pedir sim.Dedico também a todos os leitores que fizeram coro a

Angel, insistindo na volta da Leninha. Obrigada por abrirem seus corações mais uma vez para as minhas histórias. Sem vocês nada disso seria possível.

Agradeço a produção (minha mãe), que me ensinou que Deus é amor e nos ama incondicionalmente, e ao meu pai, por ser meu suporte e exemplo.

Obrigada por nunca me impedirem de ser quem eu sou.

SAIBA MAIS SOBRE O LÚPUS

O lúpus erimatoso sistêmico, como é conhecido entre os profissionais da saúde, ou simplesmente lúpus, é uma doença inflamatória de origem autoimune que causa variadas manifestações e cuja evolução pode ser diferente de um paciente para outro. Pode acometer pessoas de qualquer idade, raça ou sexo, mas apresenta uma incidência maior em mulheres, principalmente entre os quinze e os quarenta e cinco anos.

É uma doença do sistema imunológico, que se manifesta de maneiras diversas em cada local do corpo. Os sintomas mais comuns são: febre, perda de peso, fraqueza, manchas avermelhadas na pele, queda de cabelo, dores nas articulações, alterações pulmonares, convulsões, anemia e até mesmo alterações de humor.

A doença pode afetar somente a pele, principalmente as regiões que ficam mais expostas ao sol, mas também pode atingir um ou mais órgãos internos. É o caso dos rins. Aproximadamente 35% dos adultos com lúpus sofrem algum comprometimento renal no momento do diagnóstico, como a nefrite lúpica, que atinge 50% dos pacientes nos primeiros dez anos da doença. As manifestações mais comuns são inchaço nas pernas, urina espumosa, pressão alta e diminuição da quantidade de urina.

Dores nas articulações também são um dos sintomas do lúpus.

Como é feito o diagnóstico? É realizado em duas etapas: pela percepção dos sintomas e com base nas alterações identificadas em exames específicos.

O lúpus pode ser controlado com medicamentos prescritos, alimentação balanceada, a prática de atividades físicas, entre outras orientações dadas pelo médico, que deve fazer um acompanhamento periódico do paciente.

Com todos esses cuidados, os pacientes com lúpus podem ter uma melhor qualidade de vida.*

---

* Texto baseado em informações fornecidas pelo site da Fundação Pró-Rim. Acesse: www.prorim.org.br.

Impresso no Brasil pelo Sistema Cameron da Divisão Gráfica da
DISTRIBUIDORA RECORD DE SERVIÇOS DE IMPRENSA S.A.